天官賜福

천관사복

天官賜福

묵향동후 장편소설

9

BLab

天官賜福

목차

105장 천지에 우뚝 선 신상, 동로를 부수다

사련은 반은 울고 반은 웃는 희비면을 얼굴에 덮어쓴 채 차가운 바닥에 쓰러졌다. 백무상은 자신과 꼭 빼닮은 이 모습을 마치 감상하듯 한쪽에 서 있었다.

기이한 힘으로 단단히 달라붙은 희비면은 아무리 용을 써도 떨어지지 않았다. 백무상이 말했다.

"쓰고 있어라, 공연히 발악하지 말고. 나가고 싶나? 내 말만 따르면 금방 동로를 뚫고 나갈 수 있을 거다."

사련은 그를 완전히 없는 사람 취급하며 가면을 벗는 데만 집중했다.

백무상은 아무리 무안을 주어도 사련이 포기하는 법이 없자, 한숨을 내쉬었다.

"우리는 가장 강한 사제이자 가장 친한 벗이 될 수 있는데,

왜 한사코 등을 돌리려는 것이냐?"

사련은 그제야 바르작대던 몸을 멈추고 짜증을 섞어 대꾸했다.

"인생 다 살아 본 독심술사 같은 말투로 사람 가르치려 들지 마. 너 같은 스승이나 벗은 진심으로 필요 없으니까."

노골적으로 빈정대는 게 느껴지자, 백무상이 픽 비웃었다.

"나도 안다. 널 가르칠 수 있는 사람은 국사와 군오라고 생각하겠지. 아니더냐?"

마치 업신여기는 듯하면서도 한편으론 우습다는 듯한 미묘한 말투였다. 사련은 이 화제에 연연하지 않고 다른 질문을 꺼냈다.

"낭형이, 영안국의 첫 번째 태자였나?"

낭형은 영안인이고 한때 인면역에 걸렸다. 여기서 유일하게 떠오르는 인물은 영안국의 어린 태자뿐이었다. 백무상이 대답했다.

"그래. 네가 낭영의 시체를 난도질했던 그날, 손수 기절시켜 영안 황궁에 버려두고 불을 질러 죽이려 했던 그 태자다."

그 영안 태자는 낭영의 조카다. 어쩌면 당시 낭영의 시신에 남은 인면역에 옮았을지도 모른다. 사련은 거듭 물었다.

"왜 다른 사람들은 낭형의 인면역에 옮지 않았지?"

"영안 황궁 사람들이 그가 병에 걸렸다는 걸 알았거든. 전염을 막으려고 남몰래 사람을 보내 이불로 질식시켜 죽이려 했지만, 도중에 몸부림치다 탈출했지."

그렇게 영안국은 국주와 태자가 중병으로 죽었다고 외부에

선언했다. 내부적으로 무슨 암투를 치렀는지는 몰라도, 낭영의 또 다른 조카가 태자 자리에 앉게 되었다. 이 태자가 바로 낭천추의 선조인 셈이다.

"넌 어떻게 낭영을 속였지?"

사련의 물음에 백무상이 답했다.

"속인 적 없다. 단지 놈을 괴물로 만든 원흉이 누구인지 사실을 일러 주었을 뿐. 내게 한 가지를 빌려주면 놈 대신 복수해 주겠다고 했지."

"한 가지를 빌려? 낭영의 양분을 모조리 집어삼킨 주제에."

백무상은 담담하게 받아쳤다.

"사람도 귀신도 아닌 그 꼴인데 누가 진심으로 놈을 대해 주겠느냐. 세상에 남아 봤자 고통스러울 뿐이야."

이때 사련이 불쑥 말했다.

"태자 전하?"

"……."

순간, 사련은 백무상이 대답할 뻔했다는 것을 느꼈다. 하지만 백무상은 말을 삼켰다.

사련은 다시 넌지시 찔러 보았다.

"네가 오용 태자였구나."

이 한마디를 내뱉자, 동로의 후덥지근한 공기가 순간 얼어붙는 느낌이 들었다.

사련은 동로에 떨어졌을 때부터 이 문제를 깊이 생각하고 있었다.

자신이 식시귀의 사람 말을 알아들은 이유가 뭘까. 바로 군오, 국사, 백무상 세 사람 중 하나가 자신에게 특정한 기억과 감정을 심어 놓았기 때문이다. 달리 말하면 이 세 사람 중 적어도 하나는 오용인이라는 뜻이 된다. 군오는 오용국이 멸망한 시기보다 늦게 태어났으니, 국사와 백무상이 혐의가 가장 짙었다.

화성은 어째서 동로 바깥으로 쫓겨났을까? '절'이라는 이유 때문은 아니었다. 이미 등선한 신관이 다시 천겁을 치를 수 있듯이, 절이 된 귀왕도 다시 동로에 들어갈 수 있다는 사실은 화성을 통해 확인했다. 사련이 떠올릴 수 있는 가장 직접적인 단서는, 이 동로가 백무상의 명령을 따른다는 점이었다.

그렇다면 백무상의 가장 유력한 정체는 뭘까?

쥐 죽은 듯 고요한 어둠 속, 사련은 확신에 찬 어조로 거듭 말했다.

"네가 오용 태자였어."

마침내, 백무상이 침묵을 깼다.

그는 맹렬하게 사련을 잡아채며 가혹한 장풍을 날렸다. 이제는 사련이 피할 차례였다. 그는 훌쩍 도약해 몸을 피하며 말했다.

"태자 전하. 하나 물어볼 게 있는데, 왜 진짜 얼굴을 드러내지 않지?"

백무상이 나직하게 으르렁댔다.

"태자 전하. 경고하겠는데, 날 그렇게 부르지 않는 게 좋아."

"넌 날 태자 전하라고 부르면서 나는 왜 안 되는데? 대답하지 않겠다면 내가 직접 맞혀 볼게. 진짜 얼굴을 드러내지 않는 이유는 단 두 가지야. 첫 번째, 내가 아는 사람이라서. 혹은 모르더라도 진짜 얼굴을 보면 누군지 알아맞힐 수 있는 사람이라서. 두 번째, 네 진짜 모습이 본인도 견디지 못할 만큼 너무 추해서! 이를테면……."

바드득, 소리가 울리더니 엄청난 고통이 팔을 엄습해 왔다. 백무상은 사련을 사정없이 틀어쥔 채 말했다.

"태자여, 태자여, 내가 조금 친절하게 대해 준다고 날 두려워할 필요가 없을 것 같더냐?"

그의 목소리에서 한기가 스며 나왔다. 사련은 지독한 고통 속에서도 침착하게 정신을 유지했다. 백무상은 정말로 화가 치밀었는지, 한 손으로 그 새카만 검을 들고 사련에게 들이밀었다.

"이 검에 방심이라는 이름을 붙였던데?"

서슬 파란 검날이 목에 다가붙는 것을 빤히 바라보며 사련은 담담한 안색으로 대꾸했다.

"그럼 안 되나?"

백무상은 코웃음을 쳤다.

"이름 붙이는 재주가 없구나. 잘 들어라. 이 검의 원래 이름은 '주심(誅心)'이다."

이때 사련이 눈을 크게 뜨며 외쳤다.

"누구야!"

백무상은 고개 한번 돌려 보지 않았다.

“내게 이런 애들 장난이 통할 것 같더냐?”

“…….”

사련은 의아해졌다.

“너…… 못 봤어?”

백무상은 냉담하게 대꾸했다.

“아무것도 없는데 뭘 보란 말이냐?”

그는 모를지언정 사련은 알아챘다.

방금 방심의 검날이 지면의 불빛을 반사하면서 두 사람의 위쪽 동굴 천장을 잠깐 비추었다. 바로 그 순간, 사련은 어떤 얼굴을 보았다.

단언컨대 절대로 잘못 본 게 아니었다. 그가 본 것은 얼굴이 확실했다. 그것도 거대한 사람의 얼굴!

백무상의 실력은 사련보다 높으면 높았지 결코 낮지 않은데, 어떻게 모를 수가 있단 말인가?

그게…… 백무상보다 더 두려운 존재라면 몰라도!

순식간에 지나간 얼굴이었음에도 머릿속에 잔상이 남았다. 그 얼굴은 이목구비를 갖춘 데다가…… 어딘가 익숙했다. 사련은 어쩐지 등골이 서늘해졌다.

“동로에 다른 존재가 있어!”

“여기엔 우리 둘 말고는 바위와 용암밖에 없다만.”

사련은 입을 달싹이다 말고 불현듯 속으로 중얼거렸다.

'잠깐…… 바위? 얼굴? 익숙해?'

한순간 눈앞이 번득였다. 사련은 자신이 본 얼굴의 정체를 깨달았다.

그랬구나!

사실을 깨닫기 무섭게 사련은 두 손을 등 뒤로 돌려 빠르게 주문을 맺었다. 백무상은 수상쩍은 낌새를 알아채고 입을 열었다.

"소용없다. 네가 아무리……."

그런데 누가 알았으랴. 그가 말을 이으려는 찰나, 두 사람의 위쪽 천장에서 덜덜거리는 굉음이 울려 퍼졌다. 동시에 돌덩이와 흙이 폭우처럼 쏟아졌다.

백무상은 자신을 습격해 오는 존재를 느끼고 신속하게 물러났다. 세상 모두를 능가할 정도로 날쌘 몸놀림이니 완벽하게 공격을 피하고도 남았을 터다. 다만 애석하게도, 그를 습격한 존재는 너무나 거대했다.

거대한 손이 그러쥔 주먹을 묵직하게 내리찍었다. 목표물은 바로 백무상이었다.

그 손은, 암석으로 깎은 석상의 손이었다.

어찌나 거대한지, 주먹만 해도 넓은 집 한 채 크기에 맞먹었다. 바닥에 어른대는 불빛은 손의 한구석만 겨우 비추었다. 손목 위쪽 부분은 어둠 속에 완전히 잠겨 있었다.

석상은 삐걱대는 바위 소리를 내며 사련에게 손바닥을 내밀었다. 크기는 거대해도 손가락이 늘씬하고 마디가 섬세한 것이, 꽃과 검을 쥐어 마땅한 손이었다. 사련은 검을 낚아채 들고 바닥을 구르며 일어나 손바닥 위로 뛰어올랐다. 그 손이 사련을 들어 올린 순간, 사련은 문득 깜빡한 물건을 떠올리고 얼른 말했다.

"잠깐!"

그는 아래로 뛰어내려 삿갓을 챙기고 다시 손바닥에 올라탔다. 이내 거대한 손이 위로 떠오르며 불빛이 점차 멀어졌다. 사련도 높아지는 고도를 느끼며 양손으로 거듭 주문을 맺었다.

"탈출해!"

명령을 내린 순간, 몸이 가볍게 내려앉는 느낌이 들었다. 그를 받쳐 든 거인이 무릎을 살짝 굽히고 준비 자세를 취한 것 같았다. 뒤이어 온몸이 확 가라앉나 싶더니, 거인이 하늘을 향해 날아올라 단단히 닫힌 동로의 분화구를 향해 몸을 날렸다!

우르릉, 우르릉, 우르릉!

격렬한 진동과 함께 '우지끈' 하고 갈라지는 소리가 사련의 귓가로 또렷하게 들려왔다.

그건 암석이 사나운 충돌을 버티지 못하고 갈라지는 소리였다.

곧이어 위쪽에서 새하얀 빛줄기가 쏟아져 들어왔다.

탈출이다!

닫힌 동로 천장이 뚫리자 눈부신 빛이 폭포처럼 쏟아졌다. 사나운 바람도 포효하며 몰아쳤다.

거인의 손바닥 위에 선 사련은 한 손으로 머리의 삿갓을 잡고, 다른 손으로 얼굴을 덮치는 세찬 눈보라를 막았다. 후덥지근한 공기는 단숨에 휩쓸려 사라졌다. 그는 차가운 공기를 깊이 들이마신 다음 목청껏 외쳤다.

"삼랑—!"

외침이 허공에 한번 메아리친 순간, 뒤편에서 등장한 두 손이 그를 감싸더니 단숨에 품으로 끌어당겼다. 사련은 움찔 굳었다가 고개를 숙였다. 허리께를 감싼 것은 붉은 소매와 은제 호완이었다. 그는 그제야 마음을 내려놓았다. 낮게 잠긴 목소리가 귓가에서 들려왔다.

"……미치겠네!"

이 말을 들은 사련은 재빨리 돌아서서 양손으로 그의 뺨을 감싸 쥐고 다독였다.

"미치지 마, 미치지 마. 이렇게 탈출했잖아!"

그 사람은 화성이었다. 검은 머리칼을 흐트러뜨린 채 반쯤 이성을 놓은 모습이었다. 그는 사련이 도저히 벗지 못했던 희비면을 단숨에 벗겨 내던졌다. 사련은 왜 자신이 화성의 뺨을 감쌌는지 이유를 알 수 없었다. 이건 그저 무심코 나온 행동이었다. 화성을 안심시킬 생각에서였을까. 어쩌면 화성의 뺨이 눈보라에 상하면 어쩌나 싶어 그랬는지도 모른다. 사련은 한참이나 동로에 갇혀 있었으니, 화성도 이 분화구 위에서 오랜 시간을 기다렸을 것이 분명했다.

멀쩡하게 나란히 들어갔다가 난데없이 혼자 밖으로 내쫓겨서는 안쪽 상황을 파악할 길이 없으니, 어디 미치지 않고 버티겠는가?

화성은 사련을 단단히 끌어안고 무겁게 잠긴 목소리로 입을 열었다.

"……아무리 시도해도 동로에 들어갈 수가 없었어. 심지어 형이 알아서 빠져나오게 내버려 뒀고! 젠장, 정말이지……."

사련이 재빨리 말했다.

"삼랑, 괜찮아. 정말 괜찮아! 그리고 내 힘으로 빠져나온 것도 아닌걸!"

화성은 그제야 약간 진정한 기색으로 물었다.

"뭐? 그럼 형은 어떻게 나왔는데?"

"네 덕분에 나왔지. 저기."

사련은 그리 말하며 위쪽을 가리켰다. 화성도 손가락을 따라 시선을 옮겼다.

눈보라 속, 거대한 바위를 깎아 만든 석상의 얼굴에 서리가 나부꼈다. 어렴풋이 보고 있자니 흡사 하늘을 떠받치고 서 있는 것 같았다. 지금 두 사람은 이 거대한 석상의 손바닥 위에서 있었다.

석상의 얼굴 윤곽은 우아하고 부드러웠다. 쭉 뻗은 눈썹꼬리와 수려한 눈매, 웃는 듯 마는 듯 살짝 휘어진 고운 입매까지. 다정하면서도 경박하지 않고, 무정하면서도 냉담하지 않은 자비롭고 준수한 얼굴이었다.

—그건 바로 사련의 얼굴이었다!

사련은 석상의 이목구비를 올려다보며 가만히 중얼거렸다.

"이게 바로 네가 말했던, 네 작품 가운데 가장 훌륭한 신상이지?"

"……."

화성도 석상을 올려다보았다. 긴 침묵 끝에 그는 곁에 서 있는 사련을 바라보며 말했다.

"응."

암석을 깎아 만든 거대한 신상은, 화성이 동로에 갇혀 숱한 시련과 고통을 겪으면서 조각한 것이 틀림없었다.

수백 년 내내 동로의 깊은 어둠 속에 숨어 있던 신상 한구석에는 푸릇푸릇한 넝쿨이 자라나 있었다. 동로는 자연을 간직한 위험천만한 석굴이 되어 주었고, 석상은 이 웅장한 석굴에서 하나뿐인 신이 되어 주었다.

한 몸 그 자체인 신상과 동로는 재질마저 같았다. 평범한 암석으로 깎은 신상이었다면 동로를 뚫기는커녕 뻐도 못 추리고 부서졌을 것이다. 그리고 사련 본인이 아니었다면, 하물며 동로로 뛰어내리기 전에 화성이 사련에게 충분한 법력을 넘겨주지 않았더라면 이 신상을 조종할 방법은 없었을 것이다.

사련은 화성을 돌아보며 말했다.

"그러니까 삼랑, 이번 탈출은 말이야, 너와 함께 나온 거야."

이때였다. 문득 진동을 느낀 두 사람은 나란히 웃음기를 거두고 신경을 곤두세웠다. 사련은 약간 긴장한 투로 말했다.

"뭐지? 신상이 흔들리나? 이러다 무너지지는 않겠지?"

어쨌거나 동로의 천장은 보통 천장이 아니라 천 근에 달하는 살기 가득한 바위다. 정말 이 신상이 그 천장을 뚫고 나오다 부서지기라도 한 것이라면 실로 후회막급할 노릇이었다. 누가 뭐래도 이건 화성이 자신을 위해 조각한 가장 근사한 신상이었으니까. 그러자 화성이 말했다.

"걱정 마, 신상은 무사해. 산이 흔들리는 거야."

정말이었다. 아래를 뒤덮은 눈이 홍수처럼 무너져 내리면서 곳곳에 산 몸체가 드러났다. 아무래도 무언가가 동로를 뚫고 나오려는 모양이었다.

화성은 사련 앞을 가로막았다. 사련이 입을 열었다.

"백무상이야."

당연하게도, 백무상은 방금 그 거대한 신상의 주먹 한 방에 깔려 죽을 인물이 아니었다. 그 공격은 기껏해야 짧은 교란 작전에 불과했으니 경계심을 곤두세워야 했다. 머지않아 두 사람은 뜨겁게 끼쳐 오는 공기를 느꼈다.

이 작열하는 공기는 깊디깊은 분화구에서 뿜어져 나온 것이었다. 거기에다 유황 냄새까지 풍겼다.

사련은 본능적으로 코앞까지 위험이 다가왔음을 직감했다. 화성도 가라앉은 목소리로 외쳤다.

"형, 피해!"

사련은 손으로 맺은 주술을 거꾸로 뒤집었다. 그러곤 화성과 나란히 신상의 손목과 팔을 딛고 뛰어올라 어깨 위에 올라탔다. 신상은 사련의 명령을 따르는 것처럼 성큼 걸음을 떼더니, 눈사태를 따라 단숨에 몇 리를 미끄러져 내리며 온몸으로 눈의 파도 위를 질주했다. 양손이 자유로워진 덕분에 천 근에 달하는 몸뚱이로도 중심을 잡을 수 있었다. 사련과 화성은 위쪽으로 시선을 옮겼다. 순간 묵직한 굉음과 함께 동로 꼭대기에서 새카만 연기 기둥이 뿜어져 나왔다.

천지를 뒤흔드는 울림에 세상의 종말 같은 연기 기둥이라니. 지켜보던 사련은 놀란 나머지 얼이 빠졌다. 곧이어 온 상공이 새카만 구름과 짙은 연기로 뒤덮였다. 하늘을 가린 먹구름 속에 수많은 사람의 얼굴과 팔다리가 끔찍하게 뒤엉켜 꿈틀거렸다.

몇백 년 전에도 보았던 장면이, 지금 다시 한번 사련의 눈앞에 펼쳐졌다.

사련은 운을 뗐다.

“저게 다 뭐지?”

화성의 진중한 목소리가 들려왔다.

“오용국 백성들의 망령.”

어쩌면 화산 폭발로 파묻힌 오용국 백성들 모두가 저기에 있는 것이리라. 이때 화성이 급하게 말을 덧붙였다.

“형, 열 장 아래쪽!”

그가 말을 끝맺기도 전에 사련은 이미 신상의 오른손을 조종해 아래로 휘두른 참이었다.

아래쪽 설산 열 장 너머, 망망대해 같은 눈밭에 흰옷을 입은 인영이 서 있었다. 다름 아닌 백무상이었다. 눈밭과 거의 하나가 된 모습이었으나 두 사람의 눈을 속여 넘길 수는 없었다. 거대한 손바닥이 두툼한 눈밭을 내리치며 거대한 파도를 일으켰으나 목표물을 놓치고 말았다.

아까 어둠 속에서 이 수법을 맛본 백무상은 당연히 만반의 준비를 마친 상태였다. 번뜩 사라진 흰 그림자는 뒤이어 거대한 신상의 무릎 위에 모습을 드러냈다. 신상은 무심코 자신의 무릎을 향해 손바닥을 휘둘렀다. 하지만 도중에 정신을 차린 사련이 이를 악물고 법력을 쏟아 그 손을 억지로 멈춰 세웠다. 그는 속으로 중얼거렸다.

'큰일 날 뻔했네!'

이 신상은 머리로 동로 천장을 들이받아 부서뜨린 몸이니, 자칫 힘 조절을 하지 못하고 무릎을 내리쳤다간 다리가 떨어져 나갈지도 몰랐다. 백무상은 분명 사련 스스로 발등을 찍게 할 목적으로 신상의 무릎까지 뛰어올랐을 터였다. 사련이 급하게 신상을 멈추자, 화성은 늘씬한 은빛 곡도를 느릿하게 뽑아 들며 백무상을 향해 말했다.

"꺼져."

백무상은 두 사람을 올려다보았다. 화성의 싸늘한 목소리가 이어졌다.

"네놈이 건드려도 될 만한 신상이 아니다."

사련이 불쑥 외쳤다.

"삼랑!"

그가 위편에 자리한 동로 꼭대기를 가리켰다. 검은 연기 기둥 아래로 무언가가 뒤따라 터져 나오고 있었다.

황금빛으로 물결치며 펄펄 끓어오르는 무언가.

용암!

한데 뒤섞인 황금빛 용암과 새카만 연기가 천지를 휘어 감고 동로 아래쪽으로 꿈틀거리며 흘러갔다. 백무상은 이 틈에 훌쩍 뛰어내려 눈밭 속으로 자취를 감추었다. 사련은 그를 뒤쫓을 여유도 없이 고함쳤다.

"달려!"

그의 명령대로 성큼 걸음을 내디딘 신상은 쿵쿵대는 요란한 발소리와 함께 동로 아래로 뛰어내렸다. 두 다리가 산자락 평지에 내려앉자 땅이 울리고 산이 흔들렸다.

그러나 신상이 아무리 빨라도 용암과 연기의 속도 역시 만만치 않아 금세 뒤를 따라잡혔다. 사련은 지체할 새 없이 신상을 일으켜 세우고 그대로 달리게 했다. 그런데 시간이 갈수록 신상의 속도가 차츰 느려졌다. 사련은 내심 의아하면서도 불안했다. 혹시 착각은 아닐까 생각하고 있는데, 별안간 몸이 우뚝 멈췄다. 이윽고 그는 신상의 어깨에 탄 채 아래로 추락했다.

신상이 그의 명령을 뒤로하고 제자리에 멈춰 서서 한쪽 무릎을 세우고 꿇어앉은 것이었다.

자리에 꿇어앉은 신상의 몸은 체력이 바닥나 당장이라도 혼절할 것처럼 서서히 앞으로 기울기 시작했다. 사련의 심장이 목구멍까지 덜컥 튀어 올랐다.

안 돼! 이러다 쓰러지겠어!

곧 있으면 용암과 연기가 뒤쫓아 올 터였다.

이때 갑자기 사련의 허리가 조여들었다. 화성이 그를 끌어당겨 한 손으로 허리를 감싸고 다른 손으로 그의 턱을 들어 올리더니, 서늘한 입술을 겹쳤다.

"……."

사련은 눈을 휘둥그레 떴다. 가슴 속 가득 넘어온 청량한 기운이 사지 곳곳으로 흘렀다. 마치 온몸이 생기를 되찾은 것만 같았다. 이 입맞춤은 그저 한순간에 불과했다. 화성은 입술을 떼고 말했다.

"형, 다시 해 봐!"

사련은 퍼뜩 정신을 차리고 손가락을 굽혀 주술을 맺었다. 이 거대한 신상은 바닥에 얼굴을 처박기 직전에 불현듯 양손을 뻗어 지면을 짚었다.

그리고 다시 몸을 일으켰다!

알고 보니 이 신상은 겉보기에만 그리 보인 게 아니라 실제로 체력이 모자랐다. 이토록 거대한 신상을 조종하려면 무시무시한 법력이 든다. 화성이 앞서 사련에게 빌려준 법력이 깡그리 바닥난 바람에 신상도 속도를 늦추고 휘청거린 것이었다. 다시 법력을 불어넣고 나서야 신상은 다시금 기운을 차리고 '살아나기' 시작했다. 걸음은 한층 빨라지고 움직임도 훨씬 날렵해졌다. 그런데 화성이 외쳤다.

"형, 조금만 더 빨리!"

사련도 더 빨리 달리고 싶었다. 하지만 너무 무식하게 조종하면 법력이 금방 축날지도 몰랐다. 그는 반신반의하며 말했다.

"속도를 높이면 버틸 수 있을까? 법력이 모자라면 어떡해?"

그의 귓가에 화성의 단호한 목소리가 들려왔다.

"그럴 일 없으니까 마음 놓고 달려! 영원히 겁낼 필요 없어! 내가 있잖아!"

등 뒤에 선 화성이 두 손으로 그의 허리를 단단히 붙들었다. 이 한 사람의 존재만으로 마치 온 세계가 자신의 뒤에 서 있는 기분이 들었다. 사련은 숨을 깊이 들이마시고 두 눈을 꽉 감았다.

"좋아!"

곧이어 그는 앞으로 두 손을 뻗고 모든 법력을 쏟아 내, 가장 강력한 주문을 그리며 외쳤다.

"—달려!"

쿵, 쿵, 쿵, 쿵!

거대한 신상은 몇 리에 달하는 걸음걸음으로 질주했다. 단걸음에 계곡을 건너고 언덕을 뛰어넘자, 예상대로 그 먹구름과 용암을 뒤로 멀리 따돌릴 수 있었다. 다만 만만찮게 거대한 존재인 만큼, 신상이 내딛는 걸음마다 하늘 바깥에서 운석이 떨어지듯 엄청난 파동이 일어났다.

동로산 곳곳에 널린 수많은 요괴와 귀신들은 땅이 요란하게 뒤흔들리는 것을 느끼고 대경실색했다. 고개를 들자 하늘을 맴돌며 널리 퍼지는 먹구름이 보였다. 조금 의아했으나 마음이 쓰이지는 않았다. 동로산에서 기이한 풍경은 흔히 보이기 마련이니까. 어쨌거나 저 먹구름 속에 있는 건 원령이 아니던가? 본인들부터가 원령이나 다를 바 없는 존재다. 요괴든 귀신이든 날마다 질리도록 보는데, 어디 겁낼 필요가 있겠는가?

하지만 요란하게 달려오는 거대한 무신 신상을 발견하고 나서는 다들 얼어붙고 말았다.

저게 뭐야?

삽시간에 사방으로 귀곡성이 울려 퍼졌다.

"거인이다아아아아아아아아!"

이토록 큰 거인은 난생처음 보았다. 정말이지 공포 그 자체였다!

사련은 오용 황성을 피해 갈 생각이었다. 자신의 신상이 이천 년 역사가 담긴 옛 유적을 몇 걸음 만에 폐허로 짓밟는 것은 피하고 싶었다. 그러다 문득 다른 일이 떠올랐다.

"삼랑, 혹시 이 근처에 배 장군과 우사 대인이 있어?"

"맞아."

사련은 재빨리 말했다.

"돌아가, 돌아가자. 깜빡한 물건이 있어. 같이 가져가야 해!"

그렇게 한창 질주하던 신상은 몇 걸음 뒤로 물러섰다. 방향을 돌려 돌아가려던 때였다. 별안간 사련의 몸이 덜컥 흔들리고 발아래가 텅 비더니, 온몸이 허공으로 날아갔다.

허공으로 날아오른 그는 뒤늦게야 무슨 일이 일어났는지 깨달았다.

신상이 넘어졌다!

사련과 화성은 신상의 가슴에 사뿐히 내려앉았다. 사련은 법력으로 신상을 일으키며 앞을 넘겨다보았다. 이 거대한 신상을 넘어뜨린 것은 사련이 아니라, 다른 물건이었다.

우뚝 솟은 커다란 산.

물론 이 산의 높이는 동로 본체의 발끝에도 미치지 못하지만, 사련의 신상에 비하면 조금 더 높았다. 분명히 아까 오면서는 이런 산을 넘은 적이 없었다. 사련의 시선은 이 산을 넘어 그 뒤로 향했다.

예상대로였다. 그 산 뒤에는 높이가 비슷한 산 두 개가 우뚝 솟아 있었다. 산 세 개가 신상의 앞을 가로막은 셈이었다.

화성이 입을 열었다.

"형, 조심해. 놈들은 동로산의 '호위'야. 그때 말했던 '로', '병', '사'."

신상이 막 바닥에서 몸을 일으키자마자, 첫 번째 산괴가 신상을 향해 덤벼들었다.

사련은 지난번에 화성이 했던 말을 떠올렸다. 동로산의 세 번째 산괴에게 쫓기느라 허덕인 전적이 있으니 이 산괴도 결코 얕잡아볼 수 없었다. 그는 무의식적으로 허공을 뛰어넘어 피하는 방법을 떠올렸다. 하지만 이렇게 거대한 신상으로 복잡한 움직임을 조종해 본 적이 없었기에, 허둥지둥하다가 제대로 뛰지도 못하고 거듭 넘어지고 말았다.

우르릉, 우르릉. 말 그대로 천지가 요동쳤다. 거대한 신상은 오용 황성 근처에 넘어져 거리 하나를 깔아뭉갰다. 신상이 꿈틀거리는 순간 콰지직, 소리가 울려 퍼졌다. 화려한 가옥과 궁전이 거대한 신상에 깔려 부서지는 소리였다. 흔들림이 계속되자 사련은 또 넘어질 뻔했다. 그러자 화성이 그의 손을 단단히 붙들었다.

"이쪽으로!"

그는 사련을 이끌고 몇 걸음 만에 신상의 머리 위로 도약했다. 지금 보니 이 거대한 화관무신은 작은 옥관(玉冠)으로 머리를 묶어 놓았다. 두 사람은 옥상 난간 같은 옥관으로 뛰어올랐다. 겨우 그럴듯한 안식처를 찾은 셈이었다. 신상의 어깨나 손바닥에 서 있는 것보다야 훨씬 안정감이 느껴졌다. 하지만 한숨을 돌릴 새도 없이 산괴가 다시 몸을 부딪쳐 왔다. 신상은 비틀거리며 몇 걸음 물러섰다. 이번에는 사련이 만반의 준비를 마친 덕분에 넘어지지는 않았지만, 한눈판 사이에 일렬로 늘어선 가옥을 밟아 뭉개 버렸다. 사련은 안타까운 마음에 속으로 미안하다고 연거푸 읊조렸다. 건물을 피해 살금살금 도망치며 사련은 울적하게 입을 열었다.

“왜 나를 추격하는 거지? 내가 뭘 했다고?”

“꼭 형이 목표인 건 아니야. 놈들은 아무나 쫓아 덤비거든. 형의 지금 모습이 유독 눈에 띄기도 하고.”

“이렇게 큰 신상이니 눈에 띌 수밖에…….”

말을 이어 가려던 찰나였다. 나란히 협공에 나선 산괴 세 마리가 신상을 에워싸더니, 신상을 으스러뜨릴 기세로 끝없이 압력을 가했다. 신상과 사련은 꼼짝할 수 없는 신세가 되었다. 사련은 전력으로 신상을 조종해 산괴를 밀어내려 했지만, 끄떡도 하지 않았다. 저항해도 소용없을 것 같았다.

빠져나갈 만한 다른 방법은 없을까. 사련은 속으로 고민하면서 무심코 한 발자국 물러섰다. 그러자 누군가의 가슴께에 등이 닿았다. 뒤를 돌아보자, 화성이 그의 두 어깨를 감싸 쥐고 말했다.

“걱정 말고 맞서 싸워! 괜찮아, 놈들은 형의 적수가 못 돼. 형의 걸음을 막을 수 있는 존재 따위 이 세상에 없어!”

등에 닿은 가슴이 더없이 든든한 버팀목처럼 느껴졌다. 사련은 한순간 자신감에 휩싸여 마음을 다잡고는, 온몸에 맑은 기류를 휘감은 채 있는 힘껏 일격을 날렸다. 드디어 포위망이 뚫렸다!

우르릉대는 굉음과 함께 산괴 세 마리가 멀찍이 밀려났다.

모래와 돌이 바람에 튀어 오르며 흙먼지가 물씬 일었다. 다만, 산괴들은 잠깐 물러서나 싶더니 다시 공격해 왔다. 사련은 재빨리 양손으로 주술 대여섯 개를 엮어 냈다.

"내, 앞길을, 막지, 마!"

공중으로 뛰어오른 거대한 신상은 산괴 두 마리의 꼭대기를 두 발로 밟고 섰다. 동시에, 손을 허리춤에 건 패검으로 가져가 검을 뽑았다!

사련의 신상은 거침없는 일련의 동작을, 하늘을 찌르는 기백으로 막힘없이 해냈다. 어색함이라곤 찾아볼 수 없었다. 그야말로 살아 있는 사람 그 자체였다. 사련은 기세를 몰아 외쳤다.

"전부 베어 주겠…… 엇, 아니다, 잠깐만?"

화려한 일격으로 산을 베어 버릴 준비를 마쳤는데, 검을 뽑은 순간 어딘가 이상한 기분이 들었다. 위를 올려다본 사련은 순간 식은땀이 죽 흘렀다. 신상이 검을 뽑기는 했는데…… 왜 손에 칼자루만 들려 있을까?

검날은 어디 가고?

사련은 망연한 표정을 지었다. 한쪽에서 지켜보던 화성이 두 손가락으로 미간을 짚으며 말했다.

"……형, 미안해. 말하는 걸 깜빡했네. 검날은 같이 조각해 놓지 않았어. 내 실수야."

"……."

그야 당연한 일이다! 화성은 동로 내벽의 암석을 깎아 신상을 세웠다. 이 거대한 신상은 옷자락이 겹겹이 쌓여 있다. 허리께에 찬 패검은 소매와 옷자락에 가려져 밖으로 드러나지 않기에 칼자루만 조각해 놓은 것이다. 법력을 얻은 신상이 움직이기 시작한 뒤로 따로 검날을 조각하지 않았으니 검날이 하늘에서 뚝 떨어질 리가 없었다.

화성은 미간을 살며시 구기며 심각한 낯빛으로 말했다.

"계산 실패네. 완벽하게 조각하려면 아직 멀었어. 다음엔 모든 부분을 빠짐없이 조각할게."

사련은 그가 진심이라는 것을 느끼고 다급하게 말했다.

"아냐, 아냐! 충분히 완벽해, 정말로!"

어쨌거나 검날이 없으면 산을 가를 수 없다. 그리하여 사련은 곧바로 작전을 바꾸었다. ―삼십육계 줄행랑!

그는 재빨리 신상을 조종해 산괴 꼭대기에서 뛰어내렸다. 그러곤 쓸모없는 바위 검을 뒤로 내던지고 쏜살같이 내뺐다. 두 사람은 신상의 머리 위 옥관에 서서 얼굴로 몰아치는 광풍을 맞았다. 검은 머리카락과 흰 옷자락, 붉은 소매가 나부꼈다. 도망치는 도중이라고는 해도 자못 아름다운 장면이었다. 이때 은나비 한 마리가 사련의 귓가로 날아왔다. 귓속으로 사람들의 목소리가 울려 퍼졌다. 그는 황급히 은나비를 붙들고 물었다.

"거기, 풍신이랑 모정이야? 우사 대인과 배 장군도 계신가요?"

아니나 다를까, 은나비 너머에서 익숙한 목소리가 들려왔다. 배명이 말했다.

– 아니, 태자 전하. 그렇게 큰 목소리로 물어보실 건 없잖습니까.

“아, 죄송해요. 지금 법력이 너무 넘쳐서요. 조절해 볼게요.”

– …….

침묵을 지키는 배명의 뒤로 모정의 목소리도 들려왔다.

– 뭐라고요? 법력이 넘친다? 전하가요?

사련은 거듭 물었다.

“다들 합류한 거지? 지금 어디야?”

모정이 대답했다.

– 배 장군 일행, 소배 장군 일행 모두 합류했습니다. 지금 다들 오용강 근처 숲에서 밖으로 철수할 채비를 하고 있고요.

풍신의 목소리가 끼어들었다.

– 거기 무슨 일 있습니까? 방금 동로에서 엄청난 진동이 느껴졌습니다! 도와드리러 갈까요?

사련은 얼른 대답했다.

“괜찮아! 너희는 그쪽에서 기다리고 있어. 우리가 금방 데리러 갈게. 얘기는 만나서 하자! 아, 벌써 다 왔어!”

앞쪽으로 말라붙은 오용강이 보였다. 거대한 신상은 골짜기를 건너 무성한 숲 옆에 웅크리고 앉았다. 마침 사련은 숲에서 빠져나오는 풍신과 모정을 발견했다. 두 사람은 누군가를 찾는 듯 주변을 두리번거리고 있었다. 하지만 방향부터가 틀렸다. 게다가 위를 살펴볼 생각도 않으니, 사련과 화성을 찾을 턱이 없었다. 풍신은 은나비에 대고 말했다.

"전하, 아직 멀었습니까? 어디 계세요?"

사련은 손나팔을 만들어 입가에 대고 아래를 향해 시원하게 소리쳤다.

"여기 도착했잖아! 위쪽, 위쪽을 봐! 너희 머리 위!"

"……."

두 사람은 그제야 자신들이 거대한 그림자에 잠겨 있다는 것을 깨닫고 천천히 고개를 들었다.

동시에 두 사람은 숲 근처에 웅크리고 앉아 두 사람을 내려다보는 거대한 '사련'을 발견했다. 그 얼굴은 사련답게 퍽 상냥한 미소를 머금고 있었다.

화성은 시선 한번 주지 않고 귀찮다는 표정으로 팔짱을 낀 채 사련 옆에 서 있었다. 사련은 아래쪽으로 손을 흔들었다.

"보여? 여기야!"

그러나 이 거대한 '사련'이 주는 시각적 충격이 실로 큰 탓에, 두 사람이 신상을 막 발견했을 무렵에는 다른 존재가 눈에 들어오지 않았다. 온 시야를 신상의 얼굴로 채운 채, 모정이 중얼거렸다.

"……내가 이제 미친 건가……."

풍신도 이 얼굴을 두 눈 가득 담고 중얼거렸다.

"……염병, 환장하겠네. 진짜 환장하겠네. 제기랄, 이게 대체 뭐야?"

사련은 웅얼거렸다.

"으음……."

화성은 흘러나오려는 웃음을 참는 것처럼 눈썹을 까딱 치켜세웠다. 솔직히 말해서, 이렇게 거대하고 생생한 신상은 누구도 생전 본 적이 없었다. 지금까지 보았던 가장 큰 신상은 군오의 것이다. 하지만 그조차도 이 거대한 신상의 절반 크기에 불과했으니…….

충격이 극심했던 풍신과 모정은 사련이 몇 번을 외치고 나서야 그의 존재를 알아차렸다. 속속 숲에서 빠져나온 다른 사람들도 고개를 들고는, 이 거대한 신상에 놀라 목과 발을 삐끗할 뻔했다. 사련은 울지도 웃지도 못하는 심정으로 신상의 손을 바닥으로 내려 손바닥을 펼치고 말했다.

"동로산이 폭발했습니다. 용암이 곧 여기까지 번질 거예요. 그리고 산괴 세 마리도 언제 쫓아올지 모르니 다들 빨리 올라오세요. 제가 태워 드릴게요!"

일행은 분주하게 신상의 손을 타고 올라 제각기 자리를 잡았다. 옥관 위에 서 있는 사련은 공기 속에서 독한 유황 냄새를 맡았다. 뒤를 돌아보니 새카만 연기와 화산재가 빠르게 번지고 있었다. 그는 신상의 손을 거두고 일으켜, 다시 성큼 걸음을 내디뎠다.

배명과 일행들은 놀란 뒤에 그럭저럭 평정을 되찾았지만, 풍신과 모정은 내내 정신을 차리지 못했다. 아무래도 이 거대한 신상의 얼굴이나 자태가 너무 익숙한 탓에 몇 배가 커진 모습이 유난히 충격적인 모양이었다. 풍신은 신상의 어깨에 서 있으면서도 여전히 현실을 받아들이지 못했다.

“이건 누구 짓입니까? 누가 조각했죠? 전 왜 이런 걸 처음 봅니까? 하다못해 들어 본 적도 없는데요?”

화성이 가식적으로 웃으며 말했다.

“그쪽이 처음 보는 게 한두 가지여야지.”

아무도 터놓고 말하지 않았으나 사실 다들, 특히나 풍신과 모정은 약속이나 한 듯 정답을 확신했다.

바로 이 작자가 한 짓이다!

모정도 입을 열었다.

“정말 믿을 수가 없네요……. 어떻게 이 신상을 움직이시는 겁니까? 법력이 얼마나 들죠? 감당이 됩니까? 전하는 법력이 바닥났잖아요?”

이번에 화성은 대신 대답해 주지 않았다. 모정을 흘긋 쳐다본 사련은 주먹을 입가로 가져가 대고 말끝을 흐렸다.

“으음, 그건 말이지…….”

이때 배명이 말을 얹었다.

“빌리면 될 일 아닙니까. 얼마나 간단해.”

“하하하하, 맞아요…….”

길을 지나던 요괴와 귀신들도 흘러내리는 용암과 분수 같은 불길을 보고 심상찮은 분위기를 감지했다. 여러 사람이 신상에 올라탄 것을 보고서는, 그들도 허겁지겁 외쳤다.

"나도 같이 가요!"

"나나나, 나도 탈래!"

"우리도, 우리도 끼워 주시오!"

하지만 화성은 냉담하게 한마디 내뱉었다.

"꺼져."

그러곤 은나비 떼를 날려 보냈다. 서늘한 빛이 나부끼자, 귀곡성이 울려 퍼졌다. 인옥은 곤히 잠든 곡자를 안은 채 아래편에서 말했다.

"성주! 태자 전하! 아까 화산재 석상과 식시쥐가 갑자기 난동을 부리더니 떼를 이루어 사라졌습니다. 아무래도 동로산 바깥으로 향한 것 같습니다!"

검은 소에 탄 우사는 하늘을 응시하며 말했다.

"먹구름 안의 것들도 당장 뛰쳐나가고 싶은 모양이오."

맞는 말이었다. 먹구름 안에서 몸부림치던 것들은 모두 원령 떼였다. 다들 신선한 인간의 육체에 달라붙어 인면역으로 태어나기만을 간절히 바라고 있었다. 수천수만에 달하는 일그러진 사람 얼굴이 새카만 연기를 꽁무니에 매달고 돌연변이 뱀처럼 하늘을 맴돌았다. 손이 희미하게 떨려 왔지만 사련은 꿋꿋하게 입을 열었다.

"동로산에는 결계가 있습니다. 밖에선 들어올 수 없고 안에서도 나가지 못해요. 저 원령들도 당장은 뛰쳐나가지 못할……."

그런데 말을 끝맺으려는 순간, 화성이 난데없이 그의 손을 꽉 붙들었다. 사련의 가슴도 덩달아 조여들었다. 사련은 급히 화성을 붙잡고 물었다.

"왜? 내가 법력을 너무 펑펑 썼나? 미안, 미안. 역시 아껴 쓸게……."

화성은 한 손으로 오른눈을 덮으며 말했다.

"아니야, 형. 그건 걱정하지 않아도 되는데, 동로산 결계가 깨졌어."

사련은 얼이 빠졌다.

"뭐? 깨졌다고?"

동로산에 결계가 있으니 괜찮다고 말하자마자 이러기야?

화성의 대답이 돌아왔다.

"깨졌어. 백무상이 깨트린 것 같아. 위쪽 놈들이 곧 뛰쳐나가겠어."

106장 무신 넷, 검이 되어 손안에 사로잡히다

정말로 이 원령 떼가 뛰쳐나갔다간 인면역이 세 번째로 창궐하는 격이 아닌가?

사련은 급히 외쳤다.

"막을 방법을 찾아야 해!"

아래편 어깨에 서 있는 모정의 새카만 옷과 머리카락이 바람에 엉망으로 나부꼈다. 그가 목소리를 냈다.

"마땅한 방법이 있겠습니까?"

신상이 급작스레 걸음을 멈추었다. 발아래로 자욱한 흙먼지가 일어났다. 사련이 말했다.

"일단 다들 숨부터 참아요!"

말이 끝나기 무섭게, 새카만 연기와 화산재가 매서운 기세로 몰아닥쳤다. 거대한 신상은 손을 쳐들고 천지를 뒤흔드는 장풍을 날렸다. 목표물이 지면이었다면 백 년 묵은 고목도 뿌리째 뽑힐 폭풍이 일어났을 터다. 연기를 야금야금 흩트리고 날려 보내던 사련은 답답한 마음에 속으로 중얼거렸다.

'검이 있었으면 좋았을 텐데!'

화성은 한눈에 그의 머릿속을 꿰뚫어 본 것처럼 말을 걸었다.

"형, 검을 얻을 방법이 없지는 않아."

사련의 얼굴에 화색이 돌았다.

"무슨 방법인데?"

"그건 저 아래쪽에 있는 형의 동료들 하기 나름이지."

풍신이 툭 내뱉었다.

"방법이 있으면 그냥 말해라. 시답잖은 얘기 하지 말고."

사련은 내심 짚이는 구석이 있었다.

"혹시, 배 장군과 다른 신관들의 힘을 합쳐 검을 제련하란 거야?"

화성이 대답했다.

"맞아. 신관들은 동로산 안에서 법력에 제한을 받잖아. 하지만 여기는 무신이 제법 많으니까, 네 명의 본존으로 법력을 모으면 위력이 제법 괜찮겠지."

배명이 가장 먼저 긍정적인 반응을 보였다.

"괜찮은 생각 같군."

모정은 여전히 반신반의했다.

"정말 괜찮겠습니까? 여기 무신이 몇 명인데요? 세 명 아닙니까?"

배숙과 인옥은 법력을 잃었고 우사는 무신이 아니니, 마땅한 무신은 배명과 풍신과 모정뿐이었다. 그러자 배명이 대답했다.

"아니, 네 명이오. 기영도 있소."

"예?"

인옥은 잠시 망설이더니 한 손으로 곡자를 안은 채 다른 손으로 오뚝이를 꺼내 들었다. 아직 봉인을 제대로 풀지도 않았건만, 그 오뚝이는 마구잡이로 흔들리더니 날카롭게 찢어지는 비명을 내질렀다. 다들 귀청이 떨어질 것 같은 기분에 귀를 틀어막았다. 인옥은 재빨리 오뚝이를 다시 봉인하고 다른 오뚝이를 꺼내며 식은땀을 뻘뻘 흘렸다.

"죄송합니다, 잘못 꺼냈네요. 방금 그건 청귀척용입니다. 이게 맞아요."

사련에게서 인옥이 받아 챙긴 오뚝이였다. 인옥은 그 오뚝이를 공중에 던졌다. 터져 나온 붉은 연기 속, 한 소년의 인영이 나타나 아래로 떨어졌다.

사련의 신상이 손을 내밀었다. 공중에서 한 바퀴 돌아 손바닥에 착지한 소년은 피가 엉겨 붙은 곱슬머리를 긁적이며 고개를 들었다. 그러곤 눈앞에 펼쳐진 콩나물시루 같은 인파에 얼이 빠졌다. 인옥은 슬그머니 다른 사람 등 뒤로 숨은 뒤였지만, 권일진은 한눈에 그를 발견하고 펄쩍 뛰어오르며 외쳤다.

"사형!"

"……."

권일진이 요란한 발소리를 내며 쏜살같이 달려왔다. 인옥은 그를 보니 머리가 다 지끈거렸다. 사흘 밤낮 동안 척용의 비명을 듣는 한이 있어도 권일진과는 한 마디조차 섞기 싫은 눈치였다. 다행히 배명이 단숨에 권일진을 낚아채 데려갔다.

"자자, 일할 시간이다, 기영. 회포는 일 끝나고 풀도록!"

상황도 모르는 데다 배명에게 불만이 많았던 권일진은 주먹을 마구 휘두르려 했다. 그런데 고개를 드니, 위쪽에 서 있는 사련이 두 손을 모으고 간곡한 목소리로 말하는 게 아닌가.

"조금만 고생해 줘요, 기영."

"……."

영문을 모르면서도 그는 결국 머리를 긁적이며 일손을 보탰다. 모정은 다른 무신의 검으로 둔갑하는 것이 내심 불만스러웠지만, 네 명 가운데 혼자서 못 하겠다고 거절할 수도 없는 노릇이라 말을 아꼈다. 이렇게 신상의 손바닥 위에 배명, 풍신, 권일진, 모정이 순서대로 열을 맞추어 섰다.

화성은 옥관 가장자리에 팔꿈치를 올리곤 힐끗 시선을 던지며 말했다.

"마지막 두 사람, 순서가 바뀌지 않았나?"

확실히 배명, 풍신, 모정, 권일진 순서가 더 적당했다. 권일진의 법력은 상대적으로 불안정하니, 진법 중간을 차지하면 검을 사납게 휘둘렀다가 도중에 '부러질지도' 몰랐다. 하지만 사련은 식은땀을 훔치며 말했다.

"아냐, 저게 맞아. 풍신과 모정은 절대 같이 붙여 놓으면 안 돼. 전투가 길어지면 서로 싸울지도 모르거든. 그래서 중간에 다른 사람이 꼭 필요해."

이 말에 화성은 눈썹을 까딱 치켜올렸다. 부디 두 사람이 서로 물어뜯다 죽었으면 좋겠네, 하고 말하는 듯한 표정이었다. 그는 다시 아래로 시선을 옮겼다. 무신 네 사람의 몸에서 흘러나온 영광이 서서히 강해지며 멀리 뻗어나갔다. 하나로 이어진 영광은 마침내 빛을 두른 검으로 둔갑했다.

검이 모습을 드러내자, 사련의 신상은 검을 위로 던지고 손을 뻗어 단숨에 움켜잡았다.

검을 얻은 사련은 날개 돋친 범처럼 기세를 일으켜 일격을 휘둘렀다.

새카만 꼬리를 끌며 날아든 원령 떼가 이 일격에 맞아 날카롭게 아우성치더니 이내 입을 다물었다. 사련은 여세를 몰아 곳곳에 검을 휘둘렀다. 원령 떼는 바람에 휩쓸리는 조각구름처럼 산산이 찢겼다. 검날이 휩쓰는 곳마다 폭죽이 연달아 터지는 듯했다. 제법 근사한 장면이었다. 아래에서 넋을 놓고 구경하던 요괴와 귀신들은 신상의 묵직한 신발이 바닥을 딛고 다가오고 나서야 도망쳐야 한다는 것을 깨달았다. 한창 검을 휘두르고 있는데 갑자기 쓰러질 것처럼 신상의 발이 흔들렸다. 사련은 재빨리 검으로 바닥을 지탱하고 가까스로 중심을 잡았다. 진법을 유지하고 있던 무신들이 웅성거렸다.

"태자 전하, 왜 그러십니까?"

"계속하십시오! 다시 모여들고 있습니다!"

거대한 신상을 오래 조종한 사련은 조금 지친 참이었다. 머리가 땀으로 푹 젖었다. 정신도 팽팽하게 긴장해 있었다.

"별일 아닙니다! 단지……."

단지 법력이 또 바닥났을 뿐!

그는 홱 고개를 돌렸다. 사련의 뒤편 가까운 곳에 서 있던 화성이 마침 그를 향해 막 손을 뻗고 있었다. 사련도 이판사판으로 밀어붙이기로 했다.

그는 화성의 얼굴을 양손으로 냅다 감싸 쥐었다. 그러곤 가볍게 까치발을 딛고, 두 눈을 감은 채 화성의 입술 위로 제 입술을 겹쳤다.

풍신과 모정은 말문이 막혔다.

"……."

권일진은 어리둥절했다. 한편 배명은 '허허' 하고 웃음을 흘렸다.

화성의 뺨을 감싼 것만으로는 부족했다. 어차피 이렇게 된 마당에 시원하게 양껏 빨아들이자, 사련은 그리 생각하며 화성의 목을 두 팔로 단단히 감고 깊은 입맞춤을 이어 갔다. 피곤함은 말끔히 사라지고 온몸에 영력이 넘쳐흘렀다. 한편 신상이 쥐고 있는 찬란한 검 안쪽은 온갖 비명으로 아수라장이었다. 풍신은 충격에 휩싸였다.

"이게 무슨 짓이에요? 두 사람 지금 뭐 하는 겁니까? 전하?"

사련은 방심하다 사레가 들려 겨우 입술을 뗐다. 그는 차마 아래를 쳐다보지 못하고 하늘을 향해 외쳤다.

"버, 법력을 좀 빌리느라! 단순히 법력을 빌린 거야! 아주 떳떳한 일이라고!"

모정도 충격에 휩싸였다.

"법력을 빌리자고 이럴 필요가 있습니까? 서로 손바닥을 마주쳐도 되잖아요?"

사련은 이제 자신이 무슨 말을 하는지도 모르고 되는대로 지껄였다.

"하하하하! 들켰네! 실은 법력을 빌린 게 아니었어! 하하하하……."

이 모습에 화성도 웃음을 흘리며 두 손으로 사련의 뺨을 감쌌다. 그는 고개를 숙여 사련의 이마에 입을 맞추고 상냥한 목소리로 말했다.

"긴장하지 마, 형."

"……."

참 이상한 일이었다. 화성이 이마에 입을 맞추자 사련은 갑자기 정상적으로 변했다. 그는 풍신과 모정의 목소리를 짐짓 한 귀로 흘리며 진중한 얼굴로 다시 주문을 맺었다. 거대한 신상은 영광을 두른 검을 지면에서 뽑더니, 벅찬 힘이 온몸에 흐르는 것처럼 난폭하게 휘둘렀다.

권일진은 문득 감탄했다.

"방금 그건 법력을 빌린 게 맞았어! 갑자기 강해졌잖아."

모정이 참다못해 빈정거렸다.

"순 개소리인데 네가 뭘 안다고……."

하지만 이런 일을 권일진 같은 꼬맹이에게 자세히 가르쳐 줄 필요가 없다고 생각했는지, 모정이 억지로 말을 돌렸다.

"그래, 맞다. 법력을 빌린 거야."

배명도 호탕하게 웃으며 한마디 얹었다.

"맞긴 하다만 아무 때나 그런 식으로 빌리면 못 쓴다, 기영."

풍신은 혼란에 빠졌다.

"다들 무슨 소리를 하는 겁니까? 설마 진짜로 저 말을 믿어요?"

위력을 더한 신상은 원령 떼 소탕에 박차를 가했지만, 온 하늘을 뒤덮은 원령 떼를 전부 사로잡을 만큼 거대한 그물은 어디에도 없었다. 신상의 위력을 실감한 원령 떼는 분분히 방향을 돌려 달아났다. 공중에서 꼬리를 흔들며 멀리 헤엄쳐 가는 모습이, 흡사 사람 얼굴이 달린 커다란 올챙이 같았다. 사련이 외쳤다.

"추격해!"

그런데 무슨 영문이었을까. 몇 걸음 뒤쫓았을 무렵, 신상이 난데없이 기우뚱 기울더니 한쪽으로 쓰러지고 말았다!

분명히 충분한 법력을 얻었고 사련의 몸 상태도 아주 좋았으니 갑자기 이럴 이유가 없었다. 일촉즉발의 순간, 아래를 내려다본 사련은 신상의 한쪽 다리에 큼직한 구멍이 뚫린 것을 발견했다. 부서진 암석 조각이 구멍에서 와르르 쏟아져 내리고 있었다. 흰옷을 걸친 인영이 신상 위로 유유히 내려앉았다가 신출귀몰하게 자취를 감추었다. 다름 아닌 백무상이었다.

놀랍게도, 맨손으로 신상의 다리 하나를 망가뜨린 것이다.

신상이 묵직하게 무너져 내렸다. 다행히 석상에 타고 있던 자들은 하나같이 비범한 인물들이라 기민하게 한발 먼저 뛰어내려 무사히 착지했다.

사련과 화성은 신상의 가슴께로 올라탔다. 사련은 신상을 일으키려 했지만 신통치가 않았다. 바닥에 엎어진 신상은 퍽 낭패스러운 꼴로 느릿하게 바르작댔다. 검 진법 안에서 모정의 목소리가 들려왔다.

"어떻습니까? 일어설 수 있겠습니까?"

권일진도 말했다.

"또 법력이 떨어졌어? 다시 빌려야 돼?"

그러자 배명이 대답했다.

"아니, 이번엔 법력의 문제가 아니다. 기영, 아까 그 사건에 연연하지 말고 좀 잊어버려라."

사련이 대답했다.

"부상이 심한 것 같아요……. 섣불리 움직이면 안 되겠습니다."

물론 바위는 통각이 없다. 그래도 억지로 몸을 일으켜 싸움을 강행했다가는 다친 다리가 송두리째 떨어져 나갈지도 몰랐다. 공격력이 반감되는 것도 문제지만, 누가 뭐래도 이건 화성이 가장 공들여 만든 걸작이자 사련이 가장 마음에 들어 하는 신상이니 정말로 망가지면 가슴이 아플 터였다. 적이 넘어지자 허공의 원령들이 기쁨에 날뛰며 사방으로 날아갔다. 설마 이대로 눈앞에서 원령 떼를 놓치게 되는 걸까?

사련은 옆으로 시선을 옮겼다. 화성의 표정에 격노가 느껴졌다. 그건 백무상을 향한 분노였다. 잠시 침묵한 그가 운을 뗐다.

"형……."

바로 이때, 조밀하게 모여든 먹구름 속에서 찬란한 빛줄기가 새어 나왔다. 구름 위편에서 무언가가 빛을 발하는 것 같았다.

이어서 두 번째, 세 번째, 네 번째…….

아래로 쏟아진 눈부신 빛줄기가 먹구름과 원령을 꿰뚫고 부서뜨렸다.

신관들은 눈이 멀 것처럼 강렬한 흰빛 영광이 조금도 낯설지 않았다. 온종일 선경 곳곳을 가득 흐르고 내리쬐는 영광이었으니까.

군오가 왔다!

107장 흰빛 제군, 수수께끼의 국사를 다그치다

강력한 영광을 맞은 원령들이 한 움큼씩 연기처럼 사라졌다. 흰 갑옷을 두르고 검을 든 무신이 구름을 뚫고 나타났다.

역시 군오가 맞았다. 다들 환생한 부모라도 본 것처럼 목청 높여 외쳤다.

"어! 제군!"

당장 눈물 콧물이라도 흘릴 기세였다. 군오는 빛의 바람을 발아래에 흩트리며 유유히 내려앉았다.

"진정해라. 다들 무사한 것이냐?"

영광으로 둔갑한 검 안의 네 사람은 재빨리 갈라서서 각자 본존으로 돌아갔다. 배명이 말했다.

"제군께선 선경에 주둔하고 계셨잖습니까? 어찌 친히 행차하셨습니까?"

"동로산의 결계가 부서져 사태가 시급하니 서둘러 와 달라는 우사의 통령을 받았다."

일행은 시선을 옮겨 여전히 검은 소에 올라타 있는 우사를 바라보았다. 그랬구나, 모두가 속으로 중얼거렸다. 결계가 부서졌다면 분명 통령술도 제한받지 않을 것이다. 방금 그들은 혈기가 솟구쳐선 하늘을 날아다니는 원령을 때려잡을 생각만 했지, 통령술로 소식을 전할 생각은 미처 떠올리지 못했다. 사련은 앞으로 한 걸음 나섰다.

"제군, 백무상의 짓입니다. 그가 돌아왔습니다."

군오는 가볍게 고개를 끄덕였다.

"다시 나타날 줄 알았다."

"신출귀몰한 자입니다. 제군께서 오셨으니 이번에는 어디로 도망쳤을지 모릅니다."

"되었다. 이 원령들부터 처리하고 나서 찾자꾸나."

다들 하늘을 올려다보았다. 하늘의 먹구름이 소용돌이치며 군오가 내리친 영광에 정화되고 있었다. 배명이 말했다.

"그래서, 이번 귀왕의 탄생은 막은 건가?"

사련이 대답했다.

"그런 셈이겠죠. 결론적으로 동로를 뚫고 나온 인물은 이쪽이니까요."

모두의 시선이 다시 나란히 한쪽으로 향했다. 그 거대한 신상은 사련이 손을 뗀 뒤로 바닥에 얌전히 엎어져 있었다. 정교하게 조각된 거대한 신상이 바닥에 넘어지니 흡사 작은 산처럼 보였다. 사련은 옆에 서서 신상의 뺨을 쓰다듬고는 화성을 돌아보았다.

"삼랑, 이 석상은 어쩌지?"

생각에 잠겨 있던 화성은 사련이 묻자 정신을 차리고 대답했다.

"걱정하지 마. 고치기 전까지는 잠깐 여기에 두자."

"고칠 수 있어?"

"그럼. 동로의 원석만 있으면 돼. 꼭 다시 일어설 수 있게 고쳐 놓을게."

"그럼 우선 여기 두는 게 좋겠다. 동로 쪽은 화산이 폭발하고 있으니 언제쯤 안전해질지 모르니까."

바로 이때였다. 허공을 맴돌던 원령 떼가 갑자기 날카롭게 아우성치며 소용돌이로 변하더니 한쪽으로 몰아치기 시작했다. 다들 무슨 이변인가 싶어 시선을 집중했다. 그곳은 지하에 지어진 오용 신전 방향이었다.

원령 떼는 강력하게 내리쬐는 영광에 피할 곳이 없어서 곧 사라질 운명이었다. 그런 원령들이 지하 신전으로 쏟아져 들어가더니, 남김없이 빨려 들어간 것처럼 자취를 감추었다. 모정이 놀란 목소리로 중얼거렸다.

"어떻게 된 거지?"

사련은 불안한 예감이 들었다.

"백무상이야! 백무상이 축지천리 진법을 열어서 원령을 내보낸 거야!"

군오는 손을 휘둘러 지하 신전의 지붕을 뜯어냈다. 지면도 덩달아 큼직하게 떨어져 나갔다. 그러나 안에는 방금 그린 커다란 진법만 남아 있을 뿐, 원령의 흔적은 하나도 없었다. 풍신이 말했다.

"뭘 어쩔 셈이지?"

"진법을 어디로 연결했지? 어디로 내보낸 거야?"

예전 같았으면 영문이 나설 차례였다. 반 주향도 안 되어 영문전에서 위치를 전했을 텐데, 지금 임시직을 맡은 문신들은 이 결정적인 순간에 목표물을 찾아 허둥지둥 헤맬 뿐이었다. 열이 뻗친 풍신이 욕을 퍼부었다.

"제기랄! 평소에는 그렇게 허풍을 떨면서 체면 세워 보겠다고 난리더니, 그 체면은 다 어디 갔대? 앞으로 영문전의 일 처리가 느리다는 말은 절대 안 한다!"

이때 화성의 목소리가 들려왔다.

"황성이야."

모두가 그를 돌아보았다. 화성은 관자놀이에서 늘씬한 두 손가락을 떼며 말했다.

"원령들을 각각 다른 황성 일고여덟 곳으로 보냈어. 일단 황성 한 곳만 알아냈다. 그쪽 사기가 갑자기 폭주했거든."

……선경의 문신들이 역부족이라 귀계 인사의 도움으로 목표물의 위치를 찾게 되다니. 자리에 있는 신관들은 조금 얼굴이

홧홧했다. 하지만 상황이 상황인지라 낯부끄러운 기분은 금세 사라졌다. 모정이 입을 열었다.

"백의화세의 목적은 뻔합니다. 특별히 사람이 많은 곳에 원령을 뿌릴 생각이겠죠. 인면역은 창궐하는 순간 빠르게 번지니, 인구가 가장 밀집된 황성을 놓칠 리가 없습니다."

배명도 의견을 냈다.

"서둘러 처리합시다. 일각이라도 지체했다간 끔찍한 결과가 일어날 테니."

군오도 영문전을 대신하고 있는 임시직 문신들을 생각하니 머리가 아프고 말문이 막혔다. 그는 화성을 향해 돌아서며 말했다.

"혹 다른 황성의 상세한 위치도 조사할 수 있나?"

화성이 말했다.

"지금 조사 중이다. 오래는 안 걸려. 인옥, 나머지는 네가 맡아라."

인옥이 급히 대답했다.

"예."

물론 공무를 집행했을 뿐이지만, 과거 군오에게 폄적당한 인옥은 그를 보면 여전히 긴장을 감출 수 없었다. 그는 귀시장 쪽의 수하와 잠시 통령을 나누고 조심스레 구체적인 위치를 보고했다.

"남방 3백 리, 북방 270리……."

군오는 풍신에게 말했다.

“남양, 넌 남쪽으로 가거라.”

풍신은 당장 대답하는 대신 짧게 망설였다. 검란 낭자와 태아령을 찾고 싶은 모양이구나, 그리 생각한 사련은 입을 달싹였다. 하지만 풍신은 이내 대답하고 한쪽으로 걸어가 진법을 그리기 시작했다. 배명이 군오에게 넌지시 물었다.

“북방은 제가 갑니까?”

“물론 자네가 가야지.”

배명은 고개를 끄덕이고 빙글 돌아서서 걸음을 뗐다. 배숙이 뒤를 따르자, 그가 뒤를 돌아보며 말했다.

“상처도 낫지 않았고 해독도 아직이니, 지금은 우사 대인과 같이 있어라.”

배숙은 어리둥절한 기색이었다.

“장군, 저는 중, 독 되지, 않았, 는, 데요?”

배명은 연민을 담아 그의 어깨를 두드려 주었다.

“아직도 띄어쓰기가 고장 났는데 중독되지 않기는?”

그리 말하곤 가볍게 고개를 틀어 우사 대인과 서로 묵례를 나누고 갈 길을 재촉했다. 군오가 다시 입을 열었다.

“기영은 서쪽으로 가라. 소동은 일으키지 말고…….”

그러자 권일진이 의아한 얼굴로 되물었다.

“서쪽에서 뭘 해요? 지금 대체 뭘 하는 건데요?”

“…….”

상황을 모르는 게 권일진 탓은 아니었다. 아마 그는 오는 내내 어리둥절했을 것이다. 왜 얻어맞았지? 왜 벽 안에 파묻혔지? 왜 오뚝이로 변했지? 왜 거대한 검으로 둔갑해야 하지? 정말이지 한 순간도 상황 파악이 되지 않았다. 이를 본 인옥은 한숨을 내쉬며 말했다.

"제가 데리고 가겠습니다. 가는 길에 설명해 주면 되겠죠."

다른 사람들은 권일진에게 상황을 설명해 줄 만큼 인내심이 깊지 못했다. 권일진이 외쳤다.

"좋아요!"

한참을 기다려도 제 이름이 나오지 않자 모정이 결국 입을 열었다.

"제군, 저는 어디로 갑니까?"

군오는 가볍게 시선을 던지며 말했다.

"현진, 한 가지를 잊은 것 같구나."

모정은 의아해졌다.

"무슨 일 말씀이십니까?"

"넌 구금 중이었을 텐데."

"……."

모정의 얼굴이 새파랗게 질렸다. 그는 정말로 이 사건을 까맣게 잊고 있었다. 모정뿐만이 아니었다. 다른 사람들도 모정이 사술로 태아령을 제련한 혐의를 쓴 채 선경에서 뛰쳐나왔다는 것을 까맣게 잊고 있었다. 그러고 보니 그는 아직 혐의를 벗지 못한 몸이었다!

군오가 말을 덧붙였다.

"넌 되었다. 선경으로 돌아가면 구금 기간을 늘리겠다."

"……제군, 전 정말로 아닙니다!"

"진상이 밝혀지면 자연히 풀어 줄 것이다. 지금 널 멋대로 풀어놓았다간 체통을 저버리게 돼."

모정은 몹시 분했지만, 어쩔 도리 없이 나직하게 대답했다.

"알겠습니다."

억울한 모정의 모습에 화성은 하핫, 하고 노골적으로 웃음을 터트렸다. 모정은 그를 흘긋 쳐다보았다. 그러곤 옆에 서 있는 사련을 거듭 쳐다보더니, 무슨 생각을 떠올렸는지 안색이 한층 새파랗게 질렸다.

이제 네 사람이 남았다. 무신도 아니고 나서기를 꺼리는 우사는 필요하면 불러 달라는 말을 남기고 조용히 물러갔다. 사련은 당연히 사람이 가장 많고 임무가 제일 고된 황성을 골랐다. 군오는 자리에 남아 산괴 세 마리와 근처에 숨어 있을 가능성이 큰 백무상을 처리하기로 했다. 화성은 주사위를 던져 축지천리를 열고 사련과 함께 떠났다.

두 사람이 도착한 황성은 이미 한밤중이었다. 인기척 없이 고요한 거리 위, 집집마다 문을 굳게 닫아걸었다. 사련과 화성은 한 골목에서 모습을 드러냈다. 두 사람은 서둘러 거리를 가로지르며 삿된 존재의 흔적을 찾아 사방을 살폈다. 얼마나 걸었을까. 사련은 두 손가락을 모아 관자놀이에 대고 통령술을 열어 조용히 말문을 뗐다.

"제군?"

군오의 목소리가 들려왔다.

"선락, 무슨 일이지? 황성에 도착했느냐?"

"도착했습니다. 제군께 드릴 말씀이 있어서요."

"혈우탐화가 네게 무슨 짓이라도 했느냐?"

"……."

화성은 무언가 눈치챈 것처럼 눈썹을 치켜올렸다. 사련이 대답했다.

"아닙니다, 아무 짓도 안 했습니다. 다른 이야기인데 아까 상황이 시급해 미처 말씀드리지 못했습니다."

그는 얼굴빛을 바로잡고 말을 이었다.

"제군, 혹시 제 스승님에 관해 특별히 기억나는 부분은 없습니까?"

이 말이 나오자 군오는 조금 의아한 기색이었다. 이윽고 그가 물었다.

"과거 선락 국사를 말하는 것이냐?"

"맞습니다. 제군께선 그분과 자주 만나셨지요? 그분에게서 수상한 점을 못 느끼셨습니까?"

선락국의 제사 의식은 국사가 도맡아 치르곤 했다. 국사들은 뭇 인간들과 신을 잇는 다리 같은 존재였다. 짧은 침묵 끝에 군오가 말했다.

"느꼈다."

사련은 숨을 훅 들이마시고 물었다.

"……어떤 점이었습니까?"

군오가 되물었다.

"선락, 정녕 듣고 싶으냐?"

"네."

"실망하게 되더라도?"

사련은 화성을 잠시 쳐다보고 대답했다.

"네."

한참 뒤, 군오가 느릿하게 말했다.

"네 그 스승은, 선락 국사 노릇을 하느라 재능을 썩혔다. 그의 견식과 실력은 네 상상을 초월해."

사련은 가만히 군오의 말을 경청했다. 그러다 마지막 한마디에 가슴이 무겁게 내려앉았다.

군오의 목소리가 이어졌다.

"내 생각이다만, 그 국사가 실제로 살아온 세월은 나보다 짧지 않아. 어쩌면 나보다 길지도 모른다."

"……."

이렇게 그의 추측 가운데 하나가 사실로 밝혀졌다.

국사가 정말로 군오보다 오래 살았다면, 그가 오용 태자를 지킨 호법 천신 중 한 명일 가능성이 커진다.

사련은 참았던 한마디를 꺼냈다.

"어째서 예전에는 말씀해 주지 않으셨습니까?"

"한동안은 나도 확신이 서지 않았으니까."

"그럼 나중에는 어떻게 확신하셨습니까?"

"선락국이 멸망한 뒤로 그자를 찾아내 처리했다. 지금 보니 결국 도망쳤던 모양이지만."

"……."

군오의 손아귀를 벗어난 사람이 백무상 말고도 더 있었다니. 사련은 지금껏 국사가 전란 때문에 도망쳤다고 생각했다. 그런데 군오가 손수 찾아가 국사를 처리했을 줄이야!

사련이 거듭 물었다.

"그…… 그러면 제군께선 왜 그분을 처리하셨습니까? 왜 확신이 선 다음에도 제게 말씀해 주지 않으셨고요?"

"이 두 가지는 사실상 같은 질문이다."

"네?"

"내 말하지 않았느냐, 듣고 나면 실망하게 될 것이라고. 다만, 지금의 너라면 그런 실망 정도는 견뎌 낼 수 있을 것 같구나."

사련의 심장이 갈수록 무섭게 뛰었다. 그는 저도 모르게 화성의 한쪽 손을 꽉 붙들었다. 그러자 화성의 반대쪽 손이 그의 손등을 감싸 주었다.

통령진 너머에서 군오가 입을 열었다.

"그 이유는, 그자가 네 안에서 무언가를 불러내려 했기 때문이다."

108장 5백 사람 속에서 만난 옛 친구

사련은 중얼거렸다.

"……뭐를 말입니까?"

군오는 다소 망설이는 기색으로 심사숙고하더니, 한참 뒤에야 입을 열었다.

"왜 그러느냐, 선락. 어찌 갑자기 네 스승 이야기를 꺼내는 것이냐? 동로산에서 뭔가 마주친 것이냐? 그자와 관련이 있느냐?"

사련은 퍼뜩 정신을 차리고 간추려 설명하고 질문을 이어 가려는데, 문득 군오 쪽에서 떠들썩한 소리가 들려왔다. 군오가 말했다.

"너희가 말했던 그 산괴가 보이는구나. 들은 대로 괴이하군. 일단 놈들부터 처리하고 나서 얘기하자꾸나. 다만 말이 나왔으니 이것만큼은 명심하거라. 네 스승은 단순한 인물이 아니다.

정말로 그자를 만난 것이라면 반드시 조심해야 한다!"

이내 통령진 너머가 침묵에 잠겼다. 사련이 물었다.

"제군?"

군오의 대답은 돌아오지 않았다. 산괴 한 마리만 해도 상대하기 까다로운데 세 마리가 협공한다면 퍽 곤란할 터다. 아까 사련은 넘쳐나는 법력으로 거대한 신상을 조종했는데도 산괴 하나 해치우지 못했다. 지금 군오는 혼자이니 한층 기력을 끌어모아야 할 것이다. 사련은 화성에게 군오와 나눈 통령을 간추려 말해 주고 자리에 멈춰 섰다.

마침 두 사람이 서 있는 곳은 드넓은 거리 위였다. 올려다본 하늘에는 먹구름이 달을 가리고 있었다. 마치 맑은 물에 번진 먹물처럼, 검은 연기 같은 무언가가 차가운 달 앞을 어렴풋이 떠다녔다.

그건 백무상이 오용 신전에서 내보낸 원령 떼였다. 원령들은 아직 황성에 들어오지 못했다. 황궁을 감싼 천자의 기운과 황성 길목을 지키는 신선들의 궁관이 어우러져 위압적인 기운을 내뿜고 있기 때문이다. 천연적인 결계가 이 삿된 존재들을 바깥에 가두었다. 지금 이 원령들이 할 수 있는 것이라곤 하늘 높이 맴도는 것뿐이었다.

거의 모든 황성이 비슷한 기운을 두르고 있었다. 하나같이 대단한 인물과 신관이 자리한 명당이기 때문이었다. 물론 그렇다고 해서 원령 떼를 영원히 막을 수는 없는 노릇이었다. 화성이 말했다.

“결계를 강화하기만 하면 돼.”

하지만 어떻게 결계를 강화하면 좋을까?

“부적? 법보?”

말을 받아 되묻던 사련이 이내 제 말을 일축했다.

“아마 안 되겠지.”

이 원령 떼는 온 황성 상공을 뒤덮었다. 수천수만에 달하는 부적과 법보를 가져오지 않는 한 막을 수 있으리라는 보장이 없었다. 사련은 잠시 제자리를 거닐다, 이윽고 마음을 굳히고 말했다.

“삼랑, 내게 결계를 강화할 만한 방법이 있어. 하지만…… 사람이 필요해.”

“얼마나?”

“아주 많이, 많을수록 좋아. 적어도 5백 정도.”

“죽은 사람, 산 사람?”

진지하게 내뱉은 이 말은 농담이 아니었다. 사련이 말했다.

“산 사람. 귀신은 안 돼. 산 사람의 양기와 의기로 원령 떼를 물리칠 생각이거든.”

“그렇다면 자원한 사람이어야겠네.”

“맞아, 꼭 자원한 사람이어야 해. 거기에다 반격하고 수호할 힘이 있는 사람. 두려움을 지녔거나 기력이 부족하면 자칫 원령의 숙주가 될지도 모르니까.”

화성은 가볍게 고개를 끄덕였다.

“원래 전선에 나선 병사들이 누구보다 승리를 갈구하고 신앙심도 높은 법이니까. 억지로 떠밀렸거나 도망칠 생각뿐인 사기 없는 자들은 반드시 처참하게 패해 줄행랑치게 되지.”

“바로 그거야. 삼랑, 모을 수 있겠어?”

잠시 생각해 본 화성은 가만히 입을 열었다.

“형, 죽은 쪽을 데려오라면 얼마든지 모을 수 있어. 평범한 사람이래도 괜찮아. 하지만 지원자를 구하려면 만만치 않을 거야.”

그는 뜸을 들이다 말을 이었다.

“귀왕을 섬기는 인간이 적지는 않지. 하지만 분명한 건, 인간들은 나를 두려워하고 내게 바라는 바가 있어서 그렇게 경외하고 따를 뿐이거든. 인간들을 위협할 순 있겠지만, 이런 방법으로는 형이 원하는 사람을 찾지 못할 거야. 미안해.”

집중해서 듣고 있던 사련이 입을 열었다.

“사과할 것 없어. 같이 방법을 찾아보면 되지.”

“응. 형, 그래도 좋은 소식이 있어. 50걸음 앞쪽 길모퉁이에 산 사람들이 제법 많아.”

사련도 인기척을 느끼고 앞으로 내달렸다. 마침 맞은편에서 모퉁이를 돌아 나온 사람들이 불쑥 등장한 사련을 보고 기겁했다.

“귀신이다!”

잠시 상대를 살펴본 사련은 그들이 누군지 알아보고 반가운 기색으로 말했다.

"여러분, 귀신이 아니라 접니다!"

잡다하게 뒤섞인 승려와 도사들은 하나같이 몹시 눈에 익었다. 대열을 이끄는 화려한 장포 차림의 도인은 바로 천안개가 아닌가? 게다가 뒤를 따르는 큰 규모의 무리는, 지난번 두 사람을 끈질기게 쫓다 척용이 황야에 연 불법 객잔에서 기절했던 그 법사들과 도사들이 아닌가?

화성이 뒷짐을 지고 사련의 뒤에서 유유히 걸어왔다. 소년 모습도 아닌 화성이 무심하게 웃어 보이자, 천안개와 동료들은 더럭 겁을 집어먹고 3척 뒤로 물러섰다.

"귀신이 아니기는! 귀신 맞잖아! 게다가 귀왕이야!"

화성은 거짓 웃음을 지우고 성가시다는 기색으로 쯧, 혀를 찼다. 한마디 상대하는 것도 귀찮은 모양이었다. 한창 사람을 모으고 있던 사련은 재빨리 손을 쳐들었다.

"여러분, 마침 잘 만났습니다! 드릴 말씀이……."

그런데 웬일인지, 손을 들자마자 그가 생각한 것보다 몇 배는 요란한 반응이 되돌아왔다. 도사와 승려들이 속속들이 엎드려 경계심을 잔뜩 곤두세우고 외쳤다.

"암살 무기를 조심하시오!"

"……."

사련은 곰곰이 생각해 보고서야 그들이 말하는 '암살 무기'의 정체를 깨달았다. 그는 잠시 할 말을 잃었다가 거듭 입을 열었다.

"겁내실 필요 없습니다. 암살 무기 같은 건 없어요."

옥결빙청환도 그렇게 쉽게 만들 수 있는 요리는 아니었다. 칼질만 해도 반나절 동안 심혈을 기울여야 하건만. 사련이 말을 덧붙였다.

"게다가 지난번에는 저희를 너무 몰아세워서 그랬지, 지금은 여러분을 건드릴 생각 없습니다."

이 말에 사람들은 그렇구나, 생각하고 잽싸게 몸을 일으켰다. 다들 분분히 먼지를 털고 옷매무새를 추슬렀다. 그러면서도 여전히 멀찍이 거리를 두고 석장과 보검 같은 법기를 내려놓지 않았다. 천안개가 입을 열었다.

"오랜만에 뵙소, 도장. 몸에 묻은 귀기가 더 짙어졌소만? 내 보아 하니 하루빨리 회개하고 불경함을 씻어 내는 것이 좋겠소. 그러고 보니 왜 이렇게 짙어졌지? 거짓말이 아니라, 얼굴만 해도 훤히 느껴지는데."

"……."

듣고 있자니 얼굴이 뜨거워지는 것 같았다. 사련은 차마 화성을 쳐다보지 못하고 천안개의 말을 잘랐다.

"그건 나중에 얘기해요. 여러분, 제가 밤하늘에서 불길한 징조를 발견했는데 다들 보셨습니까?"

천안개가 대답했다.

"봤고말고! 밤하늘의 징조를 살피는 것은 우리의 필수 일과라고. 난 무슨 요괴가 작간을 부리나 했더니, 설마 이번에도 화성…… 주?"

"당연히 아닙니다. 그랬으면 여러분께 이렇게 말씀드렸겠어요? 우리도 저 징조 때문에 왔습니다. 지금 황성의 결계를 강화할 방법을 찾고 있고요."

천안개는 의아한 투로 물었다.

"당신들이? 방법을 찾아?"

"귀왕이 이런 호의를 베푼다고?"

화성이 싱긋 웃으며 말했다.

"호의는 아니다만. 그리고 내가 황성에 무슨 짓을 하려고 했으면, 이 기운 따위 있으나 마나야."

법사들의 표정이 가지각색으로 물들었다. 사련은 그들의 경계심을 쉬이 누그러뜨릴 수 없다는 것을 알았기에 막무가내로 밀어붙이지 않았다.

"하늘의 저 원령들, 저도 상대해 봤습니다. 아주 까다로워요. 놈들이 황성의 수호 결계를 부수고 들어오게 둔다면 필시 큰 혼란이 일어날 겁니다. 그래서 지금 함께 방어진을 펼칠 일손을 5백 명 정도 구하고 있어요."

천안개는 입을 떡 벌렸다.

"5백? 무슨 방어진이길래 그 많은 사람을 구한단 말이오? 난 처음 들어 보는데?"

사련은 5백 명이 최소 인원이라는 말은 차마 꺼내지 못했다. 시원하게 털어놓자면 사실 8백 명은 필요했다. 다른 법사와 도사들도 너도나도 말을 보탰다.

"나도 들어 본 적 없소. 서책에서 이런 내용 보신 분 있소?"

"저것들이 그렇게 대단하다고?"

"요괴가 한입에 사람 5백 명을 잡아먹었단 얘기는 들어 봤소만, 이렇게 많은 사람이 필요한 방어진 얘기는 처음 듣소."

"위험하지는 않소?"

사련은 심사숙고한 끝에 솔직하게 대답했다.

"단언할 수 없습니다. 위험할지도 모르고, 어쩌면 괜찮을지도 몰라요. 성공할 확률은 7, 8할 정도뿐입니다. 저도 이 진법을 행하는 건 처음이라서요."

당연히 고대 기록에서는 찾을 수 없을 것이다. 이 진법은 사련이 서책에서 보았거나 누군가에게서 배운 것이 아니라, 팔백 년 동안 '만약 어느 날 다시 인면역이 창궐하면 어떡하지? 설마 죽기만 기다려야 하나?' 하고 끊임없이 고민하다 떠올린 방법이었으니까. 그때만 해도 실제로 나중에 이런 대참사가 찾아올 줄은 몰랐다. 그런데 이렇게 요긴하게 쓰이게 될 줄이야.

법사들과 도사들은 한쪽에서 한참을 상의했다. 마침내 천안개가 빙글 돌아서서 조심스레 운을 뗐다.

"우리로선 그 많은 사람을 모을 방도가 없소. 게다가……."

게다가, 그들은 사련과 화성을 믿을 수 없었다.

이것도 별수 없는 일이다. 애초에 그들은 인면역이 무엇인지, 얼마나 무서운 존재인지 몰랐으므로. 하물며 과거 화성에게 벌레 취급을 당하며 쌓인 울분도 적지 않을 터였다. 사실 사련은 이 법사들의 동문이나 제자를 바닥까지 끌어모으면 3백이 나 4백 명은 될 테니, 나머지는 따로 방법을 찾아보자고 생각하던 참이었다. 하지만 지금 보니 헛된 희망 같았다.

화성이 입을 열었다.

"형, 놈들과 긴말할 것 없어. 가자."

고개를 끄덕인 사련은 낙담하지 않고 화성과 함께 떠났다. 그러나 천안개와 사람들은 자리를 떠나지 않고 은근슬쩍 두 사람을 미행했다. 인기척을 잘 숨겼다고 생각하는 모양이었다. 사련은 기가 막혔다. 하지만 자신들이 황성을 공격할까 봐 걱정되는 마음에 따라오는 것이라 생각하니 한편으로는 웃음이 나와 그냥 내버려 두기로 했다. 이때, 화성이 의견을 냈다.

"차라리 빈민가로 가자. 그쪽엔 망명 중인 흉악범이나 간 큰 자들이 많으니 어쩌면 수확이 있을지도 몰라."

그렇게 두 사람은 황성 뒷골목으로 목적지를 바꾸었다. 너절하게 헐린 사당 앞에 도착해 주변을 훑어보니, 사당 안 바닥부터 바깥까지 사람들이 널브러져 자고 있었다. 다들 떠돌이나 거지인 것 같았다. 날도 추운데 남녀노소 가릴 것 없이 누더기 차림이었다. 낡은 멍석을 차지한 사람, 볏짚을 이불 삼아 끌어안은 사람, 아예 바닥에 드러누워 자는 사람도 있었다. 깨어 있는 사람들은 하나같이 몸에 난 부스럼이 아파 신음하거나 몸에 달라붙은 이를 벅벅 긁고 있었다. 어떤 사람은 환자에게 물을 떠다 주는 것인지 한쪽 다리를 끌고 절뚝이며 사당 안을 오갔다. 안에서 흘러나오는 시큼한 땀내와 지린내에 벌써부터 숨이 턱 막혔다.

가장 번화한 지역과 가장 몰락한 빈민굴은 놀랍게도 한 거리 남짓을 사이에 두고 바로 가까이에 붙어 있었다. 서로를 비교하자니 탄식만 나왔다. 하지만 사련은 지금 탄식할 여유가 없었다. 그는 단숨에 문턱을 넘어 들어갔다.

"여러분, 좀 도와주실 수 있겠습니까?"

누군가 대답하기도 전에 한 사람이 대뜸 욕을 퍼부었다.

"도와주기는 무슨, 염병하네! 내가 더 도움이 필요하구만! 잠 좀 자자. 훠이, 꺼져!"

사련은 화난 기색 하나 없이 말했다.

"정말 급한 일입니다. 여러분께서 손을 빌려주신다면, 분명…… 분명 창생이 복받을 겁니다!"

그는 원래 후하게 사례하겠다고 말할 생각이었다. 물론 사례야 하겠지만, 그래도 처음부터 '후하게'라는 말을 꺼내면 심사가 불순해 보일지도 몰랐다. 사당 안의 거지들은 한층 험하게 욕을 퍼부었다.

"창생이 복받든 말든 나랑 무슨 상관인데!"

그러자 다른 이가 물었다.

"사례금은?"

사련은 옆을 돌아보았다. 화성의 눈에 불쾌한 빛이 스쳤다. 쓴맛을 보여 주겠다는 낌새였다. 사련은 재빨리 그를 잡아끌고 조용히 말했다.

“우선 참아. 삼랑 네 말처럼 위협하는 식으론 안 돼. 내가 잘 말해 볼게. 70, 80명은 되니까 쓸 만한 사람 몇 명쯤은 나올 거야.”

화성의 살벌한 눈빛이 그제야 사그라들었다. 이때 가늘게 잠긴 목소리가 들려왔다.

“이봐, 이봐요! 다들 내 말 좀 들어 봐요! 말 좀 들어 보래도! 조용! 우선 무슨 일인지 들어나 보자고요!”

사련은 이 말에 고개를 돌렸다. 목소리의 주인은 아까 그 절름발이 거지였다. 마찬가지로 남루한 옷차림에 머리카락은 봉두난발이었다. 비쩍 말라 생김새조차 알 수 없었으나 목소리는 제법 젊게 들렸다. 그는 사당 안의 사람들을 손짓해 집중시켰다. 다만 이상하게도 한 손만 흔드는 통에 자세가 엉거주춤했다. 평소 그의 말을 잘 따르는 것인지, 거지들의 떠들썩하던 목소리가 잠잠해졌다.

“고맙습니다!”

사련은 인사를 건네고는 군말 없이 손바닥을 들어 불꽃을 높이 피워 올렸다. 이 광경에 놀란 거지들은 혼비백산하며 아우성쳤다. 자고 있던 사람들도 죄다 깨어났다.

“이건 뭔 요술이야?”

사련은 진지하게 대답했다.

“이건 요술이 아니라 선술(仙術)입니다. 제 말이 거짓이 아니라는 걸 증명하려는 것뿐이에요. 솔직히 말씀드리면 사정은 이렇습니다. 지금 요괴와 귀신이 떼거리로 황성을 에워싸고 쳐들어올 준비를 하고 있습니다. 그래서 진법에 참여해 황성을 지킬 지원자 5백 명이 필요해요. 혹시 자원하실 분 계십니까? 솔직히 말씀드리면 위험할지도 모릅니다. 하지만 절대 강요하지 않아요. 원하시는 분만 자원하시면 됩니다!"

"……."

무너진 사당 안에 긴 정적이 흘렀다. 거지들은 서로를 물끄러미 쳐다보았다. 그러나 자원하겠다고 나서는 사람은 한 명도 없었다. 머지않아 한 사람이 입을 열었다.

"황성을 지켜? 됐다 그래."

사련은 목소리가 들린 쪽을 돌아보았다. 그 사람은 도로 드러누우며 혼잣말로 중얼거렸다.

"황성도 날 지켜주지 않는데 내가 황성을 지켜? 좋을 대로 되라지. 내가 알 게 뭐야!"

심드렁한 말투 속에서 울분이 느껴졌다. 사련도 그 마음을 모르는 바는 아니었다. 하지만 이대로라면 곤란했다. 이 사당에 모여든 자들은 마찬가지로 생활고에 시달리는 처지라 이 사람과 같은 생각을 하고 있었다. 게다가 품삯을 주겠다는 말도 없지 않은가. 평소 황성에서 먹고살기도 힘든데 왜 지금 황성을 도와야 하지? 사당에 틀어박혀도 추운 이 엄동설한에 누가 밖에 나가고 싶겠어?

사련은 마지막까지 최선을 다했다.

"만약 놈들이 황성에 침입한다면 아주 무서운 역병이 창궐해 결국 모두가 화를 입게 될 겁니다."

바닥에 누워 있던 한 늙은 거지가 대꾸했다.

"내 몸에 들러붙은 해묵은 부스럼보다 무서운 역병이 있으려고?"

"정말 역병이 일어난대도 떠나면 그만이지. 꼭 여기에 살아야 하는 것도 아니고. 여기가 무슨 좋은 곳이라고. 어딜 가든 다 똑같아."

"차라리 황성의 그 잘나신 귀족 어르신들더러 가라고 하지. 어쨌든 누군가는 갈 거 아냐. 왜 꼭 우리가 가야 하는데?"

"그건……."

사련은 대놓고 말할 수 없었다. 사실 그 잘나신 귀족 어르신들도 '내가 안 가면 누군가 가겠지'라고 생각할 것이다. 게다가 그들은 황성에 가업과 뿌리가 있으니 위험이 닥치는 순간 미련에 연연하게 될 터다. 이런 마음이 글렀고 나쁘다는 말은 아니지만, 모두가 이렇게 생각한다면 일에 진척이 없을 것이다.

잠시 뒤, 아무도 나서지 않자 사련은 과감하게 포기했다.

"알겠습니다. 실례 많았습니다."

그는 빙글 돌아서서 낡은 사당을 빠져나갔다. 화성이 말했다.

"형, 너무 걱정하지 마. 내 쪽에서도 움직이고 있으니까, 소식을 뿌리면 충분히 찾을 수 있을 거야."

사련은 고개를 끄덕였다. 지원자 5백 명을 채우는 것은 아무래도 좋았으나 시간이 모자랄까 봐 걱정이었다. 괜히 억지로 사람을 모았다가 일을 그르칠지도 몰랐다. 그는 시선을 위로 들었다. 그 먹구름 자락이 하늘과 달을 부옇게 뒤덮고 있었다.

바로 이때, 등 뒤에서 별안간 한 목소리가 울려 퍼졌다.

"잠깐! 잠깐, 기다려요! —제가 가겠습니다!"

사련은 움찔하며 뒤를 돌아보았다. 아까 그 절름발이 거지가 한쪽 다리를 끌며 사당 문밖으로 튀어나왔다.

"그냥 산 사람이면 되는 거예요? 손발 못 쓰는 사람도 괜찮아요?"

이 사람의 움직임이 엉거주춤해 보였던 이유는, 한쪽 다리뿐 아니라 한쪽 팔도 망가져 맥없이 늘어진 탓이었다.

드디어 지원자가 나왔다. 사련은 뜨거워지는 가슴을 느끼며 재빨리 대답했다.

"전혀 문제없습니다!"

그 사람도 선뜻 대답했다.

"그럼 됐네요! 저도 끼워 주시죠!"

사당 안의 거지들은 화들짝 놀랐다.

"자네 뭐 하는 거야? 아까 못 들었어? 위험할지도 모른다잖아!"

"그래! 게다가 돈도 안 줘! 한참 떠들었으면서 사례금 얘기도 없었다고!"

"그러다 괜히 나쁜 일에 끼어들라! 노풍, 어서 이리 오게!"

"……."

아까부터 사련은 이 사람이 어딘가 익숙하게 느껴졌다. 다만 그가 기억하는 모습과 너무 다르고 목소리도 조금 잠겨 있어 미처 알아보지 못했다. 그러다 다른 사람이 그를 '노풍'이라고 부른 순간, 화들짝 깨달았다.

사련은 그를 빤히 들여다보며 믿기지 않는 듯 물었다.

"……풍사 대인?"

소리 내어 웃어 보인 거지는 한 손으로 얼굴을 가린 머리카락을 쓸어 넘기며 말했다.

"들켰네요, 태자 전하!"

꾀죄죄한 머리칼 아래로 맑게 반짝이는 두 눈동자만큼은, 변함없이 옛날 그대로였다.

사련은 충격에 말문이 막혀 버렸다.

사청현이 머리를 벅벅 긁으며 말했다.

"아이고, 아하하하하! 계속 다른 사람인 척하면서 몰래 두 사람을 살펴보려고 했는데, 태자 전하가 이렇게 눈이 날카로우실 줄은 몰랐네요! 어쩔 수 없죠. 제 변함없는 자태가 어디 쉽게 잊히겠어요! 하하하하하하하……."

"……."

사련은 양손으로 그의 어깨를 짚으며 나직하게 입을 열었다.

"……풍사 대인."

사청현의 웃음소리가 멎었다. 그러면서도 그는 머리카락 사이마다 들어찬 이 때문에 간지러운지 계속 머리를 벅벅 긁어 댔다.

"태자 전하, 전 풍사가 아니랍니다."

"좋아요. 청현."

사련은 뜸을 들인 끝에 말을 이었다.

"어쩌다…… 이런 모습이 되셨어요?"

"음, 그건 말이죠, 말하자면 길어요. 아무튼 이래저래 살다 보니 이렇게 됐어요."

이때, 사당 안의 사람들이 입을 모아 물었다.

"뭐야? 노풍! 아는 사이였어?"

사청현은 빙글 돌아서서 사련의 어깨를 끌어당기더니 힘껏 두드리며 말했다.

"그럼요! 예전에 친했던 친구예요!"

"뭐야! 자네 친구라고? 진작 말했어야지!"

"노풍, 네 성격에 이렇게 곱고 희멀끔한 기생오라비를 친구로 뒀다고? 또 허풍 떠는 게지!"

호들갑 떠는 사람들의 모습이 우스울 법도 하건만, 사련은 그저 입맛이 썼다. 그럴 만도 했다. 지금 이 세 사람 가운데 풍사야말로 진정으로 '곱고 희멀끔한 기생오라비'였으니까. 사청현이 발끈했다.

"무슨 말이에요? 내가 언제 허풍을 떨었다고!"

"됐거든! 너 몸 좋아지기 전까지 입만 열면 허튼소리였던 거 우리가 잊었을 줄 알고!"

사청현은 의미 모를 고함을 왁왁 내지르더니 말했다.

“이제 친구 도와주러 가야겠습니다. 다녀올게요! 같이 갈 사람 없어요?”

사람들은 다시 한번 서로를 흘끔거리더니 이윽고 말했다.

“좋아. 노풍의 친구라면야 얘기가 달라지지.”

“노풍 따라가자고. 팔다리도 하나씩 없는데 괜히 맞아 죽을라.”

사청현이 빽 외쳤다.

“거참!”

다른 누군가가 끈질기게 물었다.

“정말 품삯은 없소? 돈이 아니면 닭고기 몇 점이라도?”

사련과 사청현은 짤막한 대화로 서로의 상황을 파악했다. 사청현은 곰곰이 생각하다 말을 꺼냈다.

“위협이나 보상을 삼가야 한다는 건 알겠지만, 요깃거리라도 안 될까요? 다들 한동안 굶었거든요.”

사실 사리사욕에 눈이 머는 정도만 아니면 괜찮았다. 사련이 대답했다.

“좋아요. 대신, 이렇게 말씀해 주세요.”

그러곤 사청현에게 몇 마디 속삭였다.

“저도 그렇게 생각했어요.”

사청현이 그리 말하고는, 돌아서서 크게 외쳤다.

“이 일이 끝나면 이따가 닭 다리에 국을 대접하겠답니다! 같이 가든 말든 모두에게 한 그릇씩 챙겨 줄 거예요! 이거 중요해요. 꼭 같이 가는 사람한테만 주는 게 아닙니다! 가려면 자원하시고!"

퍽 훌륭한 구절이었다. '모두에게 한 그릇씩 챙겨 준다'. 같이 가든 말든 밥그릇을 챙겨 준다면 자원해서 나서는 사람은 얼마 없을 것이다. 사청현이 고함쳤다.

"그래서 올 거예요, 말 거예요? 많을수록 좋아요! 자, 자! 다시 말씀드립니다! 돈 주는 일 아닙니다! 그냥 도움이 필요한 거죠! 겸사겸사 창생을 구원하든 황성을 지키든 알아서들 하시고, 무조건 자원한 사람만 뽑습니다! 일이 끝나는 대로 모두에게 든든한 끼니를 대접할게요!"

사청현이 먼저 나서서 이끈 덕분이었을까. 사당 안의 냉담했던 분위기가 눈 깜짝할 새에 뜨겁게 치솟았다. 거지들은 각자 갈라져서 자신들이 아는 부랑자들에게 소식을 전하러 갔다. 사련, 화성, 사청현 세 사람은 낡은 사당 문 앞에 자리를 잡고 섰다. 사련은 고개를 들었다. 편액이 달려 있어야 할 자리는 텅 비어 있었다. 저도 모르게 박고진에서 보았던 퇴락한 풍수묘와, 사당 안에서 보았던 목이 잘린 수사 신상과 팔다리가 부러진 풍사 신상이 떠올랐다. 마음이 어수선해진 사련은 사청현을 돌아보고는 반신반의하며 운을 뗐다.

"……청현?"

사청현은 그의 어깨에서 손을 치우며 말했다.

"왜 그러세요? 태자 전하, 미안해요. 제 손이 더러워서 전하 옷이 좀. 하하."

아니나 다를까, 사련의 흰 도포 어깻죽지에 너저분한 얼룩이 남았다. 사련 대신 털어 주려던 사청현은 자신이 옷을 더 더럽힐 뿐이라는 사실을 깨닫고 거듭 손을 치우더니 멋쩍게 콧잔등을 문질렀다. 물론 사련은 그런 것쯤 아무래도 좋았다. 그는 지금 한 가지가 걱정될 뿐이었다.

"풍…… 청현. 혹시, 명격을……."

사청현이 멍하니 물었다.

"제 명격이 왜요?"

"흑수와 다시 바꾸셨나요……?"

사청현은 그제야 말뜻을 알아차리고 퍼뜩 대답했다.

"아뇨, 아뇨, 안 바꿨어요. 오해하신 모양이네요. 그자는 아무 짓도 안 했어요."

사실 사련도 흑수가 결국 사청현의 명격까지 되돌려 놓았을 것이라는 생각은 하지 않았다.

"그럼 팔다리는 어쩌다 그러셨어요?"

사청현은 머리를 긁적이며 멋쩍게 말했다.

"이것도 그자 짓은 아니에요. 이건 뭐랄까…… 실수로, 운이 더럽게 나빠서 그랬어요. 사실 다 제가 자초한 거죠."

그가 말을 얼버무리니 사련도 더는 추궁하지 않았다. 다만 사청현의 지금 처지가 당시 하현이 풍수묘에서 예언인 양 쏟아부은 독설처럼 되었으니, 내심 이토록 묘할 수가 없었다.

사련이 입을 열었다.

"그때 제 법력이 갑자기 빠져나가는 바람에 도움이 되지 못했어요. 정말 미안해요."

사청현은 손을 홰홰 내저었다.

"원래 전하 일도 아니었는데요. 전하께서 먼저 물어봐 주지 않으셨다면 아마 저도 끝까지 몰랐을 거예요."

"그날 이후로 대체 무슨 일이 있었죠?"

사정은 이랬다. 하현이 사무도의 머리를 뜯어낸 뒤로 넋을 잃은 사청현은 하현이 자신에게 하는 말을 전혀 알아듣지 못했다. 그저 하현이 자신을 데리고 흑수도를 빠져나갔다는 것만 어렴풋이 기억할 뿐이었다. 나중에 보니 하현은 그를 황성에 던져 놓았다. 왜 황성인지는 모르겠지만, 한때 항상 떠들썩하게 먹고 마시며 연회를 열었던지라 아주 낯선 곳은 아니었다. 그는 얼렁뚱땅 시간을 보내다 완전히 정신을 차린 뒤로는 아예 본명을 감추고 이곳에 눌러앉았다.

그는 법력은커녕 신분을 밝힐 만한 표식도 전혀 없었다. 거기에다 옛날이었으면 발도 들이지 않았을 진창 구석을 날마다 전전했으니 상천정도 그의 자취를 찾을 방법이 없었다.

사청현이 말을 덧붙였다.

"아무튼 전하 잘못이 아니에요. 그 이후로는 두 번 다시 그자를 못 봤고요."

다시는 못 보는 편이 나았다. 그 일은 참으로 난감한 사건이었으니까. 대체 하현이라는 자를 죽여야 할까, 살려야 할까?

게다가 수사는 죽기 직전까지 하현의 속을 뒤집어 놓지 않았던가. 사련이 그동안 사청현 때문에 얼마나 가슴을 졸였는지 모른다. 마침 이때 거지들이 사람을 데리고 돌아와 떠들썩하게 외쳤다.

“노풍, 노풍! 이 많은 사람들을 데려왔어. 어때?”

사청현은 엄지손가락을 척 세우며 대답했다.

“훌륭하네요! 다들 닭 다리나 뜯자고요!”

“이 많은 입을 감당할 수 있겠어?”

사청현이 손을 한번 휘둘렀다. 그 순간, 사련은 그가 십만 공덕을 뿌리는 듯한 착각에 휩싸였다. 사청현의 목소리가 이어졌다.

“그쯤이야, 뭐! 입이 많기는요! 열 배를 데려와도 감당할 수 있다고요!”

겨우 정신을 차리고 대충 세어 보니, 놀랍게도 2백 명 남짓이 모였다. 예상을 훨씬 웃도는 결과에 사련은 기뻐하며 말했다.

“풍사 대…… 청현, 정말 큰 도움이 됐어요!”

사청현은 으쓱한 기세로 대답했다.

“그야 물론이죠! 어딜 가든 제 한마디면 사방이 움직이니까요. 이러다 앞으로 어떤 패거리에서 두목 자리를 꿰차게 될지도요. 하하하하하하…….”

뒤에서 거지들이 핀잔을 주었다.

“노풍의 고질병이 도졌구먼.”

“누가 아니래. 또 허풍이지!”

사청현이 대꾸했다.

"뭐야, 정말 허풍 아니라고요!"

몇몇 거지들은 한사코 사청현을 궁지로 밀어 넣고 싶은지, 사련에게 넌지시 말했다.

"이봐요, 친구분, 그거 아시오? 노풍이 막 여기 왔을 때 얼마나 멍청했는데. 온종일 자기가 신선이라고 허풍치고 떠들어 댔다니까."

사청현이 조금 민망한 낯빛으로 재빨리 끼어들었다.

"잡소리 들어 줄 시간 없어요. 남아서 이따가 닭 다리나 뜯으시죠!"

사련은 거지들의 말에 웃음기를 살짝 거두었다. 하지만 종이뭉치처럼 잔뜩 구겨졌던 마음은 서서히 반듯하게 펴지고 있었다.

풍사 대인은 변했지만, 한편으론 여전하구나.

정말 다행이다.

사청현이 다시 입을 열었다.

"태자 전하, 이제 어떡하시려고요? 사람이라면 모을 만큼 모았으니 나머진 두 사람에게 맡길게요."

머릿수가 모자라기는 해도 지금 잠깐일 뿐이니, 우선 진법을 두르고 다시 방법을 찾으면 될 터였다. 사련이 대답했다.

"좋아요. 이제 이 많은 인원을 수용할 만한 공터를 찾아야겠어요."

무슨 생각을 했는지는 몰라도, 화성은 방금 두 사람이 이야기를 나누는 동안 한 마디도 끼어드는 법이 없었다. 그런 화성이 이제야 말문을 열었다.

"그건 쉬워. 형, 날 따라와."

사련은 고개를 끄덕였다. 사청현은 절뚝이는 걸음을 디디면서 뒤를 향해 힘껏 손짓했다.

"다들 잘 따라와요, 길 잃어버리지 말고!"

사련은 무의식중에 사청현을 부축하려 했다. 하지만 아무도 그를 돕지 않는 데다 사청현의 걸음도 남들보다 뒤처지지 않는 것을 보고는, 납득하며 마음을 접었다. 오합지졸로 뒤섞인 거지들은 떠들썩하게 빈민굴을 빠져나가 거리 위로 쏟아졌다. 얼마 걷지도 않았는데 별안간 벽력같은 외침이 터져 나왔다.

"거기 서라! 뭐 하는 자들이냐? 이 많은 인원이 꼭두새벽에 모여서 무슨 작당이야?"

화들짝 놀란 거지들이 날을 세웠다.

"젠장! 순찰병이잖아!"

하지만 사련은 끄떡도 하지 않았다. '신경 쓰지 마'라는 화성의 무심한 한마디 때문이었다. 그 말이 끝나기 무섭게 순찰병이 풀썩 쓰러졌다.

거지들은 놀라움을 금치 못하고 웅성거렸다.

"조용! 다른 순찰병까지 불러들이진 말자고요!"

사청현의 말에 다들 서로를 향해 쉿, 하며 손짓했다. 제자리에 멈춰 선 화성이 입을 열었다.

"형, 이 거리로 하자."

"여기? 위치로 보면 가장 적당하긴 한데, 너무 이목을 끌지 않을까?"

앞으로 평탄하게 뻗은 넓은 대로는 바로 황성의 중심 도로였다. 그러니 당연히 이목을 끌 수밖에! 다른 거지들도 거들었다.

"맞소. 괜히 들켜서 내쫓기면 큰일이라고!"

하지만 화성의 생각은 달랐다.

"괜찮아. 들킨다고 내쫓기진 않아."

사련이 고개를 끄덕이곤 말했다.

"여러분, 한 가지 짚고 넘어갈게요. 앞으로 우리가 상대해야 할 것은 아주 흉악한 존재입니다. 어쩌면 위험할지도 몰라요. 일단 놈들이 쳐들어오면 온 황성이 위험에 빠지게 될 겁니다. 그래서 한눈팔지 않을 순수한 지원자만 필요해요. 혹시 무서워서 빠지고 싶으신 분은 없나요?"

돌아오는 대답은 없었다. 사련이 말을 이었다.

"좋습니다. 그럼 지금부터 차례대로 옆 사람 손을 잡고 원을 만들어 주세요."

누군가 의아한 투로 물었다.

"이게 무슨 진법이오? 말만 들으면 꼬마들 손 맞잡는 놀이 같은데?"

사청현이 핀잔을 주었다.

"무슨 잡소리가 그렇게 많아요? 그냥 시키는 대로 해요."

"허, 노풍! 그렇게 말하면 안 되지. 자네보다 잡소리 많은 사람이 어디 있다고!"

왁자지껄한 목소리와 함께 2백 명 남짓한 사람들이 손을 맞잡고 광활한 황성 중심 도로 위로 커다란 원을 만들었다. 사청현이 물었다.

"이렇게 원을 만들면 놈들이 황성에 쳐들어오지 못하나요?"

사련이 대답했다.

"아뇨, 놈들은 언젠가 쳐들어올 거예요."

사청현은 어리둥절한 얼굴이었다.

"그럼 진법이 다 무슨 소용이에요?"

"함정입니다. 이 진법을 만들면, 놈들이 황성의 수호 결계를 뚫고 들어왔을 때 사방으로 흩어지지 않고 전부 이 함정 안으로 빨려들 거예요."

109장 귀왕, 두 마디 말로 투지를 일으키다

사청현이 거듭 물었다.

"함정에 빠뜨리고 나서는요?"

사련은 이미 화성과 함께 사람들 가운데에 자리를 잡고 선 참이었다.

"그다음은 여러분께 맡겨야죠. 우리는 진법 안에서 한 마리도 남김없이 차근차근 놈들을 처리할 겁니다. 시간만 있으면 돼요. 당장 급선무는 놈들이 흩어지지 않게 막는 거고요. 그리고 아까 위험할지도 모른다고 했죠. 그건 지금 인원수가 5백 명이 안 돼서 그래요. 원이 버틸 수 있을지, 놈들이 빠져나가지 않을지 확실치 않거든요."

누군가 침을 꿀꺽 삼키고 물었다.

"빠, 빠져나가면 어떻게 되는 거요?"

사련이 대답했다.

"큰 낭패죠. 원령이 몸에 달라붙어 역병에 걸리게 돼요."

"만약, 그러니까, 아주 만약에 누군가 손을 떼고 도망치면?"

"결계가 부서집니다. 어쩌면 마찬가지로 원령에 몸을 잠식당할지도 모르고요."

"어쨌거나 원령에 잡아먹힌단 소리잖소!"

보다 똑똑한 자들은 사련의 말뜻을 알아들었다.

"다르지. 전자는 열이면 열, 무조건 원령이 달라붙어 역병에 걸린다는 얘기고, 후자는 '어쩌면'이잖아. 도망치면 살길은 있다는 뜻이지."

사련이 말했다.

"맞습니다. 지금이라도 떠나실 분 없나요? 본격적으로 시작한 뒤에는 절대 물러설 수 없습니다. 하지만 시작하기 전에는 떠나도 괜찮아요. 그리고 다들 떠나는 분에게 뭐라고 하지 않으셨으면 좋겠습니다. 어쨌거나 아주 위험한 일이니까요."

이런 사항은 꼭 짚고 넘어가야 했다. 그래야만 진정 용기와 결심이 굳은 사람을 골라낼 수 있으니까. 이윽고, 예상대로 몇십 명이 줄줄이 빠져나와 고개를 푹 숙이고 종종걸음으로 자리를 떠났다. 덩달아 원이 조금 줄어들었다. 사련은 안도의 한숨을 내쉬었다.

"다행이다."

사청현이 끼어들었다.

"다행이기는요! 사람이 줄었는데."

사련은 웃으며 말했다.

"제가 생각했던 것보다는 훨씬 많아요. 이 정도면 많죠."

사실 사련은 절반이 떨어져 나가면 어쩌나, 심각하게 고민하고 있었다. 그런데 겨우 몇십 명만 떠나다니. 예상치 못한 희소식이었다. 바로 이때, 멀찍이서 누군가의 목소리가 울려 퍼졌다.

"잠깐, 다들 저들이 누군지 아시오? 해를 입을지도 모르니 쉬이 믿으면 아니 되오!"

사련은 뒤를 돌아보았다. 등장한 사람들은 천안개와 법사들이었다. 사청현이 재깍 목청 높여 응수했다.

"댁들은 또 뭐야? 안 도와줄 거면 방해하지 말고 저리 가시지. 내가 장담하는데, 절대로 남 해칠 사람들 아니라고."

당연하게도 법사들과 도사들은 봉두난발을 한 거지를 안중에도 두지 않았다.

"넌 또 뭐야? 네 그 말이 몇 푼어치나 되는데?"

사청현은 이 질문에 부아가 치밀어서는, 자신의 얼굴을 가리키며 말했다.

"뭐야? 지금 내 앞에서 돈을 논해? 이것들이 하늘 높은 줄 모르고 말이야! 이 몸 앞에서 절했을지도 모르는 것들이, 크흠……."

여기까지 말한 그는 헛기침을 하며 움츠러들었다. 법사들은 그가 허풍을 떨다가 알아서 나가떨어진 것이라 치부하고 내버려 두었다.

"당신들은 저 두 사람이 무슨 작당을 하는지 모르잖소! 끼니 때우겠다고 목숨 버리지 마시오!"

이 사람들은 의협심으로 도우려는 것이지 끼니를 위해서 온 게 아니다. 사련이 그리 설명하려는 순간, 화성이 유유히 끼어들었다.

"아니. 이자들은 끼니 때문이 아니라 창생을 구원하기 위해서 온 거다."

사련은 조금 의아해졌다. 화성이 왜 이런 말을 하지? 그러자 맞은편에서 비웃음이 날아들었다.

"창생 구원은 무슨, 이게 무슨 말 같잖은 소리야? 자기 목숨이나 잘 간수해도 모자라겠구먼."

"그래. 거지들은 괜히 끼어들지 말고, 방해되니까 어서들 돌아가라고."

화성의 느긋한 목소리가 이어졌다.

"오? 그러니까 거지들은 창생을 구원하지 말라? 능력이 안 되니까? 아니면 자격이 안 돼서?"

이 말에 거지들이 불만스러운 표정으로 웅성거리기 시작했다. 천안개가 입을 열었다.

"우리가 언제 그렇게 말했다고."

사청현이 다시 튀어나와 그에게 삿대질을 했다.

"얼씨구, 내가 보기엔 아닌 것 같은데. 방금 그 말이 그 뜻 아니면 뭔데? 거기에다 무시하는 말투까지. 안 그래요, 다들?"

"맞소! 무슨 뜻이오? 우리가 능력도 자격도 모자란다고?"

"여기 참여하지 않아도 밥을 준다는데 우리가 진짜 밥 먹겠다고 온 줄 아시오? 사람 깔보는 것도 적당히 하쇼!"

사련은 한쪽으로 돌아섰다. 화성은 그를 향해 눈썹을 까딱여 보였다. 마치 '식은 죽 먹기'라고 말하는 것 같았다. 그 모습에 사련은 내심 깨달았다. 물론 지금 자리에 남은 사람이 적지는 않지만 서로 믿음이 견고하지는 못했다. 그런데 때마침 천안개와 법사들이 나타나 '네놈들 같은 비렁뱅이들이 어딜 끼어들어' 같은 태도를 은연중에 드러냈다. 화성은 이를 놓치지 않고 크게 판을 벌여 거지들의 반발심을 일으켰다. 다들 이렇게 생각했다.

'우리가 못 할 줄 알고? 우리도 할 수 있다는 걸 증명해 보이겠어!'

이렇게 사기가 한층 끓어올랐다. 양쪽이 서로 으르렁댔다. 사련은 천안개와 법사들에게 말했다.

"그렇게 불안하면 여기서 지켜보세요. 우리가 악한 짓을 저지르거든 당장 막으셔도 됩니다."

화성은 옆에서 싱긋 웃으며 덧붙였다.

"대신, 웬만하면 방해하지 않는 편이 좋아."

"……."

내내 사련과 화성을 미행하다 더 지켜보지 못하고 용기 있게 나선 법사들과 도사들은 결국 화성의 섬뜩한 거짓 웃음에 지레 겁을 먹고 다시 물러나야 했다. 화성은 시선을 옮기며 말했다.

"형, 하늘을 봐."

사련도 그를 따라 고개를 들었다. 둥근 달 앞에 깔린 검은 그림자가 한층 또렷해졌다. 어쩐지 조금 가까워진 것도 같았다.

두 사람이 사람을 모으는 동안 밤이 얼마나 흘러간 것일까. 이제 원령들이 곧 내려올 것이다.

사련의 가슴이 조여들었다. 아무래도 사람을 더 모을 시간은 없을 듯했다. 하지만 그는 아무런 내색 없이 입을 열었다.

"여러분, 제자리에 서세요! 손 단단히 잡으시고요!"

사청현은 일찌감치 똑바로 서 있었다.

"태자 전…… 노사, 지금 이 정도면 금방 부서지지 않겠어요?"

아무래도 인간계다 보니 호칭을 멋대로 불렀다간 번거로운 오해를 받을지도 몰랐다. 사련이 대답했다.

"여기서 언제든 상황을 살필 수 있으니까, 부서진 곳이 나오면 제가 가서 막을게요. 이렇게라면 시간을 벌 수 있어요."

즉 생겨나는 구멍을 부단히 메우겠다는 뜻이다. 사청현이 말했다.

"아아아, 그러니까 우리 목숨은 두 사람 손에 달렸단 소리네요. 내 목숨도 그렇고. 태자 전…… 노사, 힘내요! 제발 힘내야 해요! 전 지금 인간이라고요!"

"좋아요, 노풍. 힘닿는 데까지 노력할게요."

맞잡은 사람들의 손바닥마다 땀이 배어 나왔다. 다들 얼굴이

긴장으로 얼어붙었다. 모두가 손을 단단히 맞잡았다. 다음 순간, 적막한 밤하늘에 불현듯 처량한 울음소리가 울려 퍼지더니 점점 빠르게 다가왔다.

내려왔다!

때를 엿보던 사련이 외쳤다.

"여러분, 앞쪽으로 숨을 내쉬세요!"

다들 영문을 모르면서도 그의 말대로 힘껏 뺨을 부풀리고 앞쪽으로 숨을 내쉬었다. 수많은 인파가 한겨울 밤공기에 대고 뜨거운 입김을 내뱉었다. 비록 멀리까지 퍼지진 못했지만, 양기가 섞인 열기만 해도 이미 충분한 미끼였다. 거기에다 화성이 남몰래 눈속임 술법을 펼쳐 아래쪽 상황을 감추었다. 한 곳에서 생생하게 물결치는 짙은 열기와 인기척이 느껴지자, 사방으로 흩어지려던 원령들은 그곳을 목표 지점으로 착각하고 흥분해서 달려들었다. 원령 떼가 모여들자 하늘을 꿰뚫을 듯한 새카만 기둥이 솟아났다.

순간 사련의 눈앞이 반쯤 새카맣게 물들었다. 그가 거듭 외쳤다.

"여러분, 손 놓으시면 안 됩니다! 걸려들었어요!"

동시에 화성의 등 뒤로 수천 마리의 은나비가 날아올랐다.

은은하게 떠오른 은빛이 사련의 눈앞을 가린 검은 안개를 순식간에 몰아냈다. 곧이어 사련을 향해 손을 내미는 화성이 보였다.

"형, 내 쪽으로 와."

멍해진 사련은 곧장 화성의 손을 붙잡았다. 화성이 가볍게 사련을 당겨 그의 허리를 감싸 안고 담담한 얼굴로 주변을 훑어보았다. 원령 떼는 동로에 이천 년을 갇혔던 신세라 눈에 뵈는 게 없으면서도 선불리 다가오지 못했다. 두 사람 주변에는 새카만 연기 한 가닥 보이지 않았다. 신나게 원 안으로 들이닥친 원령 떼는 비로소 이상함을 감지하고 한참 허공을 물어뜯었다. 그런데 산 사람은 하나도 걸려들지 않고 애꿎은 동료들만 물어뜯기는 게 아닌가? 게다가 은나비 떼가 칼날 같은 날갯짓을 퍼붓는 통에 저 두 사람은 솜털 하나 건드릴 수가 없었다. 원령들이 죽어 가며 내지른 날카로운 비명이 하늘 멀리까지 솟구쳤다.

원령 떼는 드디어 자신들이 갇혔다는 사실을 깨달았다. 다들 우리에 갇혀 불타는 맹수 신세였다. 그리고 이 수많은 인간들은 철창 밖 구경꾼들이 아니라, 바로 철창 그 자체였다!

이를 알아채고 분노에 휩싸여 원령 떼는 손을 맞잡고 자신들을 막아선 거지들을 향해, 머리를 집어삼킬 듯 입을 떡하니 벌리고 날카롭게 포효했다. 길길이 날뛰는 얼굴과 몸체가 한껏 일그러졌다. 거지 몇 사람이 지레 겁을 먹고 물러서자 옆 사람이 재빨리 잡아당겼다.

"움직이지 마!"

사련도 외쳤다.

"가만히 계세요! 진법이 무너져도 놈들은 여러분을 건드리지 못합니다!"

이 말에 다들 마음을 가라앉혔다. 어떤 거지는 자신에게 으르렁대는 원령을 향해 침을 뱉으며 고함치기까지 했다.

"퉤퉤퉤! 더럽지! 더러워 죽겠지! 썩 꺼져!"

아마 귀신이 더러운 것을 싫어한다는 이야기를 들은 모양이었다. 사련은 순간 울지도 웃지도 못하는 심정이 되었다.

"그러실 것까진 없습니다! 그런다고 겁먹지 않아요."

이때, 사련은 진법의 한 곳이 갈라질 듯 위태롭다는 것을 알아챘다. 그는 재빨리 시선을 옮겼다. 어떤 빼빼 마른 거지가 멍해진 눈으로 거칠게 숨을 몰아쉬고 있었다. 긴장한 나머지 경련을 일으키려는 것 같았다.

쇠약한 기운을 느낀 수많은 원령들도 그 사람 쪽으로 벌 떼처럼 몰려들었다. 사련이 앞으로 나서며 약야를 휘두르자 원령들이 아우성치며 흩어졌다. 사련은 신속히 그 거지를 내보내고 거지의 양옆에 서 있던 두 사람을 이어 붙였다. 숨을 채 돌리기도 전, 서남쪽 여섯 장 너머에서 다시 빈틈이 나타났다. 걸음을 옮기려는 순간 훨씬 먼 곳에서도 세 번째 빈틈이 느껴졌다. 바로 사청현 옆에 있는 사람 쪽이었다.

역시 원령의 머릿수가 너무 많았다. 하물며 이건 첫 번째 무리에 불과할 뿐, 앞으로 훨씬 많은 원령이 몰려올 터였다.

여유를 잃은 사련이 외쳤다.

"삼랑!"

하지만 화성은 아랑곳하지 않았다.

"형, 걱정하지 마."

분명 화성도 저 빈틈을 알아챘을 것이다. 사련은 그가 저 빈틈을 절대 내버려 두지 않을 것이라 굳게 믿었다. 하지만 그 빈틈은 원령들의 공격에 곧 갈라지기 직전이었다.

일촉즉발의 순간, 노란 부적이 날아와 사청현의 옆에서 산산이 폭발했다.

이 부적은 원령 떼를 터트려 죽이지는 못했으나, 폭발에 겁먹은 원령들이 뒤로 움츠러들었다. 아까부터 옆에서 한참을 기웃거리던 법사들이 달려오더니 요란하게 외쳤다.

"끼어들지 말랬는데도 한사코 끼어들었으면 끝까지 버텨야지, 도중에 무너지면 민폐잖나!"

화성이 사련에게 말했다.

"봐. 걱정하지 말라고 했지."

언제 봐도 태연자약한 모습이었다. 사련이 대답했다.

"응!"

천안개와 법사들은 끝내 지켜보지 못하고 나서서 달려들었다. 역시 숙련자들답게 다들 몸놀림이 민첩했다. 법사들은 각자 손을 맞잡은 사람들 사이에 끼어들었다. 새로이 등장한 몇십 사람 덕분에 진법이 한결 커졌다. 천안개가 입을 열었다.

"도우 여러분! 황성에 종파 제자를 둔 분이 계시거든 서둘러 불러오시게!"

"어서 다녀오세!"

"내 제자도 불러와야겠소!"

머지않아 백여 명 남짓한 인파가 거리 위로 파도처럼 밀려들었다.

하물며 다들 보통 인물이 아니라 승려와 도사, 술사였다! 저마다 무장을 갖추고 늠름한 자태로 성큼 걸어오는 모습에 사련은 마음속으로 쾌재를 불렀다. 거지들은 눈을 휘둥그레 뜨고 말을 잇지 못했다. 새로 몰려온 사람들은 거리 위에 펼쳐진 이 심상치 않은 장관에 잠시 넋을 잃었다가 서둘러 손을 보탰다. 사람들이 늘어나자 진법도 황성 대로가 미어터질 듯 커다래졌다. 게다가 이 새로 온 사람들은 기백도 만만치 않을뿐더러 다들 몸에 갖가지 법보를 지니고 있었다. 이들이라면 충분한 시간을 벌어다 줄 게 분명했다.

이쯤 되니 사련의 마음속에 확신이 차올랐다. 그는 침착하게 입을 열었다.

"여러분, 겁내지 마세요. 이제 상황이 역전됐습니다. 우리 머릿수가 많아지고 있으니 단단히 진을 지키기만 한다면 놈들을 멸하는 건 시간문제입니다!"

사람들도 상황이 유리하게 변했다는 것을 느꼈다. 희망이 보이자 자신감도 백배로 부풀었다. 다들 목청 높여 대답했다.

"놈들을 멸하자!"

저 멀리서 천안개가 말했다.

"우리 쪽은 백예순하고도 여덟 사람이 왔소! 그쪽들은 몇 명이오? 얼마나 버틸 수 있겠소?"

거지들 사이에서 우두머리를 맡은 사청현도 한참 머릿수를 세어 보고는 소리 높여 대답했다.

"지금 진에 참가한 사람은 백사십하고도 여덟 사람이오!"

사련이 말했다.

"합하면 3백에 열여섯 명이니까, 이제 앞으로……."

이때 화성이 입을 열었다.

"아니야."

사련은 고개를 돌리며 물었다.

"뭐가?"

화성은 시선을 돌려 사련을 응시했다.

"머릿수가 달라. 지금 여기 있는 사람들은 3백에 열일곱 명이야."

110장 아쉬운 귀왕은 괜스레 토라진 척

"……."

물론 화성은 빠르게 훑어보았을 뿐이지만, 사련은 그가 틀렸을 리 없다고 확신했다.

사련 말고는 아무도 듣지 못할 정도로 나직한 목소리였다. 사련은 빠르게 주변을 둘러보았다.

다들 손을 맞잡고 있었는데, 대체 언제 한 사람이 끼어든 거지?

혹 사청현이 거지 무리를 잘못 센 것은 아닐까? 의구심이 든 사련이 물었다.

"확실한 숫자예요? 빠트리진 않으셨고요?"

사청현이 호언장담했다.

"아니에요! 사람 수가 중요하다고 하셨잖아요. 그래서 아까부터 몇 번을 셌는데. 도중에 빠진 사람을 제외하고도 백사십

팔이 맞아요. 왜요? 무슨 문제라도 있나요?"

당장은 솔직히 말하기 곤란했다. 무턱대고 사실을 밝혔다간 불필요한 혼란만 일으킬 뿐이다. 그렇다고 사람들에게 모르는 사람을 찾으라고 할 수도 없는 노릇이었다. 인원수도 너무 많은 데다 모두가 서로 아는 사이도 아니었으니까. 그래서 사련은 이렇게 대답했다.

"아뇨, 그냥 확인해 봤어요."

더욱이 법사들 쪽은 인원수를 착각했을 리가 없었다. 그건 법사와 술사들이 종파에서 데려온 인원수를 보고한 뒤에 천안개가 다시 합산한 숫자였다. 아무리 그래도 자신이 데려온 문하생이 몇 명인지 모를 리 없지 않겠는가?

사련이 조용히 목소리를 낮추었다.

"그 나머지 사람은 언제 끼어든 걸까? 대체 목적이 뭐지?"

화성도 입을 열었다.

"처음부터 끼어들었거나, 법사들과 함께 끼어들었거나. 그리고 분명 인간이야."

적어도 귀신은 결코 아니었다. 이 진법을 이루는 필수 조건은 산 사람이다. 그래야만 이 원령 떼를 가둘 수 있었다.

게다가 이 사람은 당장 정체를 들키고 싶지 않은 모양이었다. 그 사람이 이 원에 끼어든 이상, 그 사람 혼자 갑자기 퇴각해 빈틈을 만들면 진법은 완전히 무너질 터였다. 하지만 지금까지 원은 굳건했다. 즉 그 사람이 얌전히 '철창'을 연기하고 있다는 뜻이다.

그렇다면 더더욱 경거망동해선 안 됐다. 그 사람이 자신의 존재가 발각됐다는 사실을 알아챘다면 뒤돌아 도망칠지도 모를 노릇이었다. 달리 말하면, 지금 그들은 들키지 않고 그 사람을 찾아야만 한다. 게다가 원을 망가뜨리지 않는 선에서 끌어내야 한다. 이 점이 실로 골치 아팠다.

하지만 사련은 금세 방법을 떠올렸다.

"삼랑. 네 사령나비, 혹시 이 원령들을 죽이지 않고 뒤쫓기만 할 수 있어? 그러니까 내 말은, 원령들을 네가 원하는 방향으로 몰 수 있을까?"

화성은 사련의 의도를 알아채고 대답했다.

"가능해."

기왕 자진해서 손을 보탰으니, 분명 이 사람은 원령 떼를 두려워하지 않는 비범한 인물일 것이다. 그렇다면 거꾸로 생각해 보자. 화성이 사령나비를 조종해 원령들을 원 밖으로 몰아세운다면, 원령 떼는 사방으로 날뛰며 빈틈으로 도망치려 할 것이다. 이때 대부분이 빈틈을 보이겠지만 오직 한 사람만은 굳건할 것이다.

바로 자진해서 손을 보탠 그 사람이!

사련은 말을 이었다.

"하지만 이 방법은 아주 위험해. 자칫하면 다른 사람들이 겁을 먹고 도망칠지도 몰라. 그러면 결국 우리 발등을 찍는 꼴이 돼."

"안심해. 그 전에 내가 원령을 죽여 버리면 되니까."

이렇게 두 사람은 작전을 세웠다. 이내 사련이 별안간 목소리를 높였다.

"여러분, 조심하세요! 원령이 갑자기 강해졌습니다! 손 단단히 잡으시고, 겁내지 마세요!"

천안개가 외쳤다.

"뭐요? 멀쩡하던 놈들이 왜 갑자기 강해져!"

화성은 가만히 제자리를 지켰다. 사령나비 떼가 새카만 연기를 휘감은 원령들을 뒤쫓자 원령들이 원 안에서 날뛰기 시작했다. 거지들은 영문을 몰랐지만, 법사와 술사 무리는 어렴풋이 어떤 낌새를 눈치챘다. 천안개가 버럭 일갈했다.

"화 성…… 주! 이게 무슨 짓이오!"

두 사람은 그들을 상대할 겨를도 없이 사방만 유심히 살펴보았다. 예상대로였다. 허공을 헤집는 새카만 기류 속, 원령들은 한 사람에게만큼은 유독 다가가지 못했다. 덕분에 그 사람의 앞쪽만 휑하니 비었다.

저 사람이다!

잽싸게 다가간 사련은 단숨에 그 사람의 양손을 낚아챘다. 그러곤 동시에 양옆 두 사람의 손을 맞붙이고 그 사람을 진법에서 끌어냈다.

천안개와 법사들이 술렁거렸다.

"뭐가 어떻게 된 거지?"

화성의 불친절한 대꾸가 이어졌다.

"네놈들이 알 바 아니다."

그는 한마디를 남기기 무섭게 사련의 옆으로 자리를 옮겨 혹시 모를 기습을 경계했다. 사련은 그 사람을 단단히 억누르고 비틀어 당겼다. 두 얼굴이 마주친 찰나, 사련은 혀끝에 맴돌던 '누구'라는 글자를 덜컥 삼키고 눈을 커다랗게 떴다.

그 얼굴을 바라보며 사련은 나직하게 중얼거렸다.

"국사, 정말 당신이었군요……."

그 사람도 한참 머뭇거린 끝에 겨우 말문을 뗐다.

"태자 전하……."

더없이 익숙해야 할 얼굴이 너무도 낯설었다. 사련의 기억에 남은 국사의 모습은 자못 진중한 서른 살 초반으로, 장포를 걸치고 기백을 떨치는 것만으로도 위엄이 느껴지곤 했었다. 하지만 지금 눈앞의 이 사람은 그보다 고작 몇 살 많은 스물대여섯 살쯤 되어 보였다.

동로산 산괴 몸속에서 이 목소리를 들은 뒤에도 사련은 내내 자신이 잘못 들은 게 아닐까 의심했었다. 심지어 군오가 네 사부는 범상한 인물이 아니니 조심하라고 경고했을 때조차도 제군이 오해한 게 아닐까 생각했다. 하지만 눈앞의 이 사람은 절대 착각이 아니었다. 이 사람은 바로 그의 사부이자 선락국의 마지막 국사인 매념경이었다!

세 사람은 3백 명 남짓한 사람들로 이루어진 진법 가운데서

서로 대치했다. 공기마저 얼어붙은 것 같았다. 매념경은 이성을 되찾자마자 예상치 못한 기습을 가했다.

사련이 당황한 틈에 그가 앞으로 달려들더니 사련의 목을 움켜쥐려는 듯 양손을 내뻗었다.

그러나 옆에 있는 화성이 이를 가만히 지켜만 보겠는가? 그는 손가락 하나 까딱하지 않고 매념경을 몇 장 뒤로 날려 보냈다. 갑작스러운 이변이 일어나자 손을 맞잡은 사람들이 화들짝 놀랐다.

"왜 갑자기 싸움이야?"

"지금 뭐 하는 거요?"

"누굴 때린 겁니까!"

화성이 사련에게 물었다.

"형! 괜찮아?"

"괜찮아!"

사실상 괜찮지 않은 쪽은 국사였다. 바닥에 나가떨어진 매념경은 피를 울컥 토하고 몸을 일으키더니 결계 바깥을 향해 비척비척 뛰어갔다. 사청현은 자기 쪽으로 들이닥치는 그를 보곤 신경을 곤두세웠다.

"뭐 하는 거야! 이봐, 오지 말라니까? 태자 전하! 이 사람, 결계를 뚫고 나갈 셈이에요!"

사련이 일갈했다.

"돌아와요!"

외침과 동시에 약야가 날아들었다. 매념경을 휘감으려는 찰나, 검 한 자루가 하늘에서 날아와 그의 앞에 내리꽂히며 앞길을 가로막았다. 뒤이어 하늘에서 흰빛이 어른거리며 빛의 장막이 쏟아졌다. 이 빛을 따라 흰 갑옷을 두른 무인이 강림해 매념경의 퇴로를 봉쇄했다.

앞뒤를 꼼짝없이 가로막힌 매념경은 빙글 돌아서자마자 신나게 달려든 약야를 마주쳤다. 그는 눈 깜짝할 새에 온몸이 묶여 바닥에 쓰러졌다. 사련은 앞으로 한 걸음 내디디며 말했다.

"제군? 어찌 직접 행차하셨습니까?"

군오는 몸을 바로 세우고 엄숙한 표정으로 대답했다.

"동로산 쪽은 잠시 일단락되었다. 해서 네 상황이 어떤지 보러 왔지."

"어떻게 진정시키셨습니까?"

"새로운 결계를 펼쳐 산괴들과 삿된 것들을 잠시 가두어 두었다."

다만 사련이 가장 궁금한 것은 산괴나 다른 잡다한 요괴들이 아니었다.

"그…… 백무상은요?"

군오는 느릿하게 고개를 가로저었다.

"동로산 안에서는 찾지 못했다. 이미 다른 곳으로 도망친 모양이다."

사련은 주변을 둘러보았다. 그들을 겹겹이 에워싼 눈부신 빛이 손을 맞잡은 3백여 명의 사람들을 밖으로 갈라놓았다. 지금 빛의 장막 바깥에 서 있는 사람들은 안쪽 상황을 알 수 없었다.
사련은 곧이어 아래를 내려다보았다. 국사가 몸을 뒤집어 군오를 바라보더니, 과거의 악전고투가 떠오른 것인지 얼굴이 놀라움 반 분노 반으로 물들었다. 하지만 제 처지를 잘 알았기에 섣불리 입을 떼지 못했다. 군오도 가볍게 고개를 숙이고 그를 내려다보며 운을 뗐다.

"선락 국사, 오랜만이군."

유유자적 다가온 화성이 매념경을 흘끔 쳐다보고 말했다.

"이렇게 허약해 보이는 국사가 그땐 어떻게 도망쳤지?"

군오가 대답했다.

"혼자 힘으로 도망친 것은 아니다. 당시 조수 세 명이 이자를 도왔거든. 선락국의 나머지 국사 세 사람이었지."

여기까지 들은 사련은 결국 참지 못하고 물었다.

"국사, 당신은 대체…… 정체가 뭐죠?"

매념경은 음침한 낯빛으로 군오를 바라보며 두 주먹을 단단히 부르쥐었다. 손등에 핏줄이 툭 불거졌다. 자신의 계획을 망친 것에 대한 원망인지, 사련의 앞에서 자신의 비밀을 들춘 것에 대한 원망인지는 알 길이 없었다. 이윽고 그가 나직하게 입을 열었다.

"이미 알고 계시지 않습니까, 태자 전하."

오용 태자의 네 호법 천신 중 한 사람.

사련의 물음이 이어졌다.

"그럼 오용 태자는요? 혹시 백무상입니까?"

이 말에 군오가 흠칫하며 물었다.

"선락, 오용 태자라니?"

이제야 깨달은 사실이지만, 사련은 미처 군오에게 오용국 사건을 알리지 않았다. 겨우 국사를 붙잡은 사련은 지금 하고 싶은 말과 질문이 너무도 많았기에 당장 군오에게 사정을 설명하기가 곤란했다. 그가 대답했다.

"제군, 상천정에 돌아가서 말씀드리겠습니다."

"그리해라."

잠시 뜸을 들인 군오가 말을 이었다.

"다만 동로의 원령 대부분이 황성으로 옮겨 왔으니 단시간에 진압할 수는 없을 터. 아무리 나라도 이레 밤낮을 들여야 완전히 정화할 수 있다."

그렇다면 일주일 뒤에나 국사를 심문할 수 있다는 뜻인가? 그건 너무 늦다. 하물며 백무상도 아직 행방불명이지 않던가! 사련이 고민에 잠기자, 옆에서 화성의 목소리가 들려왔다.

"이쪽은 내게 맡겨. 형은 먼저 올라가."

사련은 화성을 돌아보았다. 그는 사련의 생각을 일찌감치 짐작한 것 같았다.

"다른 말은 됐어. 여기서 기다릴게. 혹시나 내게 답례하고 싶다면 최대한 일찍 돌아와."

군오가 사련에게 물었다.

"괜찮겠느냐?"

사련은 활짝 웃으며 대답했다.

"네, 괜찮습니다."

이때 빛의 장막 위로 그림자가 어른거리나 싶더니, 바깥에서 한 사람이 절뚝거리며 뛰어들었다.

"태자 전하! 태자 전하, 안에서 무슨 일이 일어난 거예요? 괜찮으세요?"

사청현이었다. 군오가 강림하면서 빛의 장막을 펼치는 바람에 바깥에 있는 사람들은 무슨 일이 일어났는지도 모르고 혼비백산했다. 때문에 사청현은 직접 상황을 알아보러 발 벗고 나선 것이었다. 다른 사람이었다면 가로막혔을지도 모르지만, 빛의 장막은 한때 신관이었던 사청현을 알아보고 놀랍게도 그를 들여보냈다. 안으로 들어서자마자 사청현은 얼이 빠졌다.

"제, 제, 제, 제, 제군? 어찌…… 여기까지 강림하셨어요?"

군오는 그를 바라보며 싱긋 웃었다.

"풍사, 오랜만이구나."

"……."

사청현은 퍽 민망한 기색으로 쭈뼛거렸다. 그럴 만도 했다. 사무도가 친동생의 명격을 고쳐 상천정에 끌어올린 사건이 밝혀진 뒤로 온 하늘이 뒤집혔으리란 것쯤은 그도 잘 알았기 때문이다. 옛 상사를 재회한 지금, 그는 부끄러움 말고는 다른 기분이 들지 않았다. 하지만 군오는 별다른 말 없이 예의를 차려 그의 체면을 챙겨 주었다. 사련이 약야를 거두자 매념경이 느릿하게 자리에서 일어섰다. 민망해하던 사청현은 금세 의아한 듯 물었다.

“이분은 누구십니까? 이게 무슨 상황이죠?”

매념경이 그를 쳐다보더니 불쑥 물었다.

“넌 사청현인가?”

사청현은 움찔하며 되물었다.

“당신 뭐야? 어떻게 내 이름을 알아?”

그보다 중요한 것은, 어떻게 이 꼬락서니를 했는데도 알아볼 수가 있단 말인가?

매념경이 코웃음을 치며 말했다.

“이름도 참 엉망으로 지었군.”

사청현은 어리둥절했다.

“뭐?”

그러나 매념경은 말을 잇는 대신, 제법 고분고분하게 자진해서 군오를 뒤따랐다. 당장 곁에 도와줄 이가 없으니 아무리 속박에서 풀려났어도 군오의 손바닥 안에서 도망칠 수 없다는 것을 아는 모양이었다.

군오가 입을 열었다.

“선락, 먼저 이자를 데리고 올라가마. 넌 잠시 뒤에 올라올 것이냐?”

"네."
군오는 그를 향해 고개를 끄덕였다. 두 사람을 먼저 떠나보낸 뒤, 사련은 화성을 향해 돌아섰다. 입을 달싹인 순간 화성이 먼저 말을 꺼냈다.
"형, 걱정하지 마. 놈들이 사고 치지 못하게 이 원을 지키면 그만이잖아. 이런 건 일도 아니야."
사청현도 거들었다.
"태자 전하, 먼저 올라가시게요? 가세요, 가세요. 저도 같이 지킬 테니까 염려 놓으셔도 돼요!"
사련은 고개를 끄덕였다.
"다들 조금만 고생해 줘요."
예전 같았으면 화성은 '별일 아냐' 같은 말을 돌려주었을 터다. 그런데 무슨 영문인지, 이번에는 팔짱을 끼더니 한숨을 내쉬며 이렇게 말하는 게 아닌가.
"흠, 꽤 고생스러운 일이지."
"……."
사련은 어쩐지 그가 무언가를 암시하는 것 같다는 느낌이 들었다. 반면 전혀 눈치채지 못한 사청현은 옆에서 신나게 맞장구쳤다.
"그래요, 이 빚은 나중에 꼭 갚기예요. 황성에서 제일가는 주루에서 연회를 여는 건 어때요? 하하하……."
아직도 미련을 떨치지 못하고 황성 최고의 주루에서 연회를 열자고 하다니. 사련은 속으로 중얼거렸다.

'……풍사 대인, 그쯤 하세요. 삼랑의 말은 대인이 말씀하시는 그런 뜻이 전혀 아니거든요…….'

고개를 내저은 화성은 가늘게 땋아 내린 머리카락 끝 산호주를 툭툭 건드렸다. 그러곤 눈썹을 치켜올리며 은근한 목소리로 말을 덧붙였다.

"형이 옆에 있으면 그래도 괜찮은데, 형이 다시 선경에 올라가고 나 혼자 남겨질 걸 생각하면, 뭐 더 고생스럽겠지."

이쯤 되니 사청현도 묘한 낌새를 느꼈다. 하지만 그는 확실히 깨닫지 못하고 한껏 웃는 얼굴로 말했다.

"혈우탐화, 어째 말하는 게 조금 재밌는데? 태자 전하가 상천정으로 돌아가면 외롭다는 것처럼 들리잖아. 무슨 신혼도 아니고, 하하하……."

"……."

사련은 속으로 생각했다.

'맞아요, 대인. 삼랑 말이 바로 그런 뜻이잖아요?'

사청현은 한참을 어색하게 웃었다. 참다못한 사련이 큼, 가볍게 헛기침을 했다.

"풍사 대인, 그, 일단, 잠깐 나가 계시겠어요?"

사청현이 되물었다.

"으응? 왜요?"

사련은 달리 설명할 길이 없었다.

"일단…… 일단 나가 계세요. 잠깐 저희끼리 작별 인사나 나눌까 해서요."

사청현은 그제야 어리둥절한 기색으로 걸음을 옮겼다. 빛의 장막 안에 단 두 사람만이 남았다. 사련은 다시 빙글 돌아섰다. 화성은 여전히 한쪽 눈썹을 치켜올린 채, 무슨 말이나 행동이라도 기다리는 것처럼 그를 바라보고 있었다.

결국 사련은 마지못해 어색하게 양손을 뻗어 화성의 어깨에 얹었다. 그러곤 잠시 호흡을 가다듬고 불현듯 앞으로 달려들어 그의 뺨에 입을 맞추었다.

입맞춤을 끝낸 그는 제 발 저린 도둑처럼 뒤를 돌아보았다. 아무도 없다는 것을 확인하고서야 겨우 마음이 놓였다. 그런데 누가 알았으랴. 다음 순간, 허리가 바짝 조여들었다. 그를 끌어안은 화성이 눈을 가만히 좁히며 물었다.

"형, 너무 대충 넘어가려는 거 아니야?"

진담 반 농담 반 같은 불만이 섞인 말투가 어쩐지 조금 위협적이었다. 놀란 사련이 황급히 대답했다.

"아니야!"

"그래? 법력을 빌릴 때는 이렇지 않았는걸. 어차피 법력도 필요 없겠다, 작별 인사를 이런 식으로만 해 주는 거야?"

"……."

이렇게 생각하니, 성의가 부족한 듯도 싶었다. 이윽고 사련은 기어가는 목소리로 말했다.

"……미안해. 그런 의도는 아니었는데."

하지만 아무리 사과를 했어도 자신이 그런 의도를 품은 사람처럼 보일 것 같았다. 이러다 화성이 정말로 오해하면 어쩌지. 마음속 경보음이 요란하게 울렸다. 화성이 무어라 대답하기도 전에, 그는 재깍 몸을 움직여 화성의 목을 끌어안고 거듭 앞으로 뛰어들었다. 이번에는 화성이 원하는 곳에 제대로 입술이 닿았다.

그런데 하필 이때 사청현의 목소리가 불쑥 튀어나올 줄 누가 알았으랴.

"태자 전하, 아무리 생각해도 좀 이상해서요. 작별 인사를 한다고 절 내보내실 필요는 없잖아요? 제가 무슨…… 태자 전하? 벌써 가세요?"

사련은 허겁지겁 꽁무니를 뺐다.

111장 거울에 비친 요마는 본모습을 드러내고

선경대로로 정신없이 날아오른 사련은 얼굴을 반쯤 부여잡고 비틀대며 걸음을 옮겼다. 거리를 바삐 오가던 소신관들은 섣불리 그에게 말을 걸지 못했으나 호기심에 그를 쳐다보았다. 사련은 얼른 손을 치우고 허리를 곧게 펴더니, 아주 어색하게 입술을 문지르며 웅얼거렸다.

"입술이 좀 아픈데, 왜 그런지 모르겠네. 하하……."

그를 바라보는 소신관들의 눈빛이 한층 의아해졌다.

뭘 했길래 입술이 아파?

실은 정말로 조금 아팠다. 아까 펄쩍 뛰면서 너무 힘껏 입술을 누른 탓이다. 아마 화성도 마찬가지일 터였다. 하지만 사련은 입술을 맞댄 순간 그가 어렴풋이 웃었다는 것을 또렷하게 느낄 수 있었다. 그는 차마 생각을 이어 가지 못하고 고개를 숙인 채 앞으로 향했다. 다른 신관들도 늦을세라 각자 걸음을 서둘렀다.

동로산이 열린 소란 때문인지 온 선경의 분위기가 뒤숭숭했다. 신무전 안은 벌써 수많은 신관들로 북새통이었다. 동로 안의 원령이 까마득히 먼 곳까지 옮겨 갔다고는 하나, 목적지가 대부분 인구가 가장 밀집된 황성이라는 게 문제였다. 사련과 화성은 중임을 짊어지고 가장 어려운 곳을 떠맡은 덕분에 지금까지 고생 중이었고, 배명과 풍신 일행은 일찌감치 원령 수백 마리를 해치우고 다 같이 선경으로 돌아와 피로를 씻은 참이었다. 대전에 들어선 사련은 고개를 들자마자 한 사람과 정면으로 마주쳤다. 다름 아닌, 한동안 자취를 감추었던 낭천추였다.

낭천추는 어두운 표정으로 그를 쳐다보고는 잠시 움찔하더니 고개를 돌렸다.

다른 신관들은 말없이 자리에 서 있었다. 상석에 앉아 있던 군오는 사련이 들어서자 몸을 일으키며 입을 달싹였다. 이때 낭천추가 앞으로 나섰다.

"제군. 제군께서 청귀척용을 사로잡으셨다 들었습니다."

군오는 그를 응시하며 입을 열었다.

"그래. 다만 청귀척용과 여귀 선희는 내가 직접 사로잡은 것이 아니라 귀시장의 인옥이 넘긴 것이다."

사련은 비로소 인옥도 자리에 있다는 사실을 깨달았다. 별수 있겠는가. 정말이지 존재감이 없어도 너무 없었다. 생각해 보면 인옥이 신무전에 든 것은 이번이 처음이었다. 상위 신관이 아니면 군오가 허락한 대상만이 신무전에 발을 들일 수 있다. 신관 시절에는 품계가 낮아 들어올 자격조차 없었건만, 자진해서 귀시장으로 '타락'한 지금에서야 당당하게 들어서게 되다니. 참 울지도 웃지도 못할 노릇이었다.

낭천추는 시원하게 본론을 꺼냈다.

"척용은 제 친족을 멸한 원수입니다. 제군께선 제가 놈을 처리할 수 있도록 넘겨주십시오."

군오는 사련을 한번 쳐다보곤 잠시 뜸을 들이다가 말했다.

"네게 넘기는 것은 문제가 되지 않는다만, 한 가지 짚고 넘어가겠다. 청귀척용을 처리한 뒤에는? 어찌할 생각이냐?"

군오는 척용과 결판을 낸 다음 사련을 찾아가겠다던 낭천추의 선전 포고를 기억하고 있었다. 낭천추는 딱딱한 어조로 대답했다.

"그건 제군과 관계없는 일입니다. 설마 제가 제군의 질문에 답하지 않으면 제 복수를 막고 척용을 감싸실 생각이십니까?"

예전만 해도 그는 신무전에서 항상 침묵을 지켰다. 의견을 낸대도 어리숙한 말뿐이었다. 하지만 지금은 표정과 말투에서 어렴풋이 분노마저 느껴졌다. 영 불안한 그의 태도에 배명이 말을 보탰다.

"태화 전하, 지금 화가 조금 과한 듯하오. 제군께서 놈을 감싸실 리가 없지 않소……."

분위기를 수습하는 와중, 대전 바깥이 소란스러워지나 싶더니 한 사람이 무턱대고 뛰어들었다.

"제군! 더는 못 기다립니다!"

무려 모정이었다. 검은 옷차림에 안색마저 새카맸다. 그의 뒤로, 그를 제압하고 있었을 무신 몇 명이 보였다. 하지만 그들이 모정을 당해 낼 재간이 있겠는가. 그 무신들도 덩달아 신무전으로 뛰어들었다.

"제군, 현진 장군을 압송하는 도중이었습니다만……."

군오는 한숨을 내쉬고 이마를 짚으며 손을 내저었다.

"알았다. 이만 물러들 가라."

그러곤 고개를 들고 모정을 돌아보며 물었다.

"그래서?"

모정은 단호하게 잘라 말했다.

"그러니까 이런 억울한 옥살이, 더는 못 견디겠습니다. 제군께선 동로에서 그 여자를 사로잡지 않으셨습니까? 제가 그 여자 면전에 대고 심문을 해야겠습니다!"

낭천추도 끼어들었다.

"제군, 청귀척용을 제게 넘겨주십시오!"

이 두 사람이 함께 목소리를 높이면서 아래쪽이 왁자지껄해졌다. 군오는 머리가 아픈 기색이었다.

"정숙! 다들 내가 동로 쪽을 정리할 때까지 잠시 기다릴 수는 없겠느냐?"

모정이 말했다.

"동로에서 흘러나온 원령을 처리하려면 일손이 필요할 터. 절 가둔다고 무슨 이득이 있겠습니까? 오히려 조속히 제 누명을 벗기시는 것이 상천정에 보탬이 될 것입니다. 그 여자를 문책할 기회만 주신다면 곧바로 진상을 밝히겠습니다!"

조목조목 일리 있는 말이었다. 원하는 대로 해 주지 않으면 끝까지 물고 늘어질지도 모르니, 군오는 별수 없이 입을 열었다.

"여귀 검란을 데려와라."

머지않아 검란도 신무전에 들었다. 그녀가 끌어안은 강보 같은 보따리에서 검고 서늘한 기운이 퍼져 나왔다. 손인 듯 뼈인 듯 창백한 무언가가 밖으로 튀어나와 손톱을 세우고 버둥거리자, 그녀는 그 손을 보따리 안으로 다시 욱여넣었다. 풍신의 체면을 고려해서인지 그녀를 압송한 신관들은 무력을 쓰지 않았다. 풍신은 목울대를 꿈틀거리며 그녀와 눈을 마주쳤다. 먼저 시선을 피한 쪽은 검란이었다. 곧이어 그녀의 품에 안긴 '강보' 위로 가닿은 풍신의 눈빛이 한층 복잡하게 물들었다. 한편 모정은 인내심이 바닥난 듯 다짜고짜 말했다.

"네 아들이 왜 날 모함하는지는 모르겠다만, 놈도 내가 범인이 아니라는 사실을 잘 알 것이다. 분명 누군가의 사주를 받았겠지."

다소 추태에 가까운 태도였으나 사련도 이해는 갔다. 그도 그럴 것이, 모정은 체면을 아주 중시하는 사람이었다. 이 오랜

시간 구정물을 뒤집어쓴 것도 모자라 상천정에서의 직무에도 영향을 받았으니 당연히 화가 치밀 수밖에. 군오가 말했다.

“태아령이 사주를 받았다고 보느냐?”

모정은 말없이 한쪽을 바라보았다. 그건 누가 보아도 검란을 향한 시선이었다.

풍신의 이마에 핏줄이 툭 불거졌다.

“지금 이게 무슨 뜻이지? 검란이 일부러 자기 아들을 이용해 널 모함했다?”

모정은 시선을 거두고 말했다.

“난 그렇게 말한 적 없다만.”

“그럼 왜 검란을 쳐다보는데? 그녀가 네게 원한을 품은 것도 아닌데 왜 그렇게 사주하겠어?”

모정은 풍신을 노려보며 말했다.

“꼭 원한이 없다고는 말 못 하지.”

“그건 또 무슨 소리지? 한 번에 똑바로 말해.”

모정은 사련을 흘긋 쳐다보며 말했다.

“넌 태자 전하가 폄적됐던 시기에 검란 낭자를 만나지 않았나?”

신관들도 그를 따라 분분히 사련을 쳐다보았다. 사련은 어리둥절했다.

왜 또 내 얘기가 나오지?

풍신도 그를 쳐다보며 나직한 목소리로 이를 갈았다.

“그게 무슨 상관인데?”

모정은 인정사정 볼 것 없이 시원하게 터놓고 말했다.

"당연히 상관이 있지. 그때 넌 태자 전하를 따라 청승맞게 사느라 상천정에 다시 오른 나를 뼛속까지 증오했잖아. 거기에다 옛날 일 들먹이면서 내 잘못을 책망하는 게 네 주특기니까, 너와 한 침상을 쓰는 사이면 당연히 네 말에 현혹돼 덩달아 나를 증오하지 않았겠어? 어쩌면 태자 전하에게까지 불똥이 튀었을지도 모르겠군. 결국 저 여자를 데려가는 대신 전하께 돌아가 다시 청승맞게 충성하며 사는 쪽을 택했으니까. 애초에 저 여자를 버린……."

풍신도 인내심을 저버리고 고함쳤다.

"개소리 작작 해!"

그가 주먹을 날렸다. 모정도 지지 않고 맞받아쳤다. 검란이 다가가 말리려는데 태아령이 깔깔거리며 괴상망측하게 웃기 시작했다. 까마귀 울음소리처럼 오싹하기 그지없는 웃음이었다. 배명과 인옥은 각자 풍신과 모정을 붙잡았다. 권일진은 두 사람이 싸우면 과연 누가 이기려나, 생각 중인지 한쪽에서 빤히 구경만 했다. 그렇게 신무전은 온통 난장판이 되었다. 한참을 조용히 서 있던 사련은 고개를 숙이고 한숨을 내쉰 뒤, 넌지시 입을 열었다.

"제군, 백무상을 찾고 인면역을 처리하는 게 당장 급선무입니다. 아까 찾은 그 사람이 가장 중요한 단서가 될 겁니다."

군오도 보다 못해 손을 내저으며 말했다.

“……여귀 검란과 태아령은 그만 보내도 좋다. 선락 국사를 데려와라.”

모정이 소리쳤다.

“아니 될 말씀입니다! 역시 제가…… 예?”

풍신도 경악하기는 마찬가지였다.

“누굴 데려오라고요?”

두 사람은 나란히 대전 문어귀로 시선을 옮겼다. 무신 무리가 데려온 사람은, 바로 두 사람이 익숙해 마지않은 선락 국사 매념경이 아닌가?

풍신과 모정은 얼이 빠졌다. 풍신이 입을 달싹였다.

“국사? 정말 국사 맞습니까?”

모정은 말이 없었으나 마찬가지로 반신반의했다. 그야 당연한 반응이었다. 사실 사련도 여전히 비현실적인 느낌이 들었으니까. 아무리 생각해도 자신에게 ‘물 한 잔과 두 사람’ 이야기를 해 주었던 그 국사와 눈앞의 이 사람이 동일 인물처럼 보이지가 않았다.

느릿하게 걸어온 매념경은 사련의 옆을 스치고 지나갔다. 군오는 대전 상석에 앉은 채 입을 열었다.

“선락, 아까 하계에서 할 말이 있는 것 같았다만.”

사련은 가볍게 허리를 숙였다.

“그렇습니다.”

그리하여 그는 동로산에 들어가 오용국의 단서를 찾은 일을 요점만 골라 풀어놓았다. 말이 이어질수록 모두의 눈이 커다래졌다. 더구나 풍신과 모정은 말할 것도 없었다. 이야기가 끝나자 군오가 말문을 뗐다.

“난 오용국이라는 이름을 난생처음 듣는구나.”

다른 신관들도 잇달아 맞장구쳤다.

“저도 처음 들어 봅니다…….”

“아무래도 이천 년 전 일이니까요.”

“필시 일부러 흔적을 지웠을 겁니다.”

매념경은 내내 침묵했다. 사련이 그에게 물었다.

“국사, 오용 태자가 바로 백무상 맞습니까?”

매념경의 대답이 돌아왔다.

“그렇습니다.”

역시 그랬구나!

배명은 곰곰이 생각해 보며 입을 열었다.

“그 벽화는 누가 남긴 겁니까? 마지막 한 폭을 제외한 나머지는 또 누가 뜯어냈고?”

사련이 답했다.

“누가 남긴 것인지는 모릅니다. 다만 망가뜨린 사람은 백무상이거나 놈의 수하일 겁니다. 남들에게 자신의 정체를 숨기려 했으니까요.”

그는 다시 매념경을 돌아보며 말을 이었다.

“당신이 그 오용 태자의 수하고요.”

바꾸어 말하면 백무상의 수하인 셈이다.

"……."

매념경은 묵묵부답이었다. 사련은 충동적으로 그에게 묻고 싶었다. 선락국이 멸망했을 때, 국사는 과연 그 존재가 백무상이라는 사실을 알았을까? 아니면 애당초 두 사람은 한통속이었을까? 심지어, 백무상의 조수였다든지?

하지만 사련은 끝내 다른 질문으로 노선을 틀었다.

"백무상은 지금 어디 있죠?"

"……."

"백무상은 무슨 이유로 선락국을 멸했습니까?"

"……."

"당신은 왜 절 죽이려 했죠?"

매념경은 결국 입을 열었다.

"태자 전하, 저는 전하를 죽일 생각이 없습니다."

"그럼 아까 제 목을 노린 이유는요?"

그러자 매념경이 되물었다.

"제가 전하 목을 조른다고 전하께서 죽는답니까? 전하 곁의 그자가 절 가만히 둘 리 없잖습니까?"

확실히 맞는 말이다. 하지만 그렇다 해서 살의가 없었다고 치부할 수는 없었다. 당시 매념경의 반응은 완전히 본능에서 우러나온 것이었으니까. 매념경도 설득에 실패했다는 것을 아는지 이내 말을 아꼈다.

짧은 침묵 끝에, 사련은 가장 묻고 싶었던 질문을 꺼내 들었다.

"국사, 제 몸 안에서 뭘 불러내려는 겁니까?"

국사가 네 몸에서 무언가를 불러내려는 것 같다고, 군오가 그리 말했었다. 그게 대체 뭘까?

매념경은 미묘한 표정으로 그를 들여다보았다. 사련은 소매 안에 숨긴 주먹을 단단히 쥐고 말했다.

"국사, 말씀하세요."

사련의 마음은 내내 묘하게 불안했다. 오용 태자가 살아온 궤적은 자신과 너무나 비슷했다. 설마 정녕 자신과 백무상이 어떤 은밀한 관계로 이어진 걸까?

그는 기필코 이 사실을 밝혀야만 했다. 자신이 백무상 따위와 관련되었다는 사실을 그는 절대 용납할 수 없었다. 하지만 한편으로는, 정말로 자신이 백무상과 어떤 사이일지도 모른다는 생각에 무척 두려웠다.

매념경이 잠시 그를 바라보다 입을 열었다.

"태자 전하, 그 질문은 여기서 답해 드리긴 곤란합니다. 게다가 답해 드린대도 믿지 못하실 수도 있습니다."

짧은 침묵 끝에 그가 한마디 덧붙였다.

"하지만 한 가지만큼은 바로 답해 드릴 수 있습니다."

매념경은 한 글자씩 힘주어 말을 이어 갔다.

"백무상은, 지금, 바로 이 신무전에 있습니다. 바로 제 앞에 말입니다!"

그의 앞에 있는 사람이라면?

사련!

사련은 그 자리에서 벗어나려는 것처럼 몇 걸음 흠칫 물러섰다. 가장 근처에 있던 풍신이 끼어들었다.

"국사, 당신…… 두 눈 똑바로 뜨고 보십쇼. 지금 당신 앞에 있는 게 누굽니까? 태자 전하입니다! 당신의 제자요!"

하지만 다른 의견도 있었다. 멀리서 한 신관이 입을 가리고 조용히 말했다.

"설마…… 설마 태자 전하와 백무상이…… '일혼이분(一魂二分)'?"

"'일혼이분'이 뭔데요?"

"한 사람의 혼백을 둘로 나누거나 서로 다른 양면으로 갈라 놓는 겁니다. 양쪽은 서로 다른 기억을 가지고, 성격과 능력도 다릅니다. 외모가 다르기도 하고요……."

"……그럴지도 모르겠군요."

"이런 전례라면 저도 들어 본 적 있습니다!"

"만약 이게 사실이라면 어떡합니까? 태자 전하가 백의화세라고요?"

사면팔방이 비슷한 의견으로 떠들썩해지자, 사련도 의심이 가기 시작했다. 내가 백무상이라고? 정말 그게 사실일까?

선락국을 멸하고 팔백 년 동안 스스로를 괴롭힌 사람이 바로 나였다고? 지금껏 일어난 모든 일이, 전부 내 탓이었어?

대전에 들어찬 신관들이 저마다 다양한 표정으로 웅성거렸다. 풍신도 무슨 말을 해야 좋을지, 무슨 말을 믿어야 좋을지 모를 지경이었다. 군오가 자리에서 일어나 외쳤다.

"선락, 진정해라!"

사련은 조금 혼란스러워졌다.

"저…… 저는……."

정말로 모든 게 내 잘못이었다고?

이게 사실이라면, 이제 어쩌면 좋지? 감도 잡히지 않았다.

망연자실한 순간, 문득 마음속에 한 사람의 목소리가 울려 퍼졌다.

- 그럴 리 없잖아! 내가 장담해. 형은 형이야. 다른 어떤 사람도 아니야. 날 믿어!

"……."

삼랑, 삼랑!

화성이 그렇게 말했었다. 그럴 리 없다고, 절대 내 잘못이 아니라고.

여기까지 생각이 미치자 사련의 마음이 한순간 맑아졌다. 그는 발에 힘을 주고 바로 섰다. 한편 옥좌에서 내려온 군오가 사련의 옆으로 다가서며 말했다.

"선락! 일단 진정하고……."

사련이 고개를 들고 담담하게 대답하려던 순간이었다. 매념경이 불현듯 손을 내밀어 풍신이 허리춤에 찬 패검을 뽑고는 군오를 향해 내찔렀다.

놀란 신관들이 일제히 목청을 높였다. 그러나 군오와 사련 두 사람은 모두 무신이었다. 그것도 최고로 손꼽히는 무신들이 고작 이 정도 기습에 당황하겠는가? 검이 군오를 건드리기도 전에, 사련은 섬광처럼 두 손가락을 뻗어 그 눈부신 검날을 눈앞에서 멈춰 세웠다.

정신을 차린 풍신이 곧장 나서서 국사를 억눌렀다. 신무전에서 감히 무기를 휘두르다니. 게다가 이 많은 무신이 지켜보고 있으니 그야말로 죽음을 자초하는 격이었다. 풍신이 일갈했다.

"국사, 다 소용없습니다!"

하지만 매념경은 한사코 몸부림치며 사련을 향해 고함쳤다.

"보십시오! 어서 보십시오!"

인옥도 급히 달려왔다.

"태자 전하! 괜찮으십니까? 무슨 일인가요?"

모정은 멀찍이서 날을 세웠다.

"뭘 보라는 건데? 무슨 뜻이지? 뭘 어쩌려고?"

혼란스러운 분위기 속에서도 사련은 한참이나 꼼짝하지 않았다.

다름이 아닌, 그 새하얀 검날에 비친 어떤 존재 때문이었다.

누군가의 얼굴.

차분하고 준수한 청년의 얼굴.

그리고 이 얼굴에는 또 다른 얼굴이 자라나 있었다.

얼굴을 비집고 들어앉은 자그마한 얼굴은 청년의 준수한 용모를 섬뜩하게 망가뜨리다 못해 이목구비까지 비틀어 놓았다. 마치 반은 울고 반은 웃는 것처럼.

사련에게는 퍽 익숙한 얼굴이었다. 하지만 검날에 비친 모습으로 보니 무섭도록 낯설었다. 공포감에 식은땀마저 흘렀다. 사련은 뒤늦게야 떠올랐다. 풍신이 지닌 이 검은, 다름 아닌 요마의 본존을 비추는 홍경이다. 홍경에 비친 요마는 누구든 본모습을 드러내게 된다.

지금 이 각도에서 홍경에 비친 것은 사련이 아니라 그의 뒤쪽에 서 있는 사람의 얼굴이었다. 게다가 그 얼굴에 달린 음침한 두 눈동자가 그를 뚫어지게 바라보고 있었다.

사련의 동공이 서서히 조여들었다. 그는 움직임이 몇 박자 느려진 것처럼 느릿하게 입을 달싹였다. 하지만 목소리를 내기도 전에 문득 손목이 조여들었다.

단단한 손 하나가 그의 손목을 낚아챘다. 군오가 뒤에서 미소를 지으며 물었다.

"선락, 뭘 그리 보고 있는 것이냐?"

112장 혼란한 선경, 이변의 파도가 상천정을 덮치다

이토록 소름 끼치는 감각은 실로 몇백 년 만이었다.

매념경이 백무상이 제 앞에 있다고 말했을 때 사련이 처음 떠올린 것은 자기 자신이었다. 하지만 그는 깜빡 잊고 있었다. 매념경의 앞에 서 있는 사람이라면, 사련의 뒤편에 서 있는 군오도 마찬가지였다.

단지, 그는 지금껏 한 번도 군오를 염두에 둔 적이 없었다. 뒤늦게 깨닫고 나니 삽시간에 온몸의 솜털이 바짝 곤두섰다. 사련은 손을 내쳤지만, 손목을 붙든 손은 엄청난 악력으로 그를 단단히 옥죈 채 미동도 하지 않았다. 사련은 무의식중에 중얼거렸다.

"다…… 당신, 얼굴이……."

군오는 아주 사소한 실수를 눈치챈 사람처럼 담담한 목소리로 입을 열었다.

"아, 잠깐 방심한 틈에 또 튀어나왔군."

사련의 손목에 거듭 격통이 찾아들었다. 그는 결국 손의 힘이 풀려 검을 놓치고 말았다.

장검은 대전에 쟁그랑, 맑은 소리를 울리며 나동그라졌다. 그러나 때는 이미 늦었다.

근처에 서 있던 여러 신관들도 사련과 마찬가지로 홍경 속에 비친 그 끔찍한 얼굴을 목격한 뒤였다.

신무전은 적막에 휩싸였다. 대부분 신관들이 충격에 넋이 나간 것 같았다. 가장 가까이에서 똑똑하게 목격한 풍신도 마찬가지였다. 매념경은 빈틈을 노려 그의 손을 뿌리치고 바닥에 떨어진 홍경을 주워 들었다. 그러곤 양손으로 홍경을 쳐들어 군오를 겨누며 말했다.

"다들 똑똑히 보시오! 지금 여기 서 있는 이 사람, 이자의 얼굴을!"

가장 먼저 상황을 파악한 쪽은 무신들이었다. 배명이 검을 뽑아 세우고 고함쳤다.

"넌 누구냐!"

멀리 서 있는 신관들은 영문도 모르고 웅성거렸다.

"무슨 일입니까?"

"배 장군, 지금 누굴 말하는 거요?"

"제군께 검을 겨누다니?"

매념경은 군오를 매섭게 노려보며 말끝마다 힘을 주었다.

"이 사람이, 바로 백무상이오!"

모정은 경악을 금치 못했다.

"제군이 어떻게 백무상일 수 있습니까? 백무상이 제군으로 둔갑한 겁니까? 그렇다면 진짜 제군은 어디 계십니까?"

사련도 같은 생각을 하고 있었다. 하지만 그렇다면 대체 언제부터 제군과 바꿔치기했을까? 어째서 작은 단서조차 포착하지 못했을까? 신무대제는 언제나 조용하고 신출귀몰했던 지사와는 다르다. 다른 사람이 군오로 둔갑했다면 분명 상천정의 한 사람쯤은 알아챘을 터였다.

매념경이 말을 이으려는 순간, 군오가 나머지 한 손을 쳐들며 한숨을 내쉬었다.

"또 나를 실망시키는구나."

매념경은 갑작스레 목을 졸린 사람처럼 안색을 뒤바꾸었다. 낭천추가 중검을 쳐들고 검풍을 휘둘렀다. 그러나 그는 군오가 시선을 돌리기 무섭게 뒤로 나가떨어졌다.

곧이어 배명과 낭천추, 풍신과 모정에 권일진까지, 거의 모든 무신전의 주인들이 빠짐없이 군오를 에워쌌다.

그러나 일 주향 뒤에도 군오의 한 손은 사련의 손목을 붙들고 있었다. 반면에 그를 에워쌌던 무신들은 모조리 무너져 내렸다.

대전 바닥에 널브러진 무신들은 전투력을 깡그리 잃었다. 자리에 서 있는 사람은 군오와 사련 단 두 사람뿐이었다. 왈칵 피를 토한 모정이 말없이 굳어진 사련을 향해 노발대발 외쳤다.

"움직이십시오! 왜 가만히 계십니까? 죽기만 기다리시는 겁니까?"

하지만 그는 알지 못했다. 사련은 움직이기 싫은 게 아니라, 애초에 움직일 수가 없었다.

고작 한 손에 붙들렸는데도 사련은 자신이 손가락 하나만 까딱해도 상대가 알아채고 당장 손목을 부러뜨릴 것 같다는 생각이 들었다. 그러니 반격할 여지는 더더욱 없었다. 아무리 생각해도 경거망동하지 않는 것이 가장 현명한 선택지였다.

삼계의 제일 무신은 바로 이런 존재였다.

가장 멀리 서 있던 신관들은 황망히 뒤쪽으로 흩어졌다. 그러다 도망쳐야겠다는 생각이 퍼뜩 들었는지 다들 창백한 얼굴로 신무전 바깥으로 뛰쳐나갔다. 그러나 문어귀에 다다르기 무섭게, 복도를 따라 화려하게 늘어선 대문 열두 짝이 저절로 닫혔다. 문을 두드려도 무용지물이었다. 백여 명에 달하는 신관들이 꼼짝없이 갇히고 바닥에 쓰러졌으니 그야말로 천하 대란이 따로 없었다. 이내 매념경의 몸이 보이지 않는 힘에 휘감겨 앞으로 끌려갔다. 군오가 그의 목깃을 휘어잡고 싱긋 웃으며 말했다.

"한순간의 변덕으로 이 많은 자들 앞에서 사실을 밝힌다고 내가 얌전히 당하고 있을 것 같더냐? 이들이 사실을 알고 손을 잡는다고 내게 위협이 될 것 같더냐? 난 한 손만으로 저들을 전멸할 수 있다.”

아무래도 군오는 단순히 사련과 화성의 작별 인사를 배려해주려고 매념경을 먼저 데리고 올라간 것은 아닌 모양이었다. 그는 가는 길에 매념경에게 무언가를 당부하거나 위협했을 터다. 그래서 안심하고 신무전에 데려와 심문한 것이다. 하지만 매념경이 마지막에 배신할 줄 누가 예상이나 했을까. 매념경은 양손으로 군오의 옷깃을 붙잡고 사련에게 외쳤다.

“태자 전하, 어서 도망치십시오! 이 사람은 제정신이 아닙니다!”

“국사!”

다음 순간, 매념경은 다시 무언가에 목을 졸린 것처럼 말을 잇지 못했다. 그러나 옷가지가 그의 목을 가리고 있어 사련은 무슨 일이 일어났는지 당최 알 수가 없었다. 군오가 한숨지으며 입을 열었다.

“어리석은 것. 네가 저자들을 불구덩이로 밀어 넣는구나. 본디 저들과 무관한 일이었다만, 이제 이 자리의 모두가 선경을 빠져나갈 수 없을 것이다.”

한시가 급한 상황이었다. 사련은 재빨리 통령을 열었다.

‘삼랑!’

그가 먼저 화성의 통령 구령을 읊은 적은 한 번도 없었다. 하지만 사태가 위급하니 부끄러움은 뒤로 제쳐 두고 마음속으로 구령을 몇 번이나 외웠다. 그러나 통령 너머에서는 쥐 죽은 듯

한 고요만 흐를 뿐, 아무런 대답도 돌아오지 않았다.

통령이 철저하게 가로막힌 이 느낌. 동로산에서 겪었던 그 느낌이었다!

군오는 사련의 머릿속을 한눈에 꿰뚫어 보았다.

"시도할 것 없다. 내 허락이 없는 한 통령은 열리지 않을 터이니."

선경은 본디 군오의 법력을 기반으로 하는 그의 지반이다. 우두머리라면 당연히 모든 것을 마음대로 부릴 수 있다. 다시 말해, 지금 온 상천정과 선경이 외부와 완벽하게 차단됐다는 뜻이다. '천지신명께 빌어도 묵묵부답'이라는 말이 딱 들어맞는 상황이었다.

이때 갑자기 신무전 대문이 활짝 열렸다. 정신을 차리고 반색하며 뛰쳐나가려던 신관들은 열린 대문을 보고 얼이 빠졌다. 대전 바깥에 검은 옷차림을 한 늘씬한 사내가 냉담한 기세로 신관들의 앞길을 가로막고 있었다. 그건 다름 아닌 금의선을 걸친 영문이었다.

신관들이 갈팡질팡하는 사이, 영문은 대전으로 성큼 들어서서 군오 앞에 한쪽 무릎을 꿇고 깍듯하게 입을 열었다.

"제군."

"일어나서 볼일 보거라. 어찌 처리해야 할지는 알고 있겠지."

영문이 고개를 끄덕이며 설핏 웃었다.

"물론입니다."

가까스로 벽을 짚고 일어난 모정은 눈앞의 상황에 의아해졌다.

"영문은 동로산으로 도주한 줄 알았는데?"

군오가 대신 답해 주었다.

"그랬지. 다만 나는 영문이 제법 쓸모가 있다고 판단했다. 영문은 다른 신관들보다 훨씬 쓸모 있는 보기 드문 인재야. 좌우간 보잘것없는 실수를 저질렀을 뿐이니 이리 다시 불러들이기로 했다."

그건 사실이었다. 백의화세에 비견하면 영문이 금의선을 지은 사건은 숫제 '보잘것없는 실수'에 지나지 않았으니까. 이제 영문과 금의선은 이 '군오'의 수하로 자리매김했다. 그런데 이때 흰 그림자가 바람처럼 스쳤다. 안으로 뛰어든 한 물체가 군오의 발치에 떨어지더니 그의 신발에 다정하게 몸을 비볐다. 이를 본 풍신이 발끈했다.

"무슨 짓이냐? 썩 돌아오지 못해!"

그 물체는 다름 아닌 태아령이었다. 태아령은 제 아버지의 말을 무시하다 못해 한술 더 떠서 붉은 혀를 우악스레 빼물었다. 아버지인 풍신은 군오의 공격에 피를 토하며 쓰러진 처지건만, 아들은 아버지를 상처 입힌 적의 다리에 매달린 모습이라니. 참 어느 쪽이 진짜 아버지인지 모를 노릇이었다. 화가 치민 풍신은 피를 한 바가지 토하고픈 심정이었다. 곧이어 무표정한 무신관들이 다시 줄줄이 신무전으로 들어섰다.

이들은 군오가 점찍어 데려온 무신관들로, 오직 그의 명령만 따랐다. 영문은 군오의 지시대로 당부했다.

"신관들을 각자의 궁에 구금하고 잘 감시하세요."

근처에 주저앉아 있던 배명이 복잡한 표정으로 말했다.

"영문, 당신은 정말 양심도 없군요."

영문이 그의 어깨를 툭툭 두드리며 말했다.

"제가 양심이 없다는 사실은 처음 만나자마자 아셨을 텐데요? 어때요, 동참하시겠습니까? 언제든 환영입니다."

배명은 하핫, 마른 웃음을 터트리고는 입을 다물었다.

사련은 이번에도 군오가 친히 그를 선락궁까지 배웅하는 특별 대우를 받게 되었다. 군오가 입을 열었다.

"가자꾸나."

사련은 매념경을 흘긋 돌아보았다. 대체 어떻게 된 거지? 당신은 누구야? 무슨 속셈이지? 이 사람은 누구고? 정말 군오가 맞나? 아니면 백무상? 이 사람은 또 무슨 속셈이고?

묻고 싶은 질문이 너무도 많았다. 어떻게든 단둘이 만나 낱낱이 캐물어야만 했다. 오직 매념경만이 이 궁금증을 해결해 줄 수 있었다. 하지만 군오는 절대로 그럴 기회를 주지 않을 터였다.

신무전을 빠져나간 사련은 조금 당황했다. 선경대로 위로 어두침침한 하늘과 괴이하게 물결치는 구름이 펼쳐진 탓이었다. 삽시간에 뒤바뀐 이 풍경 속에서 과거의 찬란함은 눈 씻고 찾아볼 수 없었다. 군오의 수하인 신무전 신관들만이 평소처럼 행동했다. 신관들을 각자의 궁으로 압송하는 분위기가 영 싸늘했다. 아까 대로를 바삐 오가던 소신관들은 다들 인사불성으로 바닥에 널브러져 있었다.

두말할 것 없이 군오가 저지른 짓이다. 멀리서 긴 종소리가 울려 퍼지고 있었다. 아무래도 저 종소리가 범인인 듯싶었다.

두 사람은 느린 걸음으로 선경대로를 따라 선락궁으로 향했다. 사련은 가는 길에 재빨리 머리를 굴려 탈출 계획을 세워 보았다. 하지만 뛰는 놈 위에 나는 놈 있다고, 그가 떠올릴 수 있는 잔꾀는 군오의 절대적인 힘 앞에서 하나같이 무용지물일 게 뻔했다. 거기에다 군오는 힘만 강한 것도 아니었다. 그는 언제든 사련의 심사를 한눈에 꿰뚫어 보는 사람이었다.

선락궁에 들어설 때까지 사련은 방법을 찾지 못했다. 사련은 속으로 생각했다. 됐어, 방법이 없으면 어때. 한동안 통령이 없으면 화성도 분명 눈치채겠지. 그 전까지만 상황이 최악으로 치닫지 않게 잘 버티면 돼. 그런데 누가 알았으랴. 문을 닫았을 무렵, 군오가 불쑥 입을 열었다.

"혈우탐화 생각을 하고 있느냐?"

"……."

군오의 이 한마디에 사련은 가슴이 오싹해졌다. 심장이 쿵쿵 뛰기 시작했다.

어떻게 대답해야 좋을까. '그렇습니다'? 그러면 군오가 화성에게 해를 끼치지 않을까? '아닙니다'? 이 말은 아마 믿지 않을 것이다.

돌아오는 대답이 없자 군오는 미소를 지으며 말했다.

"걱정할 것 없다. 분명 그자를 생각하고 있었겠지. 그자와 꽤나 통령하고 싶을 터인데."

사련을 향한 그의 말투는 예전과 다를 바 없이 온화하고 너그러우며 진중하고 믿음직스러웠다. 하지만 그럴수록 사련은 더욱 혼란스럽고 두려웠다.

군오의 목소리가 이어졌다.

"정 그렇다면, 지금 통령을 보내 이야기를 나누려무나."

"……."

군오는 방금 사련이 선락궁 대문을 들어서며 무슨 생각을 했는지 정확히 알아맞혔다. 역시 그는 모든 것을 꿰뚫어 보고 있었다.

군오는 변함없이 싱긋 웃으며 말했다.

"선락, 무슨 말을 해야 그자의 걱정을 덜 수 있을지는 너도 잘 알겠지. 네가 먼저 통령을 보내면 혈우탐화도 필시 아주 기뻐할 것이다."

그리 말하며 그는 사련의 어깨에 한 손을 얹었다. 사련에게 미묘한 파동이 전해졌다. 통령 내용을 엿들을 수 있는 법술을 건 모양이었다. 그렇다면 소리를 내지 않아도 들을 수 있다. 사련은 자연히 깨달았다. 군오는 지금 그가 무슨 말을 하는지 들을 작정이었다.

짧은 침묵이 흘렀다. 결국 사련은 마지못해 화성의 통령 구령을 외웠다.

이 구령을 들은 군오는 흥미롭다는 듯 가만히 웃었다. 하지만 사련은 난처하거나 부끄러운 기분은 들지 않았다. 눈 깜짝할 새에 화성의 목소리가 사련의 귓가에 울려 퍼졌다. 그가 한숨을 곁들여 말했다.

"형, 형. 드디어 한참 만에 삼랑 생각을 해 줬네."

사련은 군오와 눈을 마주친 채 대답했다.

"삼랑, 내가 떠난 지 한 시진도 안 지났잖아."

"나는 '한 시진'보다는 '떠난' 게 더 중요하다고 보는데. 아주 잠깐이라도 떠난 건 떠난 거지."

지금 군오가 옆에서 듣고 있는데!

이토록 위험천만한 상황인데도 사련은 절절한 부끄러움이 솟았다. 군오가 입을 열었다.

"안타깝군. 앞으로 한 시진은 훨씬 넘게 기다려야 할 터인데. 계속해라. 그자에게 원령을 다 처리하기 전까지는 만날 수 없다고 말해. 에둘러 다른 말 전할 생각은 말아라. 내가 전부 듣고 있으니."

원령을 다 처리하려면 꼬박 일주일이 걸릴 것이다. 사련은 잠시 뜸을 들이다 말했다.

"한 시진도 못 기다리는데 그보다 훨씬 오래 걸리면 어떡하려고 그래."

"군오가 임무를 잔뜩 떠안겨 줬어?"
"맞아."
"내가 도울게."
군오가 끼어들었다.
"이번 임무를 마치면 내가 삼 년 휴가를 내리기로 했다고 말해라."
사련은 말을 이어 갔다.
"괜찮아. 나 대신 진법을 지켜 준 것만으로도 큰 도움인걸. 다른 건 내가 해결할게. 이 많은 임무를 끝마치면 편히 쉴 수 있게 삼 년짜리 휴가를 주겠다고 제군께서 약조하셨어."
"겨우 삼 년?"
"삼 년이 얼마나 긴데? 괜찮은 포상이지."
"좋아. 하지만—."
화성이 유유히 덧붙였다.
"형, 그건 형이 받는 포상이잖아. 그럼 내 포상은?"
"어…… 어떤 포상?"
화성이 되물었다.
"형이 보기엔 뭐일 것 같아?"
이 질문을 하면서 화성이 어떤 식으로 한쪽 눈썹과 입가를 들썩였을지 또렷하게 머릿속에 그려졌다. 그 모습을 상상하자, 사련은 말문이 막혀 버렸다.
화성의 목소리가 이어졌다.

"그러고 보니 아직 못 돌려받은 법력도 꽤 많은 것 같은데. 아닌가?"

사련은 조심스레 말했다.

"맞아."

"그럼 어떻게 갚을지는 생각해 봤어?"

"……"

사련이 머뭇거리다 대답했다.

"아니……."

화성이 살짝 웃은 것도 같았다.

"마땅히 생각해 둔 방법이 없으면 그냥 내가 정할까? 이번 일을 마무리하고 휴가를 받으면 한 번에 천천히 갚는 거야. 어때?"

사련은 민망하고 켕기는 마음에 군오를 흘끔거리며 어영부영 대답했다.

"으응, 그래그래……."

차근차근 원하는 답을 꾀어낸 화성은 그제야 만족스러운 마음으로 사련을 놓아주었다.

"그래서? 모처럼 내게 통령을 건 이유가 과연 뭘까?"

군오는 사련을 빤히 바라보았다.

그가 사련에게 통령을 허락한 것은, 화성이 수상한 낌새를 알아채기 전에 미리 안심시켜 하계에서 얌전히 기다리게 하기 위함이었다. 사련은 군오가 어떤 대답을 원하는지 자연스레 깨닫고 유유히 입을 열었다.

"실은 별일 아니야. 그냥 너무 오래 걸리면 네가 걱정할 것 같아서."

"어라, 방금 형이 말했잖아? 떠난 지 한 시진도 안 됐다면서, 내가 걱정할 거라는 생각을 다 했네?"

사련은 정말이지 화성 때문에 머리가 핑 돌았다. 마음이 조마조마하면서도 어쩐지 웃음이 나올 것 같았다. 이때 화성이 불쑥 말했다.

"알겠다."

한순간 사련의 호흡이 얼어붙었다.

"뭘 알았는데?"

통령 너머에서 가벼운 웃음소리가 이어졌다. 이윽고 화성이 느긋하게 대답했다.

"형, 방금 막 헤어져 놓고 벌써 내가 너무 보고 싶어졌어?"

"……."

아까까지는 얼렁뚱땅 넘길 수 있었다지만 이 한마디는 너무 적나라해서 아무리 애를 써도 멀쩡한 척을 할 수가 없었다. 군오의 시선을 받자, 사련의 얼굴이 조금 달아올랐다. 한참 뒤, 그가 작은 목소리로 대답했다.

"……응."

화성도 나직하게 말했다.

"나도 그래. 마음 같아선 지금 당장 올라가서 형을 데려오고 싶어."

사련은 가슴이 뭉클한 동시에 덜컥 불안해졌다. 그는 두 눈으로 군오를 바라보았다.

만약 화성이 정말 선경에 올라온다면, 어떤 결과가 일어날까? 군오가 화성에게 무슨 짓을 할까?

사련은 감정을 억누르고 최대한 자연스럽게 말했다.

"그건 괜찮아. 안 그래도 지금 상천정이 아주 엉망이거든. 네가 오면 다들 놀라서 펄쩍 뛸걸. 조금만 더 기다려 줘."

화성이 나른하게 대답했다.

"알았어, 형. 놈들이 놀랄 일은 없을 거야. 선경의 눈 따가운 빛도 싫고 여기서 진법도 지켜야 하니까, 형이 돌아올 때까지 얌전히 기다릴게."

사련은 안심인지 긴장인지 모를 기분으로 대답했다.

"그래. 착하다."

"대신 내가 착하게 굴면 빈손으로 오기 없기다. 보상은 꼭 받을 거야."

"그럼. 꼭 약속 지킬게."

두 사람은 다시 흐지부지 몇 마디를 나누고 구구절절 미련을 담아 작별 인사를 건네고서야 통령을 끝냈다.

사련은 조용히 한숨을 내쉬었다. 군오가 입을 열었다.

"아무래도 선락은 하계에서 근사하게 지냈던 모양이구나."

사련은 무어라 대답해야 좋을지 알 수가 없었다. 사련의 어깨를 툭툭 두드린 군오는 돌아서서 선락궁 밖으로 걸음을 옮겼다. 사련은 뒤에서 그를 불렀다.

“제군!”

군오의 몸이 멈칫했다. 사련은 말을 이었다.

“제군은 대체 정체가 뭡니까? 제군입니까, 아니면 다른 존재입니까?”

국사가 백무상과 관계가 있을지도 모른다는 생각만으로도 현실을 받아들이기 어려웠다. 그런데 군오가 백무상과 관계가 있다고 생각하니 온몸이 송두리째 뒤집히는 기분이었다.

군오는 그가 가장 존경하고 동경하는 삼계의 제일 무신이었으니까.

군오는 대답하는 대신 그대로 선락궁을 빠져나갔다. 홀로 남겨진 사련은 대책을 세워 보면서 지친 몸을 이끌고 선락궁 내전으로 향했다.

선락궁은 이미 감옥으로 변했다지만, 어찌나 화려한 감옥인지 궁전 안에 백옥으로 깎은 목욕통도 있었다. 백무상과 겨루고 동로에 들어가기까지 갖은 고초를 겪은 사련은 심신이 지칠 대로 지친 상태였다. 어차피 당장은 한 걸음도 뗄 수 없으니, 일단 몸을 담그고 정신을 차리는 편이 나았다.

옷가지를 벗고 따듯한 물에 들어간 사련은 목욕통 가장자리에 엎드리듯 양팔을 걸치고 무심하게 옷을 갰다. 이때 옷 안에서 작은 물건 두 개가 맑은 소리를 내며 굴러 나왔다. 가만히 들여다보니 앙증맞은 주사위였다.

그는 주사위 두 개를 손안에 가만히 쥐었다. 문득 화성이 했던 말이 떠올랐다.

– 형이 나를 보고 싶다면 몇 점을 던지든 볼 수 있어.

사실 사련이 먼저 화성에게 통령을 걸었다는 것부터가 아주 수상쩍었다. 어쩌면 화성이 낌새를 알아챘을지도 몰랐다. 하지만 아무리 이상을 눈치챘대도 화성은 올라올 수 없었다. 지금 선경은 군오에게 휘어잡혀 세상과 동떨어진 신세였으니까.

6점 두 개가 나와도 화성을 만날 수 없는 이 상황을 잘 알면서도 사련은 주사위를 던졌다. 도르르, 주사위가 백옥 위를 굴렀다. 한결같이 바닥 같은 운수 덕분에 1점 두 개가 나왔다. 역시나 별다른 움직임은 일어나지 않았다.

사련은 한숨을 푹 내쉬고 돌아앉았다. 얼굴부터 발끝까지 물속으로 집어넣으려는데, 갑자기 어떤 목소리가 울려 퍼졌다.

"형."

사련은 요란하게 물보라를 일으키며 자리를 박차고 일어났다.

"삼랑?"

설마, 정말로 화성을 불러냈나?

하지만 주변을 두리번거려도 사람 그림자 하나 보이지 않았다. 그러나 확신컨대 방금 그 목소리는 지나친 기대심이 불러낸 환청이 아니었다. 심장이 무섭게 뛰는 와중에 다시 누군가의 목소리가 울려 퍼졌다.

"태자 전하!"

"……!"

사련은 비로소 깨달았다. 이 목소리는 놀랍게도 그의 입에서 나온 것이었다!

그건 바로 자신의 목소리였다. 뜨거운 김으로 자욱한 목욕간에서 물소리와 뒤섞이는 바람에 비현실적으로 들렸을 뿐이다. 멍하니 있던 사련은 금세 깨달았다. ―이혼대법!

사련은 놀라움 반 기쁨 반으로 외쳤다.

"풍사 대인?"

이내 그의 입에서 잔뜩 흥분한 말소리가 쏟아져 나왔다.

"그래요, 바로 접니다! 하하하하, 깜짝 놀라셨죠! 이 풍사, 아니지, 제가 법력을 얻었답니다!"

앞서 말했듯이 이혼대법은 자주 쓰이지 않고 어마어마한 법력이 드는, 통령술보다 강력하고 삿되면서도 희귀한 법술이다. 따라서 흔히 보이는 결계는 대부분 이혼대법에 허술하다. 사청현은 백화진선을 상대하면서 사련과 이혼대법을 쓴 적이 있었다. 나중에 사청현의 법력이 바닥나면서는 한쪽에서만 일방적으로 이혼대법을 연결했었다. 그런데 이 방법이 지금 이렇게 유용하게 쓰이게 될 줄이야. 사련은 사청현에게 물었다.

"청현, 이혼대법은 법력이 많이 들잖아요. 법력이 어디서 났어요?"

그는 말을 끝내기 무섭게 납득했다. 그 많은 법력이 과연 어디서 날 수 있겠는가?

아니나 다를까, 사청현이 대답했다.

"말하자면 길어요! 어, 별로 길지는 않네. 전하의 혈우탐화가 제게 새카만 사탕 몇 개를 줬는데 얼마나 신통방통한지 몰라요! 먹자마자 갑자기 신력이 솟구치는 거 있죠! 임시방편이긴 해도 목소리 전하는 것쯤이야 당분간 끄떡없어요. 맛이 너무 별로인 게 문제지만요. 퉤퉤!"

"……."

사련은 지난번 배명이 먹었던 귀신 맛 사탕을 떠올렸다. 아마 화성은 고급 법력 사탕을 가지고 있었던 모양이다. 사련이 거듭 물었다.

"방금 형이라고 말한 사람은 누구예요?"

사청현이 냉큼 대답했다.

"저요!"

사련은 기가 막혔다.

"왜 그렇게 부르셨어요? 전 또……."

"알아요. 혈우탐화가 부른 줄 아셨죠?"

사련은 가볍게 헛기침을 했다. 사청현이 말을 이었다.

"혈우탐화가 그러라고 시켰어요. 이렇게 부르면 자기가 온 줄 알고 안심할 거라고요."

그건 맞는 말이었다. 방금 '형'이라는 말을 들었을 때 놀라기는 했어도 한편으론 안심이 되었으니까. 사련이 물었다.

"삼랑은 지금 옆에 있나요? 지금 황성은 괜찮고요? 그 원령 떼가 갑자기 어떻게 되진 않았죠?"

"황성은 괜찮아요. 원령이라면 아직 죽이는 중이고요. 있잖아요, 아까 혈우탐화랑 통령 하셨죠. 통령 할 때까지만 해도 전하랑 무슨 얘기를 그렇게 하는지 히죽거렸으면서, 손 내려놓고 전하랑 연락 끊자마자 갑자기 소름 끼치게 정색하더니 저더러 전하 쪽으로 이혼대법이 통하는지 시도해 보라는 거 있죠. 아 참, 태자 전하. 혈우탐화가 말 좀 전해 달래요. '전하, 옷부터 입으세요.' 벌써 몇 번째 재촉했다고요. 뭘 그렇게 따진대? 상천정에서는 감기도 안 걸리는데."

"……."

겨우 정신을 붙잡은 사련은 빛보다 빠른 속도로 옷을 낚아채 몸에 걸쳤다.

"사, 사, 사, 삼랑이 절 볼 수 있어요?"

"그럼요. 매번 상황을 전하기도 번거로우니까 아예 제 시각과 청각을 혈우탐화에게 넘겼거든요. 그래서 전하가 뭘 하시는지, 무슨 말씀을 하시는지 다 알아요. 대신 전하에게 직접 말을 걸거나 전하의 몸을 조종할 수는 없지만요."

"……."

풍사 대인, 대인도 참 화통하시네요!

진작 연락할 방법이 생긴 줄 알았으면 씻으러 오지 않았을 텐데!

사청현의 목소리가 이어졌다.

"괜찮아요, 태자 전하. 전하가 이런 문제를 그렇게 신경 쓰실 줄은 몰랐네요. 어차피 다들 같은 남자잖아요. 전하도 예전에 화 성주 맨몸쯤은 보셨을 거 아니에요. 그리고 저도 자주……."

정말이지 화통해도 너무 화통했다. 사련은 이마를 팍 짚고는 재빨리 옷을 갖춰 입고 주사위를 낚아채 내전을 빠져나왔다. 이내 그는 황급히 화제를 돌렸다.

"삼랑, 어떻게 이상한 점을 눈치챘어?"

잠시 침묵한 사청현이 말했다.

"혈우탐화 말로는 전하가 자기를 찾자마자 눈치챘대요. 자, 화 성주가 이렇게 전하라네요. '그렇게 부끄럼을 타는 형이, 심각한 사고가 일어나지 않고서야 내 구령을 외울 리가 없잖아?'"

"……."

역시 그런 이유였구나. 이때 사청현이 화성에게 말하는 것인지 투덜대며 중얼거렸다.

"알았어, 알았다고. 잡소리는 이쯤 하고 본론으로 들어갈게."

그러고는 다시 말을 이었다.

"태자 전하, 지금 상천정은 대체 무슨 상황이에요? 제군은 안 계세요?"

사련은 어디서부터 어떻게 말해야 좋을지 감도 잡히지 않았다.

"제군 때문에 지금 이 모양이 된 거예요!"

사련은 요점만 골라 이야기를 털어놓았다. 사청현은 충격에 얼이 빠졌다.

"세상에, 세상에, 세상에! 태자 전하, 잠꼬대하시는 거 아니죠? 제군이요? 다른 사람도 아니고 제군이요?"

"제군이 정말 맞는지 저도 이젠 잘 모르겠어요. 삼랑 생각은 어때?"

이윽고 사청현이 말했다.

"혈우탐화는 별로 놀라지 않는데요. 그냥 이렇게만 말하네요. '이상할 것도 없어. 옛날부터 눈에 거슬렸거든.'"

사련은 저도 모르게 실소를 터트렸다.

"넌 누굴 봐도 눈에 거슬리지 않아?"

화성에게 한 말이었다. 사청현이 대신 대답했다.

"'형 말고는 그런 편이지'래요. 저기, 화 성주, 그렇게 말하면 안 되지. 나도 여기 있는데! 나도 마음에 안 든다 이거야? 내 어디가 그렇게 문젠데?"

사련이 끼어들었다.

"그만, 그만, 다 농담이잖아요. 아무튼 지금 무신들은 전부 쓰러졌고 신관들은 각자 궁전에 갇혔어요. 선경은 송두리째 가로막혀서 올라올 수가 없고요."

"혈우탐화 말로는 선경에 올라갈 수 있대요. 대신 조력자가 한 명 필요하다네요."

"누군데요?"

그 순간, 사련이 거듭 외쳤다.

"누구냐!"

마지막 말은 화성이나 사청현을 향한 것이 아니라, 등 뒤에서 느껴진 인기척 때문에 튀어나온 말이었다.

누군가 왔다.

113장 선경 아래 공포의 갈림길

약야는 이미 사련의 손목에서 빠져나와 공격 태세를 갖춘 뒤였다. 하지만 사련은 상대를 확인하고 경계심을 반쯤 내려놓았다.

"이…… 인옥?"

어느새 바닥에 두 사람은 들어갈 만한 큼직한 구멍이 나 있었다. 그 구멍 밖으로 몸을 반쯤 내놓은 인옥이 보였다. 그는 양손으로 날카로운 삽을 쥔 채 한숨을 토하더니 땀을 닦으며 말했다.

"태자 전하, 접니다. 제대로 찾아와서 다행이네요. 어서 가요!"

그는 인옥이 신의 무기, 지사의 보삽을 지녔다는 사실을 깜빡 잊고 있었다! 보삽을 빼앗기지 않았다니, 정말이지 하늘이 그를 도운 셈이었다. 보아하니 가끔은 존재감이 너무 없는 것도 좋은 일 같았다. 이를테면 혼전이 일어났을 때 적에게 특별히 공격받지 않는다든가. 물론 반대로 생각하면 자신을 몰라본 아군에게 공격받을지도 모르지만. 인옥이 있는 구멍으로 다가서던 사련은 순간 몸을 주체하지 못하고 뒤로 물러섰다. 인옥이 의아한 얼굴로 물었다.

"태자 전하? 왜 그러세요?"

의아하기는 사련도 마찬가지였다. 왜 뒷걸음질 쳤지? 이윽고 그는 깨달았다. 물러선 사람은 그가 아니라 그의 몸에 실린 사청현이었다.

지사의 보삽은 예전의 주인을 떠올리게 만드는 아주 익숙한 물건이었다. 난데없이 끼쳐 온 이 두려움은 사청현이 무심코 드러낸 감정 같았다. 다행히 사청현은 격렬하게 반응하지 않고 금세 몸의 주도권을 사련에게 넘겨주었다. 사련은 화성에게 선경에 올라가도록 도와줄 그 사람이 누구냐고 묻는 것도 까맣게 잊고, 재빨리 구멍으로 뛰어내려 인옥과 함께 선경 지하로 들어섰다.

위쪽에 난 구멍이 빠르게 닫혔다. 어두운 지하 통로 안을 잠시 기어간 사련은 문득 한 가지 생각을 떠올리고 물었다.

"인옥. 이 지사의 보삽, 선경의 결계도 파낼 수 있을까요?"

"그건 어려울…… 걸요?"

"네?"

사청현이 말했다.

"그럼 아무리 이 보삽이 신의 무기여도 어딜 파든 결국 선경이란 뜻이네요. 그럼 별 쓸모없지 않아요?"

인옥은 머리를 긁적이며 대답했다.

"아주 쓸모가 없는 건 아니에요……. 지금 모든 무신관들의 궁전 바깥에도 진법이 걸려 있거든요. 그 진법은 신관들의 법력을 무력화하고 상처가 회복되는 속도도 더디게 만들어요. 만약 이대로 궁전에 머문다면 몇 년이 지나도 전력을 회복하지 못할 거예요. 차라리 지사의 삽으로 지하에 밀실을 파내서 무신들을 모시고, 상태가 적당히 회복되면 빠져나갈 수 있을지 시도해 보면 어떨까요."

사청현이 말했다.

"잠깐! 화 성주가 그러는데, 그 폐…… 그 무신들의 상처가 나으면 각자 몸 상태를 들키지 않게 하래요. 군오의 손안에서 벗어날 생각은 하지 말고요. 안 그러면 죽을 거라고요."

인옥은 놀란 기색이었다.

"태자 전하, 지금…… 화 성주와 통령하시는 건가요? 통령은 막힌 줄 알았는데요?"

사련이 대답했다.

"아뇨, 아뇨. 방금 말한 사람은 저 아니에요."

사청현도 말했다.

"접니다! 저예요, 인옥 전하!"

하지만 결국 한 사람의 입에서 나온 말이 아니던가. 인옥은 혼란에 빠졌다.

"그 '저'라는 게 아무튼 태자 전하시잖아요?"

사청현이 받아쳤다.

"거참, 저라니까요! 풍사요! 아니다, 지금은 전임 풍사라고 해야 하나. 제가 이혼대법을 썼어요. 어휴, 말 전하느라 힘들어 죽겠네."

사련의 몸에 들어와 보고 들은 다음 자신의 몸으로 되돌아가 화성에게 말을 전하며 들락날락 되풀이하다니, 생각만 해도 고될 것 같았다. 인옥이 재빨리 말했다.

"아아아, 정말 고생이 많으세요. 그런 거였군요!"

그러곤 한층 열심히 땅을 팠다. 한참을 앞으로 기어간 뒤에야 인옥이 입을 열었다.

"아마…… 이쯤일 겁니다! 태자 전하는 우선 여기 숨어 계세요. 제가 신관을 모시고 내려올게요."

지나왔던 뒤쪽의 땅굴이 서서히 다물리기 시작했다. 사련이 말했다.

"네? 혼자 가시게요? 같이 갈게요."

"괜찮아요. 솔직히 말씀드리면, 이 지사 삽은 큰 구멍을 팔수록 힘이 많이 들어서 저 혼자 가는 게 조금 더 빠르거든요. 여기서 가장 가까운 무신전이라면……."

그는 잠시 곰곰이 생각해 보더니 말을 이었다.

"아무튼, 제가 다녀올게요."

시도 때도 없이 이혼대법을 펼치고 막대한 법력을 소모한 사청현의 피로감이 사련에게도 옮아왔다. 바닥에 앉은 사련은 힘겹게 고개를 끄덕였다. 어쩐지 머리와 몸이 무거운 기분이었다. 그는 손으로 이마를 받치며 말했다.

"……알았어요."

그렇게 인옥은 혼자서 새로운 땅굴을 파고 앞으로 기어갔다. 사련은 자리에 누워 눈을 감았다.

얼마나 지났을까, 그는 벌떡 잠에서 깨어났다.

"인옥?"

어두컴컴한 사위로 적막이 흘렀다. 인옥은 아직 돌아오지 않은 게 틀림없었다. 사청현이 입을 열어 그 사실을 확실하게 짚어 주었다.

"태자 전하, 일어나셨네요. 피곤하시죠? 인옥은 아직 돌아오지 않았어요."

잠시 눈을 붙이고 나니 다시 활력이 도는 것 같았다. 사련은 그에게 물었다.

"가신 지 얼마나 됐는데 아직도 안 오셨어요?"

"곧 있으면 이 주향 정도요. 설마 길을 잃었나?"

사련은 내심 불안해졌다.

"찾으러 가야겠어요."

그리 말하며 그는 몸을 뒤척여 인옥이 떠난 통로로 기어갔다. 인옥은 이 길로 되돌아와야 했기에 지사 삽으로 파낸 통로가 저절로 닫히게 두지 않았다. 사련은 조심조심 통로 안으로 기어갔다. 이윽고 사청현이 말했다.

“혈우탐화가 그러는데요. ‘형, 가지 않는 게 좋아.’”

사련은 움직임을 멈추고 물었다.

“위험할지도 몰라서요?”

“그래요. 화 성주 말투가 아주 심각했어요.”

“위험할지도 모르니까 더더욱 가야 해요. 자칫 인옥이 무슨 사고라도 당하면…….”

바로 이때, 별안간 등골을 타고 한기가 기어올랐다. 사련은 움찔 고개를 돌렸다.

사청현도 사련의 몸을 감싼 소름을 느끼고 물었다.

“엄마야, 방금 뭐였어요? 갑자기 등골이 오싹하던데요!”

등 뒤에는 어둡고 공허한 지하 통로 말고는 아무것도 없었다. 사련은 한참을 주시한 끝에 입을 열었다.

“괜찮아요.”

사청현은 당장 입을 다물고 숨을 죽였다. ‘괜찮다’는 한마디를 남긴 사련이 뒤이어 소리 없이 입을 달싹였기 때문이다.

‘조용, 누가 있어요!’

이 지하 통로에 다른 누군가가 있다. 방금 사련의 등 뒤쪽만 해도 그랬다. 하지만 그 존재는 고개를 돌리기 무섭게 자취를 감추었다.

위험에 관한 사련의 직감은 결코 틀릴 리가 없었다. 그래서 그는 상대에게 자신이 낌새를 알아차렸다는 사실을 들키지 않도록 담담하게 행동했다. 이런 상황을 가장 싫어하는 사청현은 팔뚝에 일어나는 닭살을 느끼며 소리 없이 입만 움직였다.

'인옥 전하 아니에요?'

'인옥이었다면 이렇게 은밀할 필요가 없겠죠.'

짧은 정적이 흘렀다. 사련은 거듭 소리 없이 말했다.

'삼랑은 별말 없어요?'

'와아, 전하의 그 삼랑 말인데요, 지금 안색이 무시무시해요……. 이렇게 말하네요. 형, 정 안되겠으면 우선 이혼대법을 써서 풍사의 몸으로 옮겨와.'

그러나 당장 이혼대법을 펼칠 만한 법력이 있는지는 고사하고, 법력이 충분하더라도 사련은 선경의 골칫거리를 내팽개친 채 엉덩이 툭툭 털고 혼자 도망칠 수는 없었다. 사련은 입을 달싹였다.

'삼랑, 걱정하지 마.'

무엇을 걱정하지 말라는 것인지 설명하려던 사련은 번쩍 고개를 들었다. 앞쪽이다!

아까 뒤쪽에서 느껴졌던 그 위험한 공기가 지금은 앞쪽에서 나타났다. 앞으로 다가가 보았으나 온통 어두컴컴할 뿐 아무것도 보이지 않았다. 사청현이 입을 달싹였다.

'태자 전하, 또 무슨 낌새를 느끼셨어요? 어떡하죠? 이렇게 되면 앞으로 가야 할까요, 뒤로 가야 할까요?'

사련은 잠시 집중해 주변을 살펴본 뒤, 조용히 입을 달싹였다.

'앞으로 가나 뒤로 가나 똑같을 거예요. 어디든 가 보죠.'

그러곤 계속해서 앞으로 기어갔다. 얼마간 기어간 그는 놀란 마음으로 자리에서 움직임을 멈췄다.

사청현은 저도 모르게 중얼거렸다.

"이게 어떻게 된 거지?"

'두 사람' 앞에 나타난 것은 놀랍게도 갈림길이었다. 지하 통로가 두 개라니.

사청현이 말했다.

"그…… 설마 인옥이 길을 파다가 알고 보니 잘못 파서 다른 길을 판 걸까요?"

사련은 속으로 생각했다.

'선경 지리에 익숙한 인옥이 과연 길을 잘못 팠을까? 아마 훨씬 무서운 이유가 숨어 있을 거야.'

하지만 그는 이 생각을 입 밖으로 내지 않았다.

"청현, 삼랑에게 어느 길을 고를지 좀 물어봐 주시겠어요? 왼쪽, 아니면 오른쪽?"

잠시 뒤, 사청현의 대답이 돌아왔다.

"혈우탐화 말로는…… 도움은 안 되겠네요. '아무 길도 고르지 마.'"

사련은 할 말을 잃었다. 물론 그가 보기에도 두 길 모두 심상찮은 무언가가 기다리고 있을 것 같았지만, 제자리에 꼼짝없이 묶여 있을 수도 없는 노릇이었다. 잠시 곰곰이 고민한 끝에 사련이 입을 열었다.

"그럼 청현이 골라 줘요."

"네? 제가요?"

"네. 청현이 고르면 절반쯤은 좋은 길이 나올 거예요. 하지만 제가 고른다면……."

사청현은 재깍 대답했다.

"좋아요, 이해했어요."

잠깐 고민한 그는 고개를 왼쪽으로 돌렸다.

사련은 고개를 끄덕이곤 왼쪽 통로로 향했다.

깊이 들어설수록 통로가 좁아졌다. 숨쉬기도 버거울 지경이었으나 그럭저럭 나아갈 수는 있었다. 한참을 굽이굽이 기어가고서야 앞이 탁 트이더니 제법 넓은 공간이 나타났다.

오는 내내 가슴을 졸였어도 다행히 실질적인 위험은 마주치지 않았다. 사련은 잠시 주변을 둘러보았다.

"여긴 어디지?"

사청현도 의아한 듯 말했다.

"글쎄요, 잘 안 보이네요. 하지만 어째 조금 익숙한 듯한……어?"

사청현뿐만 아니라 사련도 깨달았다.

당연히 익숙할 수밖에! 여기는 아까 사련이 잠시 누워 눈을 붙이며 인옥을 기다렸던 그 지하 밀실이 아닌가?

틀림없다. 한쪽에 뚫린 지하 통로는 바로 인옥이 떠나면서 지사 삽으로 파낸 길이었다. 사련도 바로 이 길을 통해 그를 찾으러 나선 참이었다.

사청현은 소름에 몸서리쳤다.

“어떻게 여기로 되돌아왔죠? 아까…… 우리가 되돌아올 만한 길이 있었던가요?”

당연히 없었다! 아까 떠날 때만 해도 이 지하 밀실에는 밖으로 나가는 통로 하나뿐이었다. 그들이 돌아온 이 길은 쥐도 새도 모르게 뜬금없이 생겨나 있었다. 그들은 아까 마주쳤던 갈림길의 왼쪽 길을 통해 한 바퀴 돌아 밀실로 되돌아온 것이다.

이건 분명 인옥이 판 길이 아니다. 그가 이렇게까지 법력을 낭비하며 쓸데없는 일을 할 리가 없었다. 어쩌면 그도 위험천만한 상황을 맞닥뜨렸을지 모른다. 역시 아까 같이 갔어야 했는데, 사련은 속으로 중얼거렸다. 그는 다짜고짜 아까 빠져나갔던 지하 통로를 지나 빠르게 그 갈림길에 도착했다. 이번에 고른 통로는 오른쪽이었다. 그리 기어가는 와중에 사청현이 말했다.

“이번에는, 이번에는 제 운도 영 신통치 못한가 봐요. 길을 잘못 고르다니. 처음부터 오른쪽을 고를 걸 그랬어요!”

하지만 사련의 생각은 달랐다.

“아뇨. 저는 청현의 운이 역시 좋은 편이라고 봐요.”

“어? 왜요?”

사련은 되도록 완곡하게 말했다.

"뭐랄까…… 이 오른쪽 길이, 왼쪽보다 더 무서울 것 같거든요……."

두 사람 모두, 뒤쪽에서 무언가가 바스락거리며 빠르게 기어오는 소리를 똑똑히 들을 수 있었다.

사련은 약야를 풀어 뒤로 날려 보냈다.

"약야, 우선 좀 막아 줘!"

말을 끝마치기 무섭게 그는 정신없이 앞으로 기어갔다. 거의 한 번에 한 장씩 무릎을 내디디는 수준이었다. 사청현은 긴장한 나머지 이성이 흐려졌다.

"하하하하하, 짜릿하다, 짜릿해! 짜릿해, 짜릿해!"

"아직 더 짜릿한 일이 남았는데요! 여기요! 보세요!"

"또 뭔데요?"

사련은 무릎걸음을 덜컥 멈추고 긴 한숨을 토해 냈다. 두 사람 앞에 또다시 갈림길이 나타났다.

사청현은 무턱대고 외쳤다.

"오른쪽!"

사련은 과감하게 오른쪽으로 향했다. 이어진 길 앞으로 연속해서 갈림길이 나타났다. 사청현이 외쳤다.

"왼쪽! 오른쪽! 왼쪽! 오른쪽!"

이제 본인조차 자신이 무슨 말을 외치는지도 몰랐다. 한 치 앞을 알 수 없는 아슬아슬한 상황이라 사련의 몸에서 빠져나가 화성에게 의견을 물어볼 여유가 없었다. 당장 다음 갈림길에서 상황이 뒤집힐지도 모르는 노릇인데 어디 섣불리 움직일 수 있겠는가. 뒤쪽에서 나타난 그 존재는 약야에게 잠시 가로막혔지만, 이내 끈질기게 뒤를 추격해 왔다. 하지만 양쪽 통로가 갈수록 좁아지더니 마침내 팔 하나 까딱할 수 없는 지경에 다다랐다.

사련의 어깨가 땅굴 사이에 꽉 끼어 버렸다.

"더는 못 가요!"

"그럼 어떡해요? 여기서 후퇴하라고요?"

곧 있으면 뒤를 쫓아오는 그 존재에게 따라잡힐 텐데!

사련이 외쳤다.

"겁내지 마세요! 사내대장부는 굽힐 땐 굽히고 물러설 땐 물러서는 법! 그냥 후퇴하죠! 어서요!"

그는 동시에 두 걸음 뒤로 물러나서 한 손을 뒤로 뻗었다. 방심검 칼자루를 움켜쥐고 뒤의 그 존재와 시원하게 맞붙어 보려던 순간, 문득 머리 가죽이 서늘해졌다.

사련의 마음도 덩달아 반쯤 서늘해졌다. 위를 올려다봤지만, 아무것도 보이지 않았다. 다만 어둠 속에서 누군가의 가벼운 웃음소리가 들린 것 같았다. 위에서 뻗어 나온 한 손이 사련의 머리를 가만히 짚고 있었다. 눈을 커다랗게 뜬 사련은 이내 의식을 잃었다.

얼마나 시간이 흘렀을까. 사련은 비로소 정신이 들었다.

정신을 차린 사련은 온몸이 꽁꽁 묶인 채 어떤 의자에 앉아 있다는 사실을 뒤늦게 알아챘다. 그는 두어 번 바르작대다가 거듭 깨달았다. 그를 묶은 것은 바로 약야였다.

사련은 어리둥절해졌다.

"약야, 이게 무슨 짓이야?"

약야도 한껏 억울한 기색으로 축 늘어진 채 그에게 몸을 비볐다. 자세히 살펴보니 약야는 단단히 엉킨 신세였다.

약야가 반항하지 못한 이유가 여기에 있었다. 약야는 꼼짝없이 엉키는 것을 가장 무서워했으니까. 철없던 옛날, 약야는 혼자 마구잡이로 빙빙 돌며 노는 것을 좋아했다. 그리 빙빙 돌다가 혼자 엉망진창으로 엉키는 바람에 매번 사련이 마지못해 풀어 주어야 했다. 훗날 얌전하고 똑똑해진 뒤로는 두 번 다시 저 혼자 엉키지 않았지만. 기가 막힌 사련은 의자를 부서뜨릴 수 있을지 시도해 보았다. 유감스럽게도 의자 역시 요지부동이었다. 아무래도 법력으로 강화된 모양이었다.

어차피 꼼짝할 수 없다면 주변 환경부터 살펴보는 편이 낫다. 사련은 주위를 둘러보았다. 어느 신전 안인지 자못 웅장하고 화려해 보였다. 어느 신전인지는 몰라도 좌우간 무신전은 아니었다.

그리 생각하고 있는데 누군가의 손이 그의 어깨를 짚었다. 머리꼭지 위에서 온화한 목소리가 울려 퍼졌다.

"선락아, 선락아, 너도 참 말썽이 심하구나."

이 목소리에 사련의 머리 가죽이 불현듯 저릿해졌다. 목소리의 주인이 한 손을 뒷짐 진 채 옆으로 돌아 나왔다. 예상대로 군오였다.

그는 사련의 어깨를 짚은 채, 내딛는 걸음에 맞추어 한 마디씩 끊어 말했다.

"등선한 지 반년 동안, 선경 곳곳을 망가뜨리고, 부수고 다녔으니, 이것 참, 말썽이 심하지 않으냐? 쥐새끼도 아니고, 지하에 구멍을 뚫고 다니는 게, 그리도 재밌더냐?"

웃어른이 말썽꾸러기 아이를 귀여워하는 듯한 온화하고 인자한 이 말투가 사련을 되레 오싹하고 불편하게 만들었다. 정말이지 어떻게 받아쳐야 좋을지 도통 알 수가 없었다. 곧이어 발치에서도 차가운 감각이 불쑥 느껴졌다. 아래를 내려다보니, 희고 둥근 물체가 그의 신발을 끌어안고 지극히 사악한 눈빛으로 그를 응시하고 있었다.

바로 그 태아령이었다.

사련은 다시 고개를 들었다. 사정을 대충 알 것 같았다. 인옥은 지사 삽으로 굴을 파다가 군오에게 붙잡혔다. 그리고 군오는 지하로 무언가를 들여보내 사련에게 아까처럼 끔찍한 경험을 선사했다.

사련은 마침내 자신이 해야 할 말을 떠올렸다. 침묵 끝에 그가 입을 열었다.

"……취미 한번 고약하십니다."

아까 지하 통로에서의 추격전은 백무상에게 쫓기느라 숨도 못 돌리고 전전긍긍해야 했던 과거를 떠올리게 했다. 잡으려거든 그냥 잡으면 그만이지, 왜 그렇게 간 떨어지도록 오싹하고 괴이한 짓을 한단 말인가?

그러거나 말거나, 군오는 몹시 유쾌한 얼굴로 미소 지었다.

"선락은 예전보다 훨씬 용감해졌더구나."

사련은 이 말을 받아 주지 않았다.

"인옥은 어디 있습니까?"

군오는 의자 등받이를 짚더니 그를 한쪽으로 돌려 주며 말했다.

"서두르지 마라. 보이지 않느냐? 게다가 혼자도 아니다."

빙글 돌아앉은 사련은 거울을 마주쳤다. 그러나 거울에 비친 것은 그가 아니라 안색을 창백하게 물들인 인옥이었다.

부어오른 얼굴로 머리에서 피를 흘리는 누군가가 인옥의 발치에 인사불성으로 쓰러져 있었다. 풍성한 곱슬머리만으로도 그 사람이 누군지 알아볼 수 있었다. 권일진이었다.

사련은 경계심을 바짝 곤두세웠다.

"무슨 꿍꿍이죠?"

114장 선함을 저버린 가슴속 응어리

거울 속에 비친 것은 반대편 벽 너머의 상황이었다. 인옥은 권일진을 정신없이 흔들며 중얼거렸다.

"일어나. 일어나래도?"

가까스로 정신을 차린 권일진이 몽롱하게 입을 열었다.

"하형, 방금 우가 절 때렸어요? 하형이에요?"

……가엾은 기영. 흠씬 얻어맞은 바람에 발음도 다 뭉개졌구나. 사련은 내심 연민을 느꼈다. 인옥이 대답했다.

"내가 어떻게 널 쓰러뜨리겠니……."

권일진이 머리를 긁적이더니 뒤늦게 깨닫고는 중얼거렸다.

"아, 데군이 때리셨구나."

그러곤 무언가 불쑥 떠올랐는지 또 흥분하기 시작했다.

"데군이 하형의 삽을 뺏어갔잖아요. 데가 다시 뺏어 올까요?"

"네가 어떻게 제군을 쓰러뜨리겠니……."

사련은 드디어 알아냈다. 이곳은 기영전이다. 보아하니 인옥은 권일진을 찾으러 가던 길에 군오에게 붙잡힌 모양이었다.

군오가 뒤편으로 돌아간 틈에 사련은 고개를 숙이고 소리 없이 입을 달싹였다.

'풍사 대인, 아직 계세요?'

그런데 사청현보다 군오가 한발 먼저일 줄 누가 알았으랴. 군오가 등 뒤에서 대답했다.

"물론 없다."

"……."

"문득 떠올랐다만, 선경 결계에 빈틈이 있는 것 같아서 말이다. 해서 이제 이혼대법도 막아 두었다."

"……."

군오는 사련의 어깨를 두드리며 친절하게 말했다.

"이혼대법도 내가 네게 가르쳐 준 것이었지. 배운 것을 활용할 줄도 알다니, 아주 대견하구나."

말을 마친 그는 자리를 떴다. 머지않아 눈앞의 거울 속에 군오가 나타났다. 가장 먼저 기척을 알아챈 사람은 권일진이었다.

인옥도 황급히 돌아서서 신경을 곤두세웠다.

"제군?"

권일진은 의욕에 불타 펄쩍 뛰어올랐다. 군오는 무심하게 손을 휘둘러 그를 침상 위로 날려 보냈다. 침상을 무너뜨리며 바닥에 나동그라진 권일진은 머리를 툭 늘어뜨리며 다시 기절했다. 인옥이 잔뜩 경계하자 군오가 입을 열었다.

"그리 날 세울 것 없다. 어차피 경계해도 별 소용 없을 터이니 마음 편히 가라앉히지 그러느냐?"

사실 맞는 말이었다. 할 말을 잃은 인옥은 습관적으로 어색하게 웃어 보였다가 황급히 웃음을 거두었다. 반면 군오는 아주 여유로웠다.

"인옥, 예전에는 이렇게 담소를 나눠 본 적이 없는 것 같구나. 그렇지 않으냐."

인옥은 뻣뻣하게 대답했다.

"……그런 것 같습니다."

그는 한때 서방을 관장하는 무신이었으나 품계도 썩 높지 않고 향불도 왕성하지 않았으며 지위도 어중간했다. 물론 상천정 신관들 사이에서 밑바닥 신세까지는 아니었으나 중하위권을 맴돌았던 터라 최고 무신인 군오와 이렇게 가까이 만날 기회가 거의 없었다. 예전에는 군오가 자신의 대전 문어귀를 지나는 것만으로도 긴장했던 그였다. 그는 그때보다도 훨씬 떨리는 마음으로 말을 이었다.

"하오나 원래 상천정에는 저와 말을 섞어 보았거나 저를 아는 신관들이 거의 없습니다."

"그건 아닌 것 같구나. 너를 아는 자들이 얼마나 많은데. 본 적이 없어도 다들 알더구나."

인옥은 당황한 기색으로 중얼거렸다.

"그렇습니까."

그러자 군오가 말을 이었다.

"이유인즉, 다들 네 사제를 알기 때문이지. 네 사제를 논할 때면 네 이름도 왕왕 나오곤 했으니 말이다. 일종의 곁다리라고나 할까."

상당히 신랄한 말이었다. 감정이 한 톨도 담기지 않은 객관적인 서술에 불과했지만, 서술자 본인이 편견 없이 사실을 묘사했을 뿐이라 더더욱 신랄하게 느껴졌다. 쓰러진 권일진은 아직도 정신을 차리지 못한 채였다. 인옥은 고개를 숙이고 주먹을 꾹 부르쥐었다.

사련은 군오의 목적을 어렴풋이 알 것 같았다.

한참 뒤, 인옥은 용기를 쥐어짰다.

"제군, 대체 무슨 작정이십니까? 제군께선 이미 신무대제가 아니십니까. 그 누구도 천지와 삼계를 통틀 제일 무신의 자리를 넘볼 수 없는데, 어째서 이런 짓을 하십니까? 제군께선 대체…… 뭘 원하십니까?"

군오는 자연스레 그의 물음을 무시하고 난데없이 물었다.

"인옥, 상천정으로 돌아오고 싶으냐?"

"예?"

사련도 이 말에 화들짝 놀랐다. 대체 무슨 꿍꿍이지? 지금 이 상황에 인옥을 끌어들여 봤자 무슨 의미가 있다고?

군오가 말을 이었다.

"하계에서 귀왕의 졸개 노릇 하는 것이 썩 마음에 들지 않을 터인데."

"……."

인옥은 그제야 정신을 차리고 대답했다.

"뭔가 오해하신 모양입니다. 그건 애초에 마음에 들고 말고의 문제가 아닙니다."

사련은 아차 싶어졌다.

'그렇게 대답하면 안 돼요. 군오에게 약점을 잡힐지도 모른다고요!'

아니나 다를까, 군오가 싱긋 웃으며 말했다.

"알고 있느냐. 네 그 대답은 이렇게 말한 것이나 다름없다. '그렇습니다. 마음에 들지 않지만, 가급적 언급하고 싶지 않습니다.'"

"……."

그렇다. 지금 귀계의 위치에 진심으로 만족한다면 인옥은 '아주 좋아합니다'라고 명쾌하게 말했을 것이다. 본디 대답을 회피하려 들수록 속뜻만 뻔해지는 법이다.

"너는 정통 문파에 몸담은 명문 출신에 사마외도의 길을 걸은 적도 없고, 문파의 선배로서 어려서부터 보고 들은 것이 많았기에 득도해 등선하는 것을 평생의 바람으로 삼았다. 이런 바람은 쉬이 변하지 않아. 귀계를 전전하는 것도 그저 부득이한 사정 때문일 터. 당연히 지금 귀계에서의 지위에 만족한다고 말할 수 없겠지. 애초에 네가 원하는 자리가 아니니까."

역시나 인옥은 맥을 못 추고 소심하게 말했다.

"성주께선 절 구해 주신 은인이시라……."

"알고 있다. 폄적 도중에 죽은 감옥의 원혼도 천도시켜 주었지."

"……그렇습니다. 그러니 제 자리에 만족하든 만족하지 않든……."

"그게 바로 불만족이란 뜻이다. 갈 곳도 없고 은혜에 연연하느라 자신을 억누르고 있을 뿐."

"……."

인옥은 고개를 숙인 채 말이 없었다. 사련은 손바닥에 땀을 쥐었다.

그는 군오가 어떻게 빈틈을 파고들 것인지가 눈에 훤히 보였다. 그리고 지금, 인옥은 표정과 몸짓을 통틀어 머리부터 발끝까지가 온통 빈틈투성이였다.

다시 군오의 목소리가 들려왔다.

"그렇다면 반대로 한 가지 묻겠다. 넌 권일진의 은인이 아니더냐?"

"……."

"넌 은혜를 입었다는 이유만으로 마음에 들지 않는 자리에 앉아 충성으로 보답했는데, 네게 은혜를 입은 권일진은 오히려 널 이 지경으로 몰아넣지 않았느냐? 인옥, 남을 위해서 손해를 감수하는 것은 좋은 습관이 아니다. 그런다고 네게 고마워할

이는 없어."

한 걸음 한 걸음 몰아세우던 군오는 이번 걸음으로 인옥의 가장 아픈 곳을 짓밟았다.

군오가 말을 덧붙였다.

"너는 한평생 선경에 오르기만을, 상천정에서 좋은 자리를 꿰차 신무전에 들 수 있기를 간절히 바랐다. 선경에 끝까지 남고 싶어서, 그래서 훗날 권일진이 너를 곁다리로 전락시키고 온 신선들의 웃음거리로 만들며 망신을 주었는데도 아득바득 버틴 것이 아니더냐? 넌 선경의 일원이었다. 하지만 권일진이 모든 것을 전부 망쳤지. 그래 놓고는 애초에 네 것이어야 했던 것들을 손쉽게 빼앗아 가 버렸어."

그의 목소리가 계속해서 이어졌다.

"권일진이 뭔데? 네가 권일진보다 노력하지 않았더냐? 아니, 네가 훨씬 더 노력했다. 한 가지 더. 전체적인 재능을 말하자면 기영이 너보다 훌륭하단 법도 없지. 어째서 지금 기영이 상천정에서 독불장군으로 지내고 있는지 아느냐? 단순하고 어리석으며 충동적이고 굽힐 줄 몰라서다. 그런데 너는 기영보다 성숙하고 세상 물정에 밝으며 융통성 있고 인내심이 깊다. 만약 네가 기영의 자질과 법력을 지녔다면 그보다 수십 배는 활약했을 터. 훨씬 많은 자들이 너를 믿고 따랐을 것이다."

인옥은 조금 흥분한 기색이었다.

"제군 말씀이 무슨 뜻인지 잘 모르겠습니다. '만약'이라는 말에 무슨 의미가 있습니까. 그 아이의 법력은 그 아이의 것……."

말을 이어 가려던 그는 불현듯 외마디 비명을 지르더니 손을 들어 올리며 당황했다.

"뭐야? 이게 뭐지?"

그의 한 손에서 새하얀 영광이 터져 나오고 있었다. 눈이 부셔 똑바로 바라볼 수조차 없었다. 군오는 그저 무심하게 말했다.

"미미한 법력일 뿐이니 그리 놀랄 것 없다."

겨우 마음을 반쯤 가라앉힌 인옥은 믿기지 않는다는 투로 물었다.

"누구의 법력입니까? 제 법력인가요? 제 법력은 이렇게……."

이렇게 강력하지 않다.

군오가 대답했다.

"아직은 아니다. 네 것으로 만들지는 네가 결정하기 나름이고."

"제 것이 아니면 누구 겁니까? 설마……."

그는 불현듯 누군가를 떠올리고 한쪽으로 시선을 옮겼다. 마침 생명력이 끈질긴 권일진도 다시 멀거니 정신을 차린 참이었다. 이번에도 얼떨떨한 기색이었다. 군오가 말했다.

"그래, 권일진의 법력이다."

권일진은 멍하니 중얼거렸다.

"응?"

"저 아이의 법력이 왜 제게 들어왔습니까? 법력을 넘길 수 있다고요? 이게 어떻게 가능합니까?"

"명격도 넘길 수 있는데 법력이라고 못 하겠느냐? 네가 생각하는 것처럼 어려운 일이 아니다. 상위 신관들이 몇 마디 얹고 붓이나 놀리면 해결될 일이지."

인옥의 몸이 벌벌 떨렸다.

"그…… 그럴 수가……!"

그는 뜨거운 감자라도 내던지는 것처럼 손을 휘둘렀다. 그러자 강력한 법력이 신나게 날뛰며 손끝이 가리키는 곳으로 날아갔다. 삽시간에 기영전의 담벼락이 산산이 부서지고 신상이 아래로 처박혔다. 지붕도 당장 무너질 것 같았다. 기겁한 인옥은 손을 까딱할 엄두도 내지 못했다. 군오는 싱긋 웃으며 말했다.

"긴장하지 말고 천천히 받아 두거라."

인옥은 남은 한 손으로 법력이 담긴 손을 움켜쥐고는 혼비백산한 표정으로 두 팔을 벌벌 떨었다. 군오가 거듭 물었다.

"인옥, 다시 한번 묻겠다. 선경으로 돌아오고 싶으냐?"

인옥은 숨을 몇 번 몰아쉬고는 핏발이 들어찬 두 눈으로 그를 바라보았다. 군오의 목소리가 이어졌다.

"혹 돌아오고 싶다면, 네 주가를 거두고 권일진의 법력도 전부 네게 넘겨주마."

이런 사악한 술법이 있는 줄은 꿈에도 몰랐는지, 권일진은 놀란 마음에 송두리째 굳어 버렸다. 사련도 아연실색하며 소리쳤다.

"미쳤어?"

벽 너머에선 여전히 군오가 느릿하게 말을 이었다.

"앞으로 기영의 이름만 알고 네 이름을 모르는 자는 두 번 다시 나오지 않을 것이다. 감히 네 이름을 기억하지 못하는 사람? 영영 없을 것이야."

인옥은 몇 걸음 물러서며 경황없이 중얼거렸다.

"저…… 저…… 저는……."

사련은 긴장한 나머지 자신이 약야로 의자에 묶여 있다는 사실도 까맣게 잊었다. 그는 숨을 죽이고 양손으로 의자를 움켜쥐면서 앞으로 몸을 기울였다.

적어도 한 가지만큼은 군오의 말이 옳았다. 사련이 보기에도 인옥은 확실히 천계를 그리워하는 눈치였다. 그는 본디 상천정 사람이 아니었던가. 어릴 적부터 머릿속에 단단히 박힌 갈망을 쉬이 저버리기는 어려운 법이었다.

게다가, 인옥은 정말 권일진을 조금도 원망하지 않을까?

그건 모르는 일이다.

그토록 다사다난했던 과거를 두고 '나는 너를 전혀 원망하지 않아'라는 말이 어디 그리 쉽게 나오겠는가. 본디 이런 '원망'이라는 것은 깊이를 따지지 않는다. 거기에다 인옥은 원체 성정이 무른 사람이니 남에게 쉽게 휩쓸릴지도 몰랐다. 서로 교집합이 적은 사이라 사련도 인옥이 어떤 선택을 할지 감이 잡히지 않았다. 그저 마음속으로 묵묵히 기도할 수밖에.

인옥 전하…… 조심하세요!

"저…… 저는……."

한참이나 안절부절못하던 인옥은 자리에 주저앉아 두 손으로 얼굴을 감쌌다. 이윽고 그는 다시 고개를 들었다. 눈빛도 서서히 차갑게 가라앉았다.

그는 얻어맞아 녹초가 된 권일진을 빤히 바라보다, 나지막하게 입을 열었다.

"……제군, 정말로…… 저 아이의 모든 법력을 제 것과 바꿔 주실 수 있습니까?"

사련의 가슴이 쿵, 내려앉았다. 권일진은 떡하니 입을 벌렸다.

"……사형?"

군오가 대답했다.

"지금 바로 바꿔 줄 터이니 어떤지 직접 한번 보거라."

인옥은 그래도 마음이 놓이지 않는지 거듭 물었다.

"그렇다면…… 저 아이가 법력을 도로 빼앗아 갈 수도 있습니까? 어찌 됐든 본인의 법력이니, 돌려받겠다고 나선다면……."

"네 의지로 돌려주거나, 네가 죽지 않고서야 도로 빼앗아갈 수 없다."

인옥은 망설이는 기색이었다.

"법력을 제게 넘겨주면, 권일진은…… 죽는 겁니까? 아니면 어떻게 되는지……."

아무리 그래도 권일진을 제 손으로 죽이고 싶지는 않은 모양이었다. 군오가 대답했다.

"어떻게 되진 않는다. 단지 과정이 조금 고통스러울 뿐이지. 하지만 세상 사람들 모두 한 번쯤은 고통을 겪고 살지 않더냐. 죽일지 살릴지, 뒤처리는 전부 네게 달렸다."

"다른 신관들은 어찌하고요. 그 많은 상천정 신관들이 신무전에서 그 장면을 목격했는데, 만에 하나 소문이라도 퍼지면……."

군오는 희미하게 웃었다.

"알면 또 어떠냐? 전부 한 손으로 짓눌러 죽이고도 남을 개미인 것을. 모조리 죽이고 새로운 신관들로 물갈이하면 그만이다. 그다음 네가 이름과 출신을 바꾼다면 누가 알겠느냐."

마치 식어 버린 찻잔에 새로운 찻물을 부으라는 것처럼 무심하고 가벼운 말투였다.

결국, 인옥이 한마디 물었다.

"새로운 상천정에서, 제, 제…… 지위는 어떻게 됩니까?"

"영문은 내 왼팔, 너는 내 오른팔에 앉힐 것이다. 너희 두 사람 위에는 오직 나뿐이다."

인옥은 이를 콱 악다물더니 끝내 결심을 굳혔다.

"……좋습니다!"

그가 잠긴 목소리로 덧붙였다.

"제군, 오늘 하신 약조는 꼭 지키셔야 합니다. 그렇다면, 이제……."

그는 말을 잇는 대신 권일진을 향해 시선을 돌렸다. 군오가 대답했다.

"뜻대로 해 주마."

말끝이 떨어진 순간이었다. 권일진이 갑자기 인상을 찌푸리며 고성을 내지르더니 눈, 코, 입 할 것 없이 피를 흘리며 고통스러운 듯 머리를 감싸 쥐고 바닥을 구르기 시작했다. 곧이어 인옥의 몸에서 난데없는 영광이 쏟아져 나왔다.

그의 온 얼굴이 영광에 새하얗게 물들었다. 한 손을 들어 위를 가리킨 순간, 기영전이 굉음과 함께 무너져 내렸다.

화려한 대전 위에 큼직한 구멍이 뚫렸다. 인옥은 폐허 안에서서 제 두 손을 내려다보곤 느릿하게 주먹을 쥐었다. 군오는 처음으로 새 장난감을 가지고 노는 아이를 보듯이 그를 바라보며 물었다.

"소감이 어떻지?"

긴 정적 끝에 인옥이 대답했다.

"……이렇게 강력한 힘은 처음입니다."

그는 한쪽 바닥에서 발악하고 있는 권일진을 바라보며 복잡한 표정으로 말을 이었다.

"제 사부께서 예전에 그런 말씀을 하셨습니다. 권일진은 태생이 선경에 오를 사람이라고, 하늘이 재능을 내렸다고요. 이게 바로 하늘이 내린 신력입니까?"

"앞으론 전부 네 것이다."

인옥은 느릿하게 고개를 끄덕였다.

다음 순간, 그는 손바닥을 쳐들고 앞으로 휘둘렀다.

권일진의 법력을 모조리 쏟아부은 장력은 위력이 어마어마했다. 거울 속에서도 새하얀 빛 무리가 터져 나왔다. 뒤이어 인옥은 재빨리 오른손을 휘둘러 허공에 거대한 고리를 그렸다. 그러곤 공중에 떠 있는 고리를 낚아채 던져 군오를 사로잡았다. 군오는 발을 둘러싼 채 빛나는 고리를 보더니, 어딘가 불편한 것처럼 미간을 찌푸리며 고리에 닿지 않도록 조심했다. 인옥이 바닥에 쓰러진 권일진을 끌어 올리자, 군오가 담담한 표정으로 운을 뗐다.

"인옥, 다짜고짜 마음을 바꾸다니. 내게 따로 할 말은 없느냐?"

"……."

인옥은 뒤돌아선 채 묵묵히 권일진을 등에 업었다. 군오의 목소리가 이어졌다.

"물론 눈물겹고 고상한 행보이긴 하다만. 하나 이게 정말 네 본심이냐? 자신을 몇백 년씩 억눌렀으면서 아직도 계속하겠다?"

"……."

"정녕 지금 네가 구하려는 그 사람이 조금도 원망스럽지 않나? 원망까지는 아니더라도, 싫지도 않더냐?"

"……."

마침내 인옥의 인내심이 바닥을 드러냈다.

부르쥔 주먹에서 바드득, 소리가 울렸다. 그는 벌떡 돌아서서 일갈했다.

"원망스럽습니다! 싫습니다! 그런데 그게 뭐 어때서요?"

가슴이 벅차오른 권일진은 코며 입에서 피를 철철 뿜으며 말했다.

"사형……."

인옥이 소리쳤다.

"입 다물어!"

그는 다시 군오를 향해 돌아섰다.

"다…… 당신…… 너! 너는 왜 꼭 나한테 그걸 강조해? 다들 날 그렇게 잘 아는 것처럼 말하는데! 그래, 난 권일진이 싫어! 그런데 그게 뭐 어때서? 내게 그렇게 민폐를 끼쳤는데 좀 원망할 수도 있잖아!"

"……."

바닥까지 무겁게 가라앉았던 사련의 심장이 다시 위로 튀어 올랐다. 그는 기가 막힌 나머지 옆으로 넘어질 뻔했다. 이게 무슨 궤변이람?

인옥의 목소리가 이어졌다.

"……그래도…… 그래도 난…… 그 애를 미워하는 정도면 됐지, 꼭 해치고 싶지는 않아. '애초에 네 것이어야 했을 것들'이라고? 그건 타고난 재능에 해당하는 얘기겠지. 남의 재능 따위 필요 없어!"

사련은 눈을 반짝 빛내며 외쳤다.

"옳은 말씀이에요!"

인옥이 거듭 말했다.

"나도 상천정에 돌아오고 싶어. 나도 상위 열 명 안에 들고 싶어! 그래도! 직접 쌓은 실력이 아니면 아무 의미 없어! 운이 지지리 없어도 감수하겠다고! 내가 정말로 일진보다 뒤떨어진다면, 그 정도 사실쯤은 인정할 수 있어!"

다시 한마디가 이어졌다.

"그거 하나 인정하는 게 뭐 그리 어려운 일이라고!"

오기!

이 순간, 사련은 마침내 인옥에게서 소년 시절의 그 찬란함과 오기를 보았다.

그의 등에 업힌 권일진이 와앙, 소리를 내며 울음을 터트렸다. 피와 눈물 콧물이 뒤섞여 날아들었다. 얼굴에 피를 뒤집어쓴 인옥은 사색이 되었다.

"튀기지 마!"

권일진은 목을 놓아 서럽게 울었다.

"사형, 미안해요!"

참다못한 인옥이 대꾸했다.

"너도 사과할 필요 없어! 어차피 몇 번을 사과해도 모를 테니까. 나도 정말 봐줄 만큼 봐줬다고……."

군오는 한숨을 내쉬고 관자놀이를 문질렀다. 인옥이 그에게 말했다.

"그리고…… 그리고 나도 그렇게 어중이떠중이는 아니거든. 너도 말했잖아. 전체적인 재능으로 따지면 내가 기영보다 훌륭

할지도 모른다고. 나도 나만의…….”

뚝.

빙글 돌아선 군오가 무심하게 손을 내저으며 말했다.

“훌륭하구나. 선락과 말이 참 잘 통하겠어.”

……?

뭐지?

어떻게 된 거지?

의자에 묶인 사련은 심장이 흉강을 뚫고 나갈 듯 가슴이 쿵쿵 뛰었다. 인옥에게 무슨 일이 일어났지?

인옥은 그저 입을 다물었을 뿐이었다. 안색이 어쩐지 기이하게 변해 있었다. 군오는 태연하게 뒷짐을 진 채로 그 강력해 보이는 빛 고리를 빠져나왔다. 애초에 털끝 하나 방해받지 않은 발걸음이었다.

“나도 어느 정도는 이런 대답을 예상했다. 그래서 네 주가를 풀어놓지 않았지.”

주가?

확실히 인옥의 손목에는 주가가 있었다. 사련은 재빨리 시선을 옮겼다. 인옥도 손목을 들어 올렸다.

허리띠처럼 느슨했던 주가가 인옥의 손을 끊어 버릴 것처럼 단단히 팔목을 조이고 있었다. 인옥의 팔은 벌써 백지장처럼 새하얗게 물든 뒤였다. 게다가 그 창백한 빛은 계속해서 위로 번지고 있었다.

주가가 그의 피를 빨아들이고 있었다!

사련은 앞으로 달려들다가 의자와 함께 바닥으로 넘어지고 말았다. 이제 거울마저 시야에서 사라졌다. 미친 사람처럼 바닥에서 몸부림을 쳐 봐도 별 소용이 없었다. 그는 하는 수 없이 거울에서 흘러나오는 무참한 주먹질 소리만 들어야 했다.

한참이 지나자 흰 신발이 눈앞에 나타났다. 군오가 돌아온 것이다.

그는 피를 빨아들여 검붉게 변한 '주가'를 들고 있었다. 인옥의 손목에서 떼어 낸 물건 같았다. 몸을 낮추고 앉은 그가 사련의 머리를 쓰다듬으며 말했다.

"네 친구에게 작별 인사나 하려무나."

약야의 옭매듭이 드디어 풀렸다. 사련은 일어나자마자 군오의 얼굴에 주먹을 휘둘렀다. 물론 적중하기는커녕 다시 넘어질 뻔했지만, 애초에 그건 군오를 때리려던 게 아니라 순전히 분풀이로 휘두른 주먹이었다. 이내 사련은 건너편 대전으로 정신없이 내달렸다.

인옥은 뻣뻣하게 굳은 채 바닥에 누워 있었다. 종이 인형처럼 희고 마른 몸에 뺨도 움푹 꺼진 모습이었다. 그의 몸을 휘두른 영광도 사라지고 없었다. 원래 얼굴도 알아볼 수 없을 정도로 흠씬 얻어터진 권일진이 대신 영광을 두르고 있었다. 아무래도 법력이 벌써 주인에게 돌아간 모양이었다.

사련은 급히 앞으로 뛰어들었다.

"인옥 전하!"

인옥은 평소보다 툭 튀어나온 눈을 부릅뜨고 그를 쳐다보더니, 쇠약한 목소리로 운을 뗐다.

"태자 전하……."

바닥에 엎어져 대성통곡하던 권일진이 목 놓아 외쳤다.

"미안해요, 사형! 전 할 줄 아는 게 싸움밖에 없는데, 그 사람은 이길 수가 없었어요!"

그의 입이며 코에서 흐른 피가 또 인옥의 얼굴과 눈에 튀었다. 보는 것만으로도 끔찍한 장면이었다. 인옥의 이마에 핏줄이 툭 튀어나왔다. 그는 빠져나가던 혼이 돌아오기라도 한 것처럼 버럭 외쳤다.

"튀기지 말래도! 정말! 그래, 됐다…… 그냥 울화병으로 죽든지 해야지……."

그러곤 그는 다시 맥없이 늘어졌다. 지금 이 상황에 먼저 앞서야 하는 게 한숨인지, 눈물인지, 그것도 아니면 웃음인지 사련도 도무지 알 수가 없었다.

문득, 인옥의 메마른 눈가에 눈물이 한가득 고였다.

그는 자그마한 목소리로 운을 뗐다.

"저도 압니다."

그의 목소리가 이어졌다.

"일진은 타고난 천재고, 저는 평범한 사람입니다. 아무리 잘해도 전 딱 그 정도일 뿐이라는 거, 저도 알아요."

사련의 가슴속에 무력한 아픔이 번졌다.

인옥은 거듭 입을 달싹였다.

"알지만, 그래도 분했어요. 실은 저도 감옥과 마찬가지였어요. 아니, 제가 감옥보다 더 분했죠. 저도 원망스러웠어요. 당연히 원망스러울 수밖에요. 그런데 나중에 가서도 생각해 볼 엄두가 안 나더라고요. 전 그때 왜 일진이 금의선을 입었다는 걸 알면서도 죽으라고 말했을까요. 분노로 이성을 잃었던 걸까요? 아니면 정말 이 애를 죽이고 싶었던 걸까요?"

사련은 그를 감싸 안으며 말했다.

"괜찮아요, 괜찮아요. 다 시시한 일이잖아요. 정말이에요. 인옥 전하, 앞으로 몇백 년을 더 살다 보면 전부 시시한 일이었다는 걸 알게 될 거예요. 분노로 이성을 잃었든 정말 누군가의 죽음을 바랐든, 다 상관없어요. 아무렴 어때요. 누구든 살면서 그런 생각 한 번 안 해 봤겠어요? 전 절 무시하는 사람이라면 모조리 죽여 버리고 싶었던 때도 있었는걸요. 정말로요. 솔직히 말씀드리면 실제로 그럴 뻔했고요. 봐요, 그런 저도 뻔뻔한 낯짝 들고 지금까지 살고 있잖아요. 결국엔 아무 짓도 하지 않았다는 거, 그게 가장 중요하죠."

"그래도 전…… 역시 마지막까지…… 분하다고…… 생각했는걸요."

그의 목소리에 울음이 섞여들었다.

"어차피 세상을 뒤흔들 귀재가 못 될 운명이라면, 그렇다면 적어도, 전…… 누구보다 선한 사람이 되고 싶었어요. 그런데…… 전 그러지 못했어요. 정말…… 너무 분했거든요. 사실 지금 이 순간에도, 일진 같은 얼뜨기 때문에 죽는다고 생각하면, 이 울분을 삼킬 수가 없어요. 원망도 후회도 없이 후련하게 죽지도 못한다니, 이게 다 뭔가요."

사련은 부드러운 목소리로 말했다.

"전하, 전하는 충분히 노력하셨어요. 게다가 정말 잘 해내셨고요. 다른 사람들보다 훨씬 많이요."

인옥은 그제야 힘겹게 웃어 보였다.

"다른 사람들보다요?"

그는 웃음을 거두고 한숨을 내쉬었다. 혼백과 함께 서서히 사그라드는 마지막 목소리로, 그는 미련을 담아 중얼거렸다.

"그래도, 제가 되고 싶었던 건, 신이었는데……."

사련은 깊이 고개를 숙이며 말했다.

"하지만 인옥 전하, 사실 이 세상에 신 같은 건 없는걸요……."

115장 때마침 도착한 선물, 난관을 부수다

말을 마친 이때, 문득 그의 머릿속에 한 줄기 생각이 번뜩였다. 사련은 인옥을 내려놓고 자리에서 일어났다.

"……주가, 주가를 가져갔었지!"

중요한 물건도 아닌데 일부러 가져갔을 리가 없다. 그런데 군오는 인옥의 피를 빨아들인 주가를 굳이 떼어 내 가져갔다. 어쩌면 그 물건이 인옥의 피를 빨아들인 동시에 혼백까지 가두었을지도 몰랐다.

여기에 생각이 미친 사련은 묵사발이 된 권일진을 버려두고 기영전 뒤편으로 달려갔다. 그러나 군오는 이미 자리를 뜬 뒤였다. 사련은 다시 돌아서서 기영전을 뛰쳐나갔다.

선경대로는 개미 새끼 하나 없이 황량했다. 무표정한 호위병들만 한때 시장통처럼 발길이 끊이지 않던 주요 신전 문어귀를 지킬 뿐이었다. 다들 사련은 안중에도 없는 기색이었다. 사련도 그들을 무시하고 신무전으로 달려갔다.

예상대로였다. 신무전으로 돌아온 군오는 상석에 앉아 그 주가를 들여다보고 있었다. 안으로 쳐들어가자마자 머리 위에서 괴상한 속삭임이 들려왔다. 사련은 위를 올려다보았다. 화려한 천장에 네 발로 매달려 거꾸로 기어 다니는 태아령이 눈에 들어왔다. 파충류라도 되는 것처럼 오싹한 모습이었다.

이런 사특한 존재가 신무전에 다 들다니. 몇백 년을 허덕여도 들어올 자격을 얻지 못한 신관들이 보면 어떤 감상이 들지 모를 노릇이었다. 앞으로 다가간 사련은 군오에게 손바닥을 내밀었다. 군오가 물었다.

"뭘 달라는 것이냐?"

사련은 대답 대신 주가를 향해 잽싸게 손을 뻗었다. 물론 군오는 순순히 빼앗겨 주지 않았다. 한참이 지나도록 제자리걸음만 한 사련은 발끈했다.

"주가가 무슨 쓸모가 있는데? 인옥은 네게 위협거리도 안 되잖아. 네 앞에서 피라미에 불과한 사람한테 왜 그런 얘기를 해? 네가 그걸 가져가서 뭐 하려고?"

"쓸모없다고 누가 그러던? 네가 이 주가 때문에 길길이 날뛰는 모습만 보아도 아주 쓸모 있는 것 같다만?"

그 모습은 흡사 아이의 손이 닿지 않는 탁자에 간식을 올려둔 아버지 같았다. 간식을 먹고 싶어 발돋움하던 아이가 손이 닿지 않자 답답함에 울음을 터트리는 모습을 유쾌한 듯 지켜보는 아버지. 사련은 분통이 터져 미치기 일보 직전이었다.

"너 미쳤어?"

"선락, 그런 식의 언사는 조금 무례하구나."

내내 화를 억눌러 온 사련은 결국 참지 못하고 험한 말을 뱉었다.

"무례는 개뿔이……."

어쩌면 한평생 지껄였던 모든 욕이 이 사람을 향했던 것도 같았다. 그런데 욕을 끝마치기도 전, 목이 덜컥 조이며 숨통이 막혀 왔다.

눈앞이 아뜩해졌다. 사련은 양손으로 목을 움켜쥐고 맥없이 무릎을 꿇었다. 앞에 앉은 군오는 머리칼이 듬성듬성하고 매끄러운 태아령의 머리통을 유유자적 쓰다듬었다. 그 손바닥에서 어두운 기운이 흘러나오고 있었다. 태아령은 아주 흡족한 듯 괴상한 소리로 그르렁댔다.

사련은 새빨개진 얼굴로 격렬하게 기침을 토했다. 군오의 목소리가 이어졌다.

"선락, 내 충고하겠는데 내 심기를 건드리지 않으려면 예전처럼 얌전하고 정중하게 구는 편이 좋을 것이다. 너 역시 주가를 찼다는 사실을 명심해라. 그것도 두 개씩이나."

"커헉…… 큽……!"

사련은 허리를 꼿꼿하게 세우고 충혈된 눈으로 그를 노려보았다. 군오가 거듭 입을 열었다.

“내가 뭐? 비겁하다고? 선락, 잊지 마라. 그 주가는 네가 채워 달라고 한 것이다.”

웃기는 소리. 이게 이딴 물건일지 누가 알았냐고!

설마 지난번 국사가 그를 보자마자 놀란 표정으로 목을 움켜쥐었던 이유가, 죽일 생각에서가 아니라 이 주가를 떼어 내려고 그랬던 걸까?

한참 뒤에야 사련의 목을 감싼 주가가 느슨해지며 겨우 숨통이 트였다. 군오를 등진 채 거친 숨을 몰아쉬던 사련은 무의식적으로 목을 움켜쥐고 주가를 더듬었다. 그 순간, 주가와 함께 다른 무언가가 만져졌다.

그건 가느다란 은사슬이었다. 차가웠던 사슬은 오랫동안 사련과 붙어 다닌 탓에 체온에 따뜻하게 물든 참이었다. 은빛 사슬 아래로 투명하게 빛나는 반지가 걸려 있었다.

은사슬을 건드린 사련은 어깨를 움칫 굳히며 그 반지를 움켜쥐었다. 어쩐지 대단한 비밀이라도 손에 넣은 것처럼 심장이 빠르게 뛰기 시작했다. 이때, 군오가 뒤편에서 불쑥 말했다.

“나다. 무슨 일이지?”

‘나다’? 갑자기 뭐지? 무슨 뜻이야?

사련은 은사슬을 품에 욱여넣고 미간을 좁히며 뒤를 돌아보았다. 방금 그 말은 사련에게 한 말이 아니었다.

군오는 두 손가락을 관자놀이에 가볍게 붙이고 있었다. 그건 다른 누군가와 통령하는 자세였다!

선경에 갇힌 신관들의 통령은 막았어도 본인은 제약 없이 자유로운 모양이었다. 짧은 침묵 끝에 군오가 다시 말했다.

"별일 아니다. 지난번 흑수가 지사의로 둔갑했던 사실이 밝혀지면서 선경에 숨어든 첩자와 가짜 신관을 잡아낸 참이건만, 요즘 또 분위기가 어수선하니 사고를 미연에 방지하고자 신관들을 일괄 조사 중이다. 해서 선경을 봉쇄하고 외부와의 통령도 막았지. 그러니 다른 신관들과 연락이 어려울 수밖에."

가만히 숨을 고른 사련은 이내 숨소리를 죽였다.

아무래도 지금 군오와 통령하고 있는 상대는 선경의 상황을 모르는 듯했다. 그러니 군오도 태연자약하게 상대를 속이고 있는 것이다. 게다가 군오가 끌어댄 구실은 아주 절묘했다. 흑수가 지사의를 사칭한 사건은 여파가 아주 거셌다. 중대한 사건인 만큼 온 상천정을 봉쇄해도 이상할 것이 없었다.

아무리 고함쳐도 저 상대에게는 목소리가 들리지 않을 테니 사련은 우선 가만히 지켜보기로 했다. 이윽고 군오의 얼굴에 미묘한 빛이 어렴풋이 스쳤다.

그는 온화한 목소리로 말했다.

"오? 선경에 오겠느냐? 괜찮고말고. 이번 사건은 예삿일이 아니니, 선뜻 나서 주겠다면 물론 환영이다."

"……."

선경에 올라와 일손을 돕겠다고 자청하다니!

몇 시진 일찍 이 소식을 들었다면 쌍수 들고 환영할 만했다. 그때만 해도 일손이 부족했었으니까. 하지만 지금이라면? 온 선경이 이미 마귀의 소굴로 전락했으니 불구덩이에 뛰어드는 꼴 아니겠는가!

군오는 짧게 몇 마디를 나누고 통령을 마쳤다. 사련은 기다렸다는 듯 물었다.

"누가 오지?"

그 태아령은 자신이 은밀해야 할 존재라는 것을 아는지 은근슬쩍 어둠 속으로 기어가 몸을 숨겼다. 군오는 싱긋 웃으며 대답했다.

"어찌 그리 안달이 났느냐? 기다리면 곧 알게 될 것을."

이건 너무 예상 밖의 일이었다. 사련이 말했다.

"내 앞에 데려오려고? 그 사람에게 온 선경을 봉쇄하고 신관들을 조사하고 있다고 했잖아?"

"물론이다. 내게도 신임하는 심복 하나쯤은 있어야지."

도주 중이라고 알려진 영문이 자신의 심복을 연기할 수는 없으니 사련에게 이 임무를 맡기겠다는 것이다. 사련은 가만히 머리를 굴렸다. 그러자 군오가 그를 훑어보더니 나긋한 목소리로 말했다.

"선락, 괜한 잔머리 굴리지 말고 얌전히 거들어라. 난 너를 잘 안다. 네가 무슨 생각을 하는지 전부 알 수 있어."

"……."

군오는 인옥의 피를 빨아들인 주가를 무심하게 만지작거리며 말을 이었다.

"내게 인옥이란 그저 피라미에 불과한 존재다. 너도 그리 말하지 않았더냐. 사실 내게는 이곳 선경의 모든 신관들이 피라미에 불과하다. 사실을 폭로했다간 무슨 사달이 날지는 잘 알고 있겠지."

"……."

"그러니 입 다물고 있어라. 몸차림도 단정히 하고. 곧 올 것이다."

사련은 말없이 바닥에서 일어나 몸에 묻은 먼지를 털고는, 정말로 옷매무새를 가다듬고 여느 때처럼 군오의 옆자리에 섰다.

군오가 한마디로 칭찬했다.

"그렇지."

군오의 위협은 효과가 제법 좋았다. 하지만 사련도 한 가지를 깨달았다. ―그는 자신이 선경을 점령했다는 사실을 상대에게 숨기고 싶은 눈치였다. 사련은 바로 이 점 때문에 그 신관의 정체가 한층 궁금했다.

이 주향 뒤, 드디어 몇몇 인영이 신무전 앞에 모습을 드러냈다. 새카만 평상복을 걸치고 허리춤에 패검을 찬 여관이 검고 우람한 소를 타고 유유히 다가왔다. 키도 몸집도 제각각인 농부 몇 사람이 그 뒤를 따랐다.

놀랍게도 그 신관은 우사였다!

사련은 내심 놀랐다. 군오의 방식대로라면 사실을 들키더라도 선경에 올라오는 족족 막무가내로 잡아넣으면 그만일 텐데, 왜 우사를 불편해하지?

물론 지금은 그 이유를 알 수 없었다. 신무전에 든 우사는 두 사람에게 가볍게 고개를 조아렸다.

"태자 전하, 제군. 오랜만에 뵙는군요."

사련도 평소처럼 자연스럽게 답례했다.

"우사 대인."

그는 공손하고 담담한 척하며 마음속으로는 딴생각을 했다. 어떻게 해야 우사에게 선경의 상황을 알릴 수 있을까?

군오도 입을 열었다.

"우사, 간만에 선경에 드는군."

우사는 엉뚱한 대답을 내놓았다.

"선경을 단단히 봉쇄해 두셨더군요."

의아해하는 듯한 목소리였다. 군오가 그녀의 물음에 답해 주었다.

"별수 없었다. 흑수 사건이 일어나고 지금까지 중천정에서만 가짜 신관이 50명이나 나왔으니, 행여나 상천정에도 첩자가 있을까 저어되어 말이다."

"그렇군요."

한동안 간단한 대화가 오갔다. 진위를 차치하고서라도, 군오의 말은 혀를 내두를 정도로 빈틈없이 용의주도했다. 사련은 마음 같아선 사실을 알리고 싶었다. 하지만 자칫 군오에게 들켰다가 애먼 신관이 다칠지도 몰랐다. 하물며 아무것도 모르는 우사까지 휘말릴지도 모르니 그저 속수무책이었다. 우사도 수상한 점을 눈치채지 못했는지 자신이 도울 일이 없냐고만 물어왔다. 군오가 말했다.

"당장은 없다. 다만 조사가 끝나면 할 일이 많아질지도 모르겠구나."

"그렇다면 부르실 때까지 잠시 선경에 남아 있도록 하지요."

군오는 여전히 웃는 얼굴이었다. 대체 무슨 심산인지 도통 알 수가 없었으나, 그는 여전히 칼을 빼 드는 법이 없었다.

"좋다. 선경을 오래 떠나 지냈으니 이번 기회에 찬찬히 눈에 담아 보는 것도 좋겠지. 자네 관저도 오래 비어 있었으니까."

우사는 고개를 끄덕이곤 느릿하게 물러갔다. 분명 이렇게 떠나는 순간부터 감시당할 게 뻔했다. 사련이 초조해하던 순간, 갑자기 우사가 방향을 틀어 되돌아왔다.

"태자 전하."

사련은 속으로 움찔했다.

"우사 대인, 하실 말씀이라도?"

설마 드디어 눈치챈 건가?

"그런 건 아니오. 오랜만에 선경에 올라오면서 기념품을 좀 가지고 왔소만, 받아 주시겠소?"

무려 이런 말이 나올 줄이야. 사련은 울지도 웃지도 못하는 심정이 되었다.

"예? 아…… 고맙습니다."

물론 군오는 늘 선물을 마다해 왔으니 제외였다. 그는 무신전에 들어오는 우사의 시종을 웃으며 내버려 두었다.

"선락, 우사가 선물을 준다는데 어서 받지 않고?"

"……."

듣자 하니 사련을 훈계가 필요한 꼬마로 취급하는 듯한 말투였다. 집에 찾아온 손님이 아이에게 줄 선물을 가져오면, 어른이 꼬마를 불러 인사를 시키는 것처럼. 사련은 기가 막혔다. 한 농부가 다가와 겹겹이 포장된 물건을 두 손으로 넘겨주었다. 사련은 되는대로 고맙다는 인사를 건네고 무심하게 받아 들었다. 그러다 문득 어떤 낌새를 눈치채고는 재빨리 표정을 가라앉혔다.

뒤돌아선 자세였으니 군오에게는 표정이 보이지 않았을 터다. 그런데도 군오의 목소리가 들려왔다.

"어떤 선물이지?"

사련이 선물을 받아 들자, 우사가 두 손을 들어 공수하며 옅게 웃어 보였다.

"값비싼 물건은 아니고 밭에서 수확한 특산품입니다. 별일 없으면 이만 물러가 보겠습니다."

"그리해라."

그렇게 우사는 시종과 함께 검은 소를 끌고, 수년간 선경에 버려진 우사부를 향해 느긋하게 멀어졌다. 사련도 선물을 품에 넣고 자리를 뜨려는데 군오가 입을 열었다.

"잠깐."

사련은 발이 바닥에 붙박인 듯 자리에 멈춰 섰다. 군오의 목소리가 이어졌다.

"이리 와라."

사련은 무신전 안으로 걸음을 돌리고 군오를 향해 돌아섰다. 옥좌에서 내려온 군오는 사련이 품에 단단히 끌어안은 선물을 집어 들고서야 말했다.

"가 보거라."

역시나 의심 많은 군오는 우사가 준 선물을 가져가 버렸다. 사련은 그를 흘끔 쳐다보고는 군말 없이 선락궁으로 돌아갔다.

선락궁으로 돌아온 사련은 초조한 마음에 대전 안을 이리저리 서성였다. 얼마나 시간이 흘렀을까. 난데없이 맑고 깨끗한 목소리가 들려왔다.

"태자 전하?"

사련은 홱 뒤로 돌아섰다. 언제 창을 넘어온 것인지, 남루한 옷차림에 머리에 두건을 묶은 소년이 창틀에 걸터앉아 장난스러운 얼굴로 웃고 있었다.

사련은 한껏 반색하며 앞으로 두어 걸음 내달렸다. 그런데 생각해 보니 이 소년은 방금 자신을 '태자 전하'라고 불렀다. 그는 다시 우뚝 멈춰 서서 미심쩍은 듯 물었다.

"혹시…… 삼랑?"

하핫, 웃음을 흘린 그 소년은 창문 아래로 뛰어내리더니 두건을 잡아당겼다. 쏟아진 검은 머리카락을 담담하게 묶어 올리자, 아까와 달리 준수하고 창백한 얼굴이 나타났다. 사련이 너무도 잘 아는 얼굴이었다.

화성은 유유히 두건을 흔들며 한숨을 내쉬었다.

"있잖아, 형. 형 보러 오는 길이 등선하는 것만큼 힘들더라."

사련은 아까 신무전에서 우사의 선물을 받은 순간, 확실히 이상한 낌새를 느꼈다. 하지만 그건 선물이 아닌 선물을 건네준 사람 때문이었다.

선물을 받아 든 순간, 상대가 사련의 손을 움켜쥐었기 때문이다.

굳이 말하자면 조금 경박한 손길이었다. 상대가 낭자였다면 일부러 추파를 던지는 것이나 마찬가지인 행동이었다. 당시 사련은 내색 없이 눈만 깜빡이고는 조용히 시선을 들어, 앞에 서 있는 늘씬한 소년을 쳐다보았었다.

그 소년은 진흙 묻은 누더기 같은 옷차림에 머리에는 두건을 두른 농부 행색을 하고 있었지만, 퍽 수려한 용모로 눈동자를 맑게 빛내고 있었다.

다만 그 맑은 빛은 두 사람이 눈을 마주친 한순간 반짝였을 뿐이었다. 사련이 눈을 깜빡이고 나니 소년은 다시 쭈뼛쭈뼛한 모습으로 돌아와 고개를 숙이고 물러났다. 지금 화성이 선락궁을 찾아왔다면 당연히 주위를 감시하던 눈도 해결됐다는 뜻이다. 그를 본 순간, 사련은 근심할 것 하나 없이 든든한 기분이 들었다.

사련은 화성이 가까이 다가오기도 전에 먼저 앞으로 달려들었다.

힘껏 뛰어들었는데도 화성은 뒤로 밀려나기는커녕 비틀거리지도 않았다. 그는 두 손으로 사련의 등을 감싸고 말없이 가볍게 웃었다. 반가워하던 사련은 문득 한 가지를 떠올리고 황급히 물었다.

"잠깐, 삼랑! 제군…… 군오는 너를 견제하고 있잖아. 넌 황성에서 진법을 지키고 있었으니까 감시할 사람을 보냈을 게 뻔한데, 이렇게 사라져 버리면 들키지 않겠어? 게다가 풍사 대인 혼자서 진법을 지키다가 사고라도 나면?"

"걱정 마, 형. 그거라면 잘 해결해 뒀어. 당장은 들키지 않을 거야."

사련은 그가 군오가 보낸 첩자를 잡아 두었거나 허수아비를 남겨 두고 왔을 것이라 짐작하고 더는 묻지 않았다. 이때, 화성이 유유히 말을 덧붙였다.

"보니까, 형은 정말 내가 너무 보고 싶어서 안달 났었나 보네."

"……."

사련은 지난번 군오의 앞에서 화성과 나누었던 난잡한 통령을 떠올렸다. 화성을 꽉 끌어안은 자신의 모습까지 깨닫고 나서야 그는 허겁지겁 손을 놓고 똑바로 서서 표정을 진지하게 바로잡았다.

"……으, 응. 네가 말했던 조력자가 우사 대인이었구나."

화성은 눈웃음을 치며 말했다.

"맞아. 우사는 사시사철 하계에서만 지내는 사람이니까, 마침 동로산이 열리면서 적잖게 놀랐겠지. 이런 시기엔 상천정에 돌아가 보는 게 상도 아니겠어. 그런데 여기서 군오가 우사를 거절한다거나 다른 그럴듯한 이유를 대지 못하면 그녀는 분명 이상을 눈치채겠지. 그러니 당연히 우사를 선경에 들여보낼 수밖에. 형, 괜찮아. 계속 아까처럼 달려들어도 난 전혀 상관없어."

사련은 가볍게 헛기침을 했다.

"고맙지만 이쯤 할게……. 그런데 군오는 왜 우사 대인을 건드리지 않았을까?"

"형이 몰라서 그래. 우사는 농업을 관장하는 신관이야. 하찮고 별 이득도 없는 지위처럼 보여서 맡으려는 사람은 없어도 사실 아주 특별한 신관이지. 지금 농업을 관장하는 신관은 우사황밖에 없잖아."

사색에 잠긴 사련은 화성의 말에 담긴 뼈를 알아챘다. 화성이 말을 이었다.

"아예 우사를 죽였다가 대신 농업을 관장할 만한 신관을 찾지 못한다면, 먹을 것을 하늘처럼 여기는 백성들은 흉작에 시달리고 천하가 혼란해지겠지. 신이 인간들을 굶기면 인간들도 신을 굶기는 법. 우사에 대한 불만은 물론이고 우사보다 높은 대신관들에게도 불만이 생길지 몰라. 한마디로 군오에게 불똥이 튈지도 모른다, 이거지. 제때 다스리지 못하면 백성들은 신을 거스르고 난동을 부릴 수도 있어."

과거 선락국 백성들이 그러했듯, 다들 군오의 사당을 밀고 신상을 넘어뜨릴 것이다.

화성이 계속해서 말했다.

"게다가 우사는 사당도 없고 선경에 자주 머물지도 않잖아. 승진하려는 욕구가 없으니 별다른 약점도 없고. 우사를 폄적할 만한 합당한 이유를 찾기 어려우니 건드리기 곤란하다는 게 대외적인 이유이겠고, 우사가 계속 농업을 관장해야 자신의 지위가 보장된다는 게 개인적인 이유겠지. 그래서 최대한 틀어지지 않으려고 하는 거야. 일단 속여 보고, 들키게 된다면 그때 말하자는 식으로."

사련은 식은땀을 훔치며 말했다.

"그런 거였구나. 정말 아슬아슬했어. 우사 대인께서 제때 구원의 손길을 뻗어 주셨네. 연기 실력이 남다르시던데. 맞다, 우선 국사부터 찾아야 돼! 확실하게 따져 봐야 할 일이 한두 가지가 아니야."

두 사람은 더 늦어지기 전에 속히 선락궁을 나섰다. 문턱을 넘어선 사련은 문 앞을 지키고 있는 호위병들을 보고 화들짝 놀랐다. 약야를 휘두르려다가 깨닫고 보니 그 호위병들은 자세부터 표정까지 목석처럼 빳빳했다. 다들 벌써 화성의 술법에 몸이 굳어진 채였다.

길을 걷는 걸음을 따라 화성의 호완에서 맑은 은빛이 반짝였다. 그 빛은 은나비로 변해 서서히 투명해지며 공기 속으로 녹아들었다. 어쩌면 벌써 그사이에 수천 수백에 달하는 사령나비를 풀어놓았을지도 몰랐다. 두 사람은 선경 위아래를 넘나들며 모든 순찰병들을 깔끔하게 따돌렸다.

한 골목에 숨어들었을 무렵, 순찰병들이 일렬로 꼬리를 물고 거리를 지나갔다. 화성이 사련의 뒤에서 입을 열었다.

"이번은 무사히 넘겼네. 다음은 위로 올라가자."

사련은 고개를 끄덕이고 그와 함께 지붕 위로 뛰어올랐다. 두 사람은 앞뒤로 나란히 서서 처마와 담장을 감쪽같이 오르내렸다. 이윽고 한 처마 끝에 내려앉은 사련은 불현듯 걸음을 멈추었다. 그러곤 할 말이 있다는 듯 화성을 돌아보았다.

그가 멈추자 화성도 나란히 멈춰 섰다.

"왜, 뭔가 알아냈어?"

사련은 가볍게 인상을 찌푸리며 고개를 젓고는, 곰곰이 생각하며 운을 뗐다.

"아니야. 그냥, 지금 이 상황이 어쩐지 익숙해서……."

말이 끝나기도 전에 화성이 갑자기 그의 허리를 감싸 안았다. 곧이어 두 사람은 처마 위에서 나란히 '추락'했다.

사련은 별안간 눈앞이 거꾸로 뒤집히는 기분이었다. 등을 타고 흘러내린 삿갓이 바닥에 떨어지려는 순간, 누군가가 삿갓을 가볍게 낚아챘다. 그를 끌어안은 화성이었다. 두 사람은 처마 모퉁이 아래에 사이좋게 거꾸로 매달린 채였다. 마침 처마 위에서 무언가가 빠르게 기어 오고 있었다.

사련에게도 제법 익숙한 소리였다. 바로 태아령이 기는 소리였다.

마치 기세등등하게 선경을 순찰하는 듯한 모습이었다. 이때, 아래에서 다른 누군가의 목소리가 울려 퍼졌다.

"착착, 착착!"

검란!

사련은 속으로 끙, 앓았다. 태아령이 처마 위에서 떡하니 버티고 있는데 검란이 아래에서 걸어오고 있다니. 이러다 들키지 않을까? 사련은 검란이 어떻게 나올지 장담할 수 없었다. 과연 목숨을 구해 준 화성의 은혜를 생각해 줄까? 아니면 목청 높여 사람을 불러모을까?

호들갑스러운 발소리가 담벼락 모퉁이까지 가까워졌다. 하늘이 도왔는지, 바로 이때 태아령이 겨우 처마 너머로 뛰어내렸다.

두 사람은 재빨리 지붕 위로 뛰어올랐다. 사련은 안도의 한숨을 내쉬었다.

검란은 담장 모퉁이에서 상반신을 빼꼼 내밀고 바닥에 뛰어내린 아들을 보더니, 한숨을 돌리며 모퉁이를 돌아 나왔다.

"착착! 함부로 돌아다니지 말래도. 여긴 낯선 곳이야. 얼마나 무서운데. 네가 도망가 버리면 이 엄마는 어디서 널 찾아야 하겠니…… 아니, 여긴 왜 왔어?"

그녀는 무심결에 시선을 옮기다 궁전의 편액을 발견하고는 주춤주춤 물러섰다. 사련은 그녀의 반응을 보고서야 문득 떠올랐다. 두 사람이 발을 디딘 이 궁전은 아무래도 남양전인 것 같았다.

한마디로, 풍신이 지금 여기에 갇혀 있다는 소리다!

검란도 이 사실을 잘 아는지 얼굴을 일그러뜨렸다. 이윽고 그녀는 고개를 푹 숙이고 태아령을 다그쳤다.

"여긴 뭐 하러 왔어!"

그러거나 말거나, 태아령은 희고 두툼한 무언가를 끌어안고 우걱거리며 씹느라 바빴다. 검란이 거듭 외쳤다.

"그건 또 뭐니? 뭘 아무거나 주워 먹고 있어? 어서 뱉지 못해!"

자세히 보니 그건 아주 튼실한 무였다. 사련은 순간 기가 막혔다. 태아령도 무가 맛없다고 생각했는지 퉤퉤, 하며 표독스레 무를 뱉고는 성질을 부리는 것처럼 시끄럽게 소리쳤다. 검란은 허겁지겁 아이를 끌어안고 달랬다.

"그래그래, 착하지, 우리 착착. 맛없으면 그만 먹으렴. 이런 건 가난뱅이나 멍청한 신들만 먹는 거란다. 우리는 안 먹어요."

이토록 기형적이고 끔찍한 덩어리를 품에 안고 부드럽게 달랠 수 있는 건 역시 친어머니가 유일했다. 태아령은 어머니의 품속에서 희고 통통한 몸을 비비 꼬면서 기분 좋은 듯 그르렁댔다. 이 모습을 지켜보던 사련은 저도 모르게 안타까운 마음이 들었다. 그러면서도 한편으로는 의아했다.

"선경에 왜 무가 있지?"

화성이 눈썹을 까딱 치켜올리며 말했다.

"형, 기억 안 나? 우사가 밭에서 난 특산품을 선물로 줬잖아."

"……."

저게 우사 대인이 주신 선물이었구나!

사련은 나무 상자를 연 군오가 안에 든 큼직한 무를 발견하고 어떤 표정을 지었을지 궁금했지만 도저히 상상이 가지 않았다. 보아하니 군오는 우사의 선물이 수상한 물건이 아니라 판단하고 그 무를 태아령에게 먹이로 던져 준 모양이었다.

그야말로 개에게 먹이를 던져 주는 것처럼.

태아령은 무를 뱉어 내고는 몸서리치며 무를 걷어찬 참이었다. 그런데 검란의 말에 무언가 떠올랐는지, 어머니의 품에서 뛰어내려 요란하게 달려가 무를 낚아채더니 대전 안으로 뛰어들었다. 얼핏 보면 정말로 터럭 없이 매끈한 흰 강아지 같았다. 검란이 외쳤다.

"들어가지 마! 거긴……."

군오가 이 태아령이 자신의 애완동물이나 사냥개라고 말해 둔 것인지, 남양전 앞을 지키고 있는 호위병들은 눈 하나 깜짝하지 않았다. 검란도 하는 수 없이 안으로 들어섰다. 태아령은 풍신에게 유독 적대감이 강했다. 사련은 태아령이 풍신을 해치지 않을까 하는 마음에 옆을 돌아보았다.

"삼랑?"

화성은 손끝에 투명한 나비를 매단 채 말했다.

"사령나비를 검란의 몸에 붙여 뒀어."

사련은 고개를 끄덕였다. 그렇게 두 사람은 남양전 안의 상황을 지켜보기 시작했다. 검란은 아무에게도 들키고 싶지 않았는지 엉거주춤 몸을 숙이고 조용히 대전 안으로 들어서며 소곤거렸다.

"착착?"

하지만 들키지 않을 수가 없었다. 태아령이 본전에 펄쩍 들이닥친 탓이었다. 본전 안에서 좌선하고 있던 사람은 눈을 뜨기 무섭게 검란과 정면으로 마주쳤다. 두 사람은 나란히 굳어버렸다.

풍신은 잠시 넋을 놓았다가 반색하며 몸을 일으켰다.

"검란! 여긴 어쩐 일이지? 무사한 것이냐? 마침 잘 왔다, 나를 좀……."

이때였다. 태아령이 별안간 왁왁 소리를 지르더니 두 사람 사이로 뛰어들어 무를 바닥에 던져 놓고 발로 힘껏 걷어찼다. 몇 입 파먹힌 커다란 무가 퍽, 하는 굉음과 함께 풍신의 얼굴로 날아들었다.

무를 걷어찬 태아령은 어머니의 칭찬을 기다리는 것처럼 의기양양하게 소리치며 히죽 웃었다. 풍신은 하마터면 무에 얻어맞아 기절할 뻔했다. 그는 흐르는 코피를 손으로 훔치며 발끈했다.

"이게 무슨 짓이냐? 얌전히 굴지 못해!"

그가 으르렁대자 태아령은 질세라 혀를 쏙 내밀었다. 풍신은 태아령을 낚아챌 심산으로 쏜살같이 앞으로 뛰어들었다. 그러자 태아령은 입을 떡 벌리고 그의 팔뚝을 깨물었다. 아무리 흔들어도 떨어질 기미가 없었다. 이 익숙한 장면은 어쩐지 무섭고도 우스웠다. 풍신은 팔을 사납게 휘두르며 한층 열에 받쳤다.

"염병! 진짜 환장하겠네! 맞고 싶냐? 뭐 하는 놈이야!"

검란도 정신을 차리고 외쳤다.

"그만해! 네가 무슨 자격으로 그 애를 때려!"

풍신은 그녀의 일갈에 얼이 빠져서는 기세를 한풀 꺾으며 더듬거렸다.

"이⋯⋯ 이 아이, 원수를 아버지로 삼은 거냐? 군오의 개도 아니고⋯⋯ 어쩌다 이렇게 됐어?"

검란이 매섭게 대꾸했다.

"어쩌다 이렇게 됐냐고? 이게 다 너 때문이잖아! 아버지 없이 자랐으니까! 너 같은 한심한 아비 때문에 당신 아들이 엄마 배 속에서 억지로 끌려나와 이런 꼴이 된 거 아냐? 뭐 하는 놈이기는! 네 아들놈이지!"

그녀가 거칠게 쏘아붙이자 풍신은 한 걸음 주춤 물러섰다. 목소리도 반쯤 작아졌다.

“하지만…… 나는 전혀 모르고 있었어. 게다가 그때 네가 나더러 꺼지라고…….”

“하! 널 도와주려고 그랬던 거지! 매일 죽을상으로 찾아오는데 같은 이불 덮는 내가 네 심사를 모를까 봐? 그 태자 모시랴 내 몸값도 대신 치르랴, 지치고 귀찮았잖아! 차마 등 돌리고 못 떠나길래 내가 시원하게 보내 줬다, 왜!”

“지쳤던 건 맞아! 그래도 널 귀찮다고 생각한 적은 없어! 네 몸값을 치르고 기방에서 빼내고 싶었다고!”

검란은 그의 명치를 쿡쿡 찌르며 말했다.

“됐네요! 몸값을 치르기는, 무슨! 그 능력으로 그때 내 몸값을 감당할 수 있었을지는 본인이 더 잘 알 텐데? 한 푼도 두 쪽으로 나눠 쓰려고 안달하며, 날마다 길거리에서 기예 팔고 태자 어르신도 모시느라 바쁜 사람이 나한테 돈이나 안 꾸면 다행이었지, 내 몸값을 치러 주겠다고 나서? 어느 세월에!”

“처음에는 그런 말 없었잖아. 그때 우리 같이 약조했잖아! 난 어떻게든 약조를 지키겠다고…….”

검란이 말을 자르고 끼어들었다.

“입으로는 그렇게 철석같이 맹세했는데, 직접 잘 생각해 봐. 네가 나한테 뭘 줬는데? 줄 만한 게 뭐 있었는데? 그 반지르르한 금 허리띠? 허, 심지어 나한테 절대 팔지 말라고 신신당부까지 했었지!”

풍신은 자신을 찔러 대는 손가락에 한 걸음씩 물러서며 안색을 난감하게 굳혔다. 갈수록 검란의 목소리에 분노가 차올랐다.

"아니면 그 낡아 빠진 호신부? 하도 번지르르하게 말하길래 그 거지 같은 호신부가 효험이 있다고 믿었는데, 운수는 개뿔이고 줄줄이 쪽박만 찼잖아! 네 주머니는 점점 쪼들리고 성격은 점점 나빠지는데 어떻게 그대로 데리고 살아? 나더러 죽을 때까지 참으라고? 네가 날 원망하고 미워하고 귀찮아하다 못해 내버릴 때까지?"

"……."

풍신은 물론이고 남양전 위에 있는 사련도 할 말을 잃었다.

그런 사정이 있었구나.

과거의 여러 일이 속속 떠올랐다. 새벽같이 나가 밤늦게 초췌한 얼굴로 돌아왔던 풍신. 뜬금없이 들떴다가 우울해하던 풍신. 어렵사리 돈을 빌려 달라고 했던 풍신.

사소하게 쌓여 온 의문이 문득 해답을 얻었다.

풍신은 사련의 시종이고 친구였지만 사련만의 예속물은 아니었다. 풍신 역시 자신의 집과 가족을 만들 수 있는 사람이었다. 심지어 벌써 그런 상대를 만났다. 하필 사련이 처음으로 폄적돼 가장 힘겨웠을 시기에 만났다는 게 문제였지만.

당시 제 몸 하나 간수하기도 버거웠던 사련이 어떻게 이런 일에 마음을 쏟을 수 있었겠는가.

사련이 괴로움에 시달릴 때 풍신도 괴로움에 시달렸다. 다들 그렇게 힘겨웠다. 버티다 못한 두 사람은 끝내 인내심을 저버렸다. 어쩌면, 검란은 일찌감치 이런 결과를 예상했던 것일지도 몰랐다.

그러나 그 와중에도 풍신은 최선을 다해 사련을 지지해 주었다. 하다못해 모두가 외면하던 호신부를 검란에게 건네주며 이 부적이 운을 보우한다고 말했다. 그래서 검란은 조심스레 호신부를 받아 들고 아직 태어나지 않은 아이의 옷에 넣어 둔 것이었다.

물론, 보다시피 그 호신부는 두 사람에게 운 따위 보우해 주지 않았다.

자신이 괜한 말을 했다고 생각했는지, 검란은 태아령을 끌어안고 재빨리 돌아섰다. 풍신이 외쳤다.

"검란!"

그는 머리를 긁적였다. 보기 드물게 한숨이 섞인 얼굴이었다.

"잠깐…… 이리 돌아와라. 난 그래도…… 그, 아무래도, 난…… 너희를 돌보고 싶다. 내가 책임져야지. 책임지겠다고 약조까지 했잖아."

검란은 빙글 돌아서서 가만히 그를 들여다보더니, 태아령을 품에 꽉 안으며 코웃음을 쳤다.

"됐어. 네가 네 아들 싫어하는 것쯤은 나도 알아. 네 눈에는 이 애가 같잖은 놈으로 보이잖아. 괜찮아, 난 이 애가 좋거든."

풍신은 겨우 정신을 차리고 대꾸했다.

"싫어하는 게 아니야!"

"그럼 왜 만날 때마다 그렇게 으르렁거려? 정말 이 애를 아들로 받아들일 수 있겠어?"

"그놈이 성질만 고쳐먹는다면 못 할 게 뭐 있겠어?"

검란이 차갑게 웃으며 물었다.

"그럼 하나 더 물을게. 신관인 네가 이 애를 어떻게 받아들이려고?"

풍신은 한순간 머뭇거렸다.

맞는 말이었다. 어머니의 품에 납작 붙은 태아령은 덜 자란 독충이나 기형적인 새끼 맹수처럼 이를 드러내고 있었다. 그 모습은 어떻게 보아도 사람 같지가 않았다.

이런 사실을 덥석 인정할 수 있는 신관이 과연 어디 있을까? 삿된 괴물을 자기 아들로 인정한다? 이는 틀림없는 불명예였다. 신도며 향불이며 위신까지 모조리 무너져 내릴 게 뻔했다.

116장 말은 달라도 뜻만 같으면 그만

다만 풍신은 길게 망설이지 않고 마음을 굳혔다. 그가 입을 달싹인 순간, 검란이 냉소하며 말했다.

"됐어, 대답할 것도 없어. 당장 포로 신세인 주제에, 인정을 해도 어차피 빈말일 테니까 난 한 글자도 못 믿어. 말하지 마. 인정한대도 내 쪽에서 거절하겠어!"

검란의 팔오금에 기댄 채 혀를 쏙 내민 태아령이 다 큰 어른 같은 목소리로 낄낄거렸다. 검란은 태아령의 엉덩이를 호되게 내려치고 꾸짖었다.

"뭘 잘했다고 재롱을 떨어? 함부로 돌아다니지 말라니까 꼭 소동을 일으키지!"

태아령은 못난 얼굴을 옴찔거리며 겨우 얌전해졌다. 그렇게 두 모자는 황급히 남양전을 빠져나갔다. 풍신이 뒤에서 소리쳤다.

"검란! 검란!"

돌아오는 대답은 없었다. 이내 풍신 혼자 남양전에 덩그러니 남겨졌다. 제자리에 맥없이 주저앉은 그는 괴상한 잇자국이 남은 무릎 한참이나 노려보더니, 오른손으로 이마를 짚고 욕할 기운도 없는지 바닥에 대자로 드러누웠다.

남양전 처마에 있는 사련도 한숨을 지었다.

이때 화성이 불쑥 말했다.

"형, 여군산에서도 태아령이 나타났었다는 거 기억해?"

사련을 배려해 일부러 꺼낸 화제가 틀림없었다. 게다가 태아령이 여군산에 나타났던 일은 확실히 수상했다. 사련은 덕분에 기운을 차리고 대답했다.

"기억하지. 꽃가마에 앉아 있었을 때 태아령이 동요를 부르면서 귀신 신부를 찾을 방법을 알려 줬어. 그게 바로 선희였지. 그리고 이유는 모르겠는데, 다른 사람들이 아닌 나 혼자에게만 노래를 들려줬었어."

"군오가 시켰겠지."

"그럼 문제는 군오의 목적이 뭐냐는 건데. 그리고 태아령은 왜 군오가 부리는 악령이 됐을까. 이것도 국사에게 물어봐야겠어."

"그럼 물어보러 가자. 좋은 소식 하나 알려 줄게. 사령나비가 이미 국사가 감금된 곳을 알아냈어."

사련은 정신이 번쩍 들었다.

"어딘데?"

영문전.

한때 산더미 같은 두루마리를 들고 오가던 문신들은 어디로 갔는지, 무표정한 신무전 순찰병들만 대전 안팎을 지키고 있었다. 처마 모서리에 조용히 내려앉은 사련이 입을 열었다.

"국사가 여기 갇혔다고? 영문이 감시 중인가?"

"맞아. 금의선을 걸친 영문은 문신이면서 무신인 셈이니까."

사련은 잠시 신중하게 주변을 살폈다.

"그럼 골치 아파지겠는데."

물론 금의선은 두 사람의 적수가 못 되지만, 솜씨는 제법이라 선경대로에 깔린 순찰병들보다는 훨씬 눈치가 빠를 터였다.

만약 이대로 영문전에 숨어들면, 금의선은 사련과 화성을 당해 내지는 못할지언정 두 사람의 기척 정도는 눈치챌지 모른다. 일단 금의선에게 들키면 영문도 반드시 알아챌 것이다.

사련이 말을 이었다.

"영문과 군오는 언제든 통령할 수 있어. 영문에게 들키면 당연히 군오도 알게 되겠지. 대신 금의선을 벗은 영문은 문신이라 우리를 알아챌 수 없을 거야. 아무도 걸치지 않은 금의선은 옷가지에 불과하니까 군오에게 알릴 방법이 없을 테고. 어떻게든 둘을 떨어뜨려야 해."

"굳이 방법을 찾지 않아도 언젠간 금의선을 벗게 돼 있어."

화성이 설명을 덧붙이기도 전에 사련은 깨달았다.

누가 뭐래도 금의선은 사기가 극심한 삿된 물건이다. 정식으로 폄적되지 않은 영문은 아직 신관의 몸이라 계속 금의선을 걸치고 다니면 나쁜 영향을 받을 게 뻔했다. 게다가 계속 남상을 유지하느라 법력도 만만치 않게 들 터다. 이런 상태를 견딜 수 있는 신관은 많지 않다. 어떻게든 하루 내에는 무조건 금의선을 벗고 한동안 쉬어야 했다.

목소리를 낮추어 상의하고 있던 이때, 검은 옷을 입은 사내가 뒷짐을 지고 영문전에서 걸어 나왔다. 그는 바깥에서 대기하고 있던 위병들에게 무언가를 당부하고 편전으로 걸음을 옮겼다. 머지않아 또 한 사람이 편전에서 나와 다시 본전으로 들어섰다.

그 사람은 다름 아닌 영문이었다. 들어갈 때만 해도 남상이었는데 나올 때는 본존이었다. 게다가 몸에 걸치고 있던 검은 장포가 사라졌다. 몸놀림이나 걸음걸이도 방금 남상이었을 때처럼 가볍고 공력이 넘치는 느낌이 아니었다.

예상대로 영문이 금의선을 벗은 것이다. 그리고 지금, 그 금의선이 저 편전에 있다!

두 사람은 서로를 마주 보았다. 화성이 입을 열었다.

"이제 둘이 떨어졌네. 형, 운이 꽤 좋은데."

사련도 한숨을 내뱉고 그를 쳐다보며 말했다.

"삼랑이 운이 좋은 거겠지."

화성은 싱긋 웃으며 물었다.

"본전? 편전?"

고민 끝에 사련이 대답했다.

"편전으로 가자! 당장은 영문전의 본전이 어떤 상황인지 모르니까. 영문이 국사 옆을 지키고 있으면 따돌리기 어려워. 하지만 우리가 먼저 금의선을 빼앗는다면 말이 통할지도 몰라."

그렇게 잠시 기다린 두 사람은 호위병이 교대하는 틈에 사이좋게 처마를 넘어 편전으로 숨어들었다.

안으로 들어선 사련은 식은땀을 훔쳤다.

아무래도 여자 신관의 편전에 남몰래 잠입하는 것은 떳떳한 일이 아니었다. 하지만 눈앞에 편전이 펼쳐진 순간, 부끄러운 마음은 조금 사라졌다.

사련이 지냈던 방은 여기보다 화려했고, 풍신의 방은 여기보다 엉망이고, 모정의 방은 여기보다 깔끔했다. 하여간에 아무리 봐도 여신관이 머무는 편전 같지가 않아 사련은 부담이 반쯤 덜어졌다.

편전 안에는 물건을 숨길 만한 마땅한 가구도 얼마 없었다. 사련은 금세 궤짝 하나를 찾아냈다. 그러나 그 궤짝을 열자마자 사련의 얼굴이 어두워졌다. 열자마자 사악한 공기가 끼쳐온 것도 문제였지만, 그보다도 전부 똑같이 생긴 검은 옷이 가지런히 쌓여 있다는 게 더 문제였다.

또 시작이다!

지난번에도 이랬었다. 백 벌에 달하는 별의별 옷가지 사이에서 진짜 금의선을 찾느라 진땀을 뺀 건 그야말로 악몽이었다.

그나마 이번에는 가짓수가 열댓 벌 정도로 그리 많지 않았다. 하지만 전부 틀에 박힌 듯 똑같이 새카맸으니, 지난번과 지금 둘 중 어느 쪽이 더 절망스러운지 모를 노릇이었다. 과연 금의선이 이 안에 있을까?

사련은 골치 아픈 기색을 띠며 말했다.

"삼랑…… 군오는 지금 어쩌고 있어? 우리 시간이 괜찮으려나?"

상천정의 동향을 단단히 감시하고 있던 화성이 유유히 대답했다.

"걱정 마, 형. 시간은 있어. 군오는 아직 형이 사라졌다는 사실을 몰라. 지금 신무전에서 모정을 심문하고 있는데, 보니까 꽤 오래 걸릴 것 같아."

이 말에 사련은 멈칫했다.

"모정? 모정을 심문해? 무슨 심문?"

"사령나비가 신무전에 들어갈 수 없어서 소리는 못 들어. 하지만 형도 알잖아."

그는 사련을 응시하며 덧붙였다.

"당연히 좋은 내용은 아니겠지."

군오가 인옥에게 한 짓이 떠오르자 사련은 문득 마음 한구석이 불안해졌다. 하지만 지금은 걱정해도 소용없었기에 과감하게 말했다.

"우선 내가 빠르게 하나씩 입어 볼게. 삼랑, 넌 내게 명령을 내려 줘."

금의선이 제 존재를 숨기려 들거나 자신을 걸친 사람의 목숨을 취하지 않는다면, 누구나 마음대로 금의선을 입고 벗을 수 있다. 하지만 누군가 다른 사람에게 금의선을 입히고 명령하면, 그 사람은 반드시 복종하게 된다. 조금 위험하긴 해도 이 방법이라면 분명 진품을 찾아낼 수 있을 터였다. 화성이 말했다.

"내가 입을게."

사련은 고개를 가로저었다.

"지난번에 너도 금의선을 입어 봤잖아. 왠지는 몰라도 네가 입었을 땐 효력이 없었던 것 같아. 귀왕에게는 통하지 않는 걸까? 아무튼 내가 입는 수밖에 없어."

사련은 그리 말하며 흰 도포를 발치에 벗어 두었다. 화성은 눈썹을 치켜올리더니 검은 옷 하나를 골라 그에게 건넸다.

"그럼 형 말대로 할게."

사련은 서둘러 그 옷을 걸쳤다. 천만다행이었다. 영문의 옷은 노출이 심하거나 우아한 구석 없이 무척이나 단정해서 몸에 걸쳐도 민망하지 않았다. 사련은 고개를 들고 말했다.

"됐어, 이제 원하는 걸 말해 봐."

"……."

화성은 오른손으로 왼쪽 팔꿈치를 감싸고 왼손으로 턱을 괸 채 그를 바라보았다. 그가 진지하게 고민하더니, 입을 열었다.

"그럼 형, 내 명령은—."

이윽고 뒷말이 이어졌다. 화성은 싱긋 눈을 접어 웃으며 말했다.

"—우리 법력 빌리자."

"……."

'법력 빌리자'라는 말뜻을 알아들은 사련은 머리에서 연기가 피어오를 뻔했다. 그는 재빨리 옷을 벗으며 말했다.

"이, 이 옷은 아니야!"

"아 참, 유감이네. 아니었다니."

사련은 정색하며 말했다.

"삼랑, 너…… 그러면 안 돼. 그런 명령 하지 말고 진지하게 해야지."

화성은 고분고분하게 말했다.

"이 정도면 진지하지 않아? 어떤 명령? 좀 더 자세하게 말해 주면 좋겠는데."

"……."

사련은 큼큼, 헛기침을 하곤 진지하게 말했다.

"아무튼 법력 빌려 달라는 건 안 돼. 다른 건 아무거나 괜찮아. 예를 들면 제자리에서 한 바퀴 돌라거나 두 번 뛰라거나, 뭐 그런 거."

화성은 한쪽 눈썹을 까딱이며 말했다.

"다른 건 아무거나 괜찮다고? 좋아, 알았어."

그리 말하며 그는 다시 사련에게 옷을 내밀었다. 사련은 재빨리 옷을 걸치고 화성을 올려다보았다.

화성은 그를 찬찬히 훑어보다 운을 뗐다.

"형……."

그러곤 활짝 웃으며 말을 이었다.

"나한테 법력 빌려주지 마."

"……."

방심했다! 이런 식으로도 가능하다니!

사련은 얼른 그 옷을 벗으려 했다.

"됐어! 이 옷도 아니……."

하지만 화성이 그를 막아 세웠다.

"잠깐, 형. 누가 아니래? 아직 증명하지도 않았으면서."

법력을 빌려주지 말라는 게 화성의 명령이다. 지금 이 옷이 금의선이 아니라는 것을 증명하려면 사련은 반드시 화성의 명령을 어겨야 했다. 즉, 명령과 정반대로 화성에게 법력을 빌려줘야 한다는 뜻이었다.

돌고 돌아 제자리걸음이라니!

짐짓 진지해 보이는 화성을 보며 사련은 충격에 빠졌다.

"……너도 진짜 약았다. 이런 법이 어디 있어."

화성은 팔짱을 끼더니 고개를 갸웃거리며 당당하게 받아쳤다.

"이런 법이 어디 있기는? 형이 그랬잖아, 법력 빌려 달라는 것 빼곤 아무거나 다 괜찮다며? 이 명령이 싫다길래 정반대로 했는데 이걸 약았다고 하면 어떡해. 이 정도면 충분히 성실하지 않아?"

"……."

완전히 말문이 막힌 사련은 그를 향해 손가락을 까딱이다 말했다.

"너…… 진짜. 어휴, 넌 못 당해 내겠다. 가만히 있어 봐!"

그는 망설일 엄두도 못 내고 화성에게 달려들어 쪽, 입을 맞추었다. 근처에 아무도 없다는 것을 빤히 알면서도 그는 입술을 떼기 무섭게 주변을 두리번거렸다. 마치 누가 훔쳐보지는 않았을까 조심하는 모양새였다.

화성은 표정 변화 하나 없이 담담하게 입을 열었다.

"좋아, 이제 확실해졌네. 정말 아니었어."

사련은 그 옷을 벗으며 말했다.

"……이제 이 명령도 금지야."

화성은 세 번째 옷을 그에게 건네며 싱긋 웃었다.

"그래그래, 형 말대로 할게."

사련은 하릴없이 옷을 받아 들고는 속으로 중얼거렸다.

'어째 삼랑은 갈수록 당해 내기 어려워지는 것 같단 말이지…… 내 착각인가?'

화성이 또 짓궂은 명령을 내리면 어쩌나 내심 걱정했지만, 두 번의 농담을 마친 화성은 정말로 그를 놀리지 않았다. 화성이 진지해지니 도리어 기분이 이상할 정도였다.

하지만 옷궤에 담긴 검은 옷을 몽땅 걸쳐 본 사련은 어느 명령에도 따르지 않았다.

설마 진짜 금의선은 여기 없나?

그럴 리가 없었다. 영문은 분명 금의선을 벗어 두었다. 하물며 궤짝에 담긴 모든 옷에 사기가 묻어 있으니 이 안에 있는 것이 틀림없었다.

화성은 문간에 기대선 채 말했다.

"형, 아무래도 이 금의선은 나는 물론이고 형에게도 효력이 없는 것 같네."

대체 문제점이 뭘까?

117장 입기도 어려운데 벗기는 더 어렵구나

사련은 다시 모든 옷을 꺼내 한바탕 뒤져 보았지만 허탕이었다. 그는 하는 수 없이 한쪽에 던져 둔 흰 도포를 도로 걸치고 화성에게 말했다.

"별수 없네……. 이 궤짝에 들어 있던 옷을 전부 가져갈 수밖에……."

이 말에 화성이 푸흡, 웃음을 흘렸다. 사련도 어이가 없었다. 본인이 생각해도 옷 열댓 벌로 남을 위협한다는 게 참 우습고 바보 같았다. 하지만 당장은 더 뾰족한 방법이 없었다.

그런데 누가 알았으랴. 바닥에 널브러진 옷을 궤짝에 욱여넣고 궤짝을 짊어지려는 순간, 편전 문이 열리더니 영문이 지친 기색으로 뒷짐을 지고 들어왔다.

"……."

"……."

영문은 쉴 만큼 쉬고 금의선을 입으러 돌아온 것 같았다. 그런데 불법 침입한 두 불청객을 맞닥뜨리게 될 줄 누가 짐작이나 했겠는가. 게다가 한 사람은 억울한 표정을, 다른 한 사람은 무미건조한 표정을 짓고 있었다. 할 말을 잃은 영문은 재빨리 두 손가락을 모아 관자놀이를 지그시 눌렀다.

군오에게 통령할 심산이었다.

다만 화성의 움직임이 영문보다 한발 빨랐다. 화성이 눈빛을 던지자 영문의 뒤에 열려 있던 편전 궐문이 순식간에 닫혔다. 영문이 안색을 희미하게 가라앉히더니 손을 내려놓았다.

"……화 성주, 참으로 대단하십니다."

"삼랑, 결계를 쳐 놨었어?"

"작게 쳐 놨어. 이 편전에서만 유효한 정도로."

군오가 선경에 결계를 펼쳐 안과 바깥을 단절시켰다면, 화성도 마찬가지로 선경에 더 작은 결계를 펼쳐 결계 안의 소식통을 봉쇄할 수 있었다. 큰 결계가 작은 결계를 감싼 지금, 이 편전은 감옥 속 감옥으로 변한 것이다.

다만 이곳은 군오의 세력권이라 너무 큰 결계를 친다면 군오에게 들키고 말 것이다. 사련은 고개를 끄덕였다.

"영문, 금의선이 지금 저희 수중에 있다는 건 영문도 잘 아시겠죠. 금의선을 불태우고 싶지 않다면 섣불리 움직이지 마세요."

그런데 그 말을 들은 영문이 픽 웃으며 말했다.

"하지만 태자 전하, 사실 금의선은 두 분 수중에 없습니다."

실은 사련도 그 점이 의심스러웠다. 하지만 그는 지금 상황에서 가장 합리적인 추측을 꺼내 들었다.

"영문은 들어왔다 나가면서 금의선을 벗었잖아요. 금의선이 이 편전이 아닌 다른 곳에 있을 것 같지는 않은데요."

"태자 전하, 뭔가 오해하신 모양이군요. 저는 전하가 들고 계신 그 궤짝 안에 금의선이 없다고 말했을 뿐, 이 편전에 없다는 소리는 안 했습니다."

그 말에 사련은 한 가지 가능성을 떠올리고 고개를 살짝 틀었다.

화성도 같은 생각을 한 모양이었다. 두 사람의 시선이 사련이 걸치고 있는 흰 도포로 가닿았다.

영문이 말을 이었다.

"네, 맞습니다. 금의선은 지금 태자 전하가 입고 계십니다."

아까 사련은 다른 장포를 걸쳐 보느라 자신이 입고 있던 흰 도포를 바닥에 던져 놓았다. 그러다 나중에 다시 궤짝을 뒤지면서 도포가 온갖 장포와 한데 섞여 버렸다. 금의선은 어느 틈에 사련의 도포로 슬쩍 둔갑했고, 사련은 그대로 금의선을 몸에 걸친 것이다.

사련은 제 옷자락을 내려다보며 속으로 생각했다.

'그럼 내 원래 옷은?'

화성은 무심하게 손을 뻗어 궤짝을 뒤집었다. 안에서 검은 옷가지가 와르르 쏟아져 나왔다. 열댓 벌의 검은 옷 맨 아래에 흰옷 하나가 은밀하게 깔려 있었다.

바로 사련이 원래 입고 있었던 옷이었다.

볼 것도 없었다. 금의선이 사악한 수법을 동원했을 게 뻔했다. 두 사람이 옷을 입느라 바쁜 틈을 타 사련의 도포를 옷궤 안에 집어넣고, 자기는 밖으로 빠져나와 모습을 둔갑한 것이다. 그렇게 사련은 그 금의선을 걸치고 만 것이다.

사련은 그다지 놀라진 않았지만 내심 의아해졌다.

"……이건 너무 약았잖아?"

고작 옷 한 벌일 뿐인데! 게다가 금의선은 원래 멍청하다고 하지 않았나?

그런데 다시 생각해 보니 영문이 가르쳐 준 방법이 아닐까 싶었다. 아니나 다를까, 영문이 입을 열었다.

"이 방법은 제가 알려 준 겁니다. 실제로 써먹을 줄은 몰랐지만요. 그러니 이제 태자 전하께 금의선을 입힌 사람은 제가 되겠군요."

만약 화성이 사련에게 건네서 입은 옷이었다면 명령자는 화성이 된다. 하지만 영문이 일러 준 방법에 속아 사련이 금의선을 입었다면 명령자는 영문이 된다. 한마디로, 지금 사련은 영문의 지시에 두말없이 따라야 하는 처지에 놓인 것이다.

"영문, 금의선이 제게 통하지 않을 거란 생각은 안 해 보셨나요?"

영문은 옳게 웃으며 대답했다.

"시도해 보지 않고서야 모르지요. 태자 전하, 지금부터 전하는 저를 공격하실 수 없습니다. 아시겠으면 고개를 끄덕이세요."

사련은 고개를 끄덕일 마음이 추호도 없었다. 그런데 웬일이었을까. 영문의 말이 끝나고 미처 반응하기도 전에 저도 모르게 고개를 끄덕이고 말았다.

왜 걸려들었지? 조금 전 화성이 명령했을 때는 분명 통하지 않았는데!

설마, 명령자가 화성이면 효력이 없는 건가? 이렇게 삽시간에 상황이 역전됐다. 사련은 꼼짝없이 서 있었다. 화성도 마찬가지였다. 두 사람은 자못 침착하게 눈빛을 교환했다.

영문도 침착하기는 마찬가지였다.

"화 성주는 이제 이 편전의 결계를 풀어 주실까요."

사련이 끼어들었다.

"삼랑, 풀지 마."

"태자 전하, 진심이십니까? 저는 전하께 어떤 명령이든 내릴 수 있답니다."

화성은 여전히 담담한 기색이었다. 사련은 속으로 생각했다.

'내가 영문을 건드리지 못해도 상관없어. 어차피 다른 사람은 구애받지 않으니까. 삼랑이 불시에 영문을 사로잡고 명령을 내리지 못하게 막는다면 문제는 바로 해결돼.'

하지만 날카로운 영문은 사련의 의도를 알아채고 말을 이었다.

"화 성주, 충고드리겠는데 공연히 절 기습할 생각은 마십시오. 태자 전하, 잘 들으세요. 화 성주가 저를 공격하거나 곤란하게 만들면 전하께서 바로 화 성주를 공격하시는 겁니다."

이렇게 그녀는 한발 먼저 상대방의 계책을 잘라 냈다.

"좋아요, 화 성주. 결계를 푸시지요. 저는 공무로 바쁜 몸입니다. 영문전에 처리해야 할 문서가 산더미처럼 쌓여 있습니다. 결재한 게 하나도 없더군요. 그럼 어서 이 사소한 문제를 해결해 볼까요."

화성도 싱긋 웃어 보였다.

영문은 두 눈을 흠칫 뜨며 입을 달싹였다. 그런데 목소리가 나오지 않았다.

이때 누군가 영문의 등 뒤에 서 있었다면, 은빛 날개를 팔랑이며 그녀의 목덜미에 앉아 있는 사령나비가 보였을 것이다. 그녀의 몸을 굳히고 입을 틀어막은 범인은 바로 이 자그마한 나비였다.

화성은 팔짱을 낀 채 특유의 무성의한 가짜 웃음을 지어 보였다. 그가 느긋하게 입을 열었다.

"남을 제압하는 데 꼭 기습할 필요가 있나?"

"……."

목소리를 내지는 못했으나 영문의 눈빛에 담긴 뜻은 아주 명확했다. 화 성주, 잊었어요? 난 이미 태자 전하께 명령을 내렸습니다!

동시에 금의선이 효력을 발휘했다. 사련은 불현듯 돌아서서 화성을 향해 손바닥을 쳐들었다.

얼마나 시간이 흘렀을까. 사련의 눈빛이 퍼뜩 맑아졌다. 정신을 차린 그가 외쳤다.

"……삼랑!"

화성은 그의 앞에 서 있었다. 붉은 옷섶 위를 억누르고 있는 손이 보였다. 그건 사련의 손이었다.

화성은 명치로 날아든 공격을 피하지 않고 그대로 서서 맞은 것이다.

"……."

사련이 미처 움직이기도 전에, 화성은 그의 손목을 꽉 붙잡고 나직하게 말했다.

"됐어. 공격이 끝났으니 명령 완수네."

아니나 다를까, 목적을 달성한 사련의 몸은 한결 가벼워지며 자유를 되찾았다.

화성은 사련이 명령을 완수할 수 있도록 그대로 서서 공격을 감내한 것이다. 명령이 해제되자 사련은 재깍 손을 치우고 안색을 무너뜨렸다. 한참 뒤에야 그가 입술을 달싹였다.

"……삼랑, 다친 곳은?"

그는 화성의 안색을 가만히 살펴보았다. 하지만 화성은 산 사람이 아니다. 원체 사시사철 햇빛을 보지 않은 것처럼 피부가 창백하니 뚜렷한 변화를 알아보기 어려웠다. 다만 말투만큼은 확실히 평소와 다를 바 없었다. 화성이 웃으며 말했다.

"형은 역시 대단하네. 깔끔한 공격이었어."

화성의 반응에 놀란 사련은 표정이 좋지 않았다. 그는 굳어진 얼굴로 말했다.

"농담하는 거 아니야. 방금 그 공격, 내 대부분 힘을 쏟았는데 정말 괜찮아?"

영문이 그에게 명령할 때 나온 단어는 '공격'이다. 하지만 사련은 평소 남과 겨루면서 단 한 번도 '공격'을 목적으로 손을 쓴 적이 없었다. 대체로 자신을 보호하거나 상대를 제압할 뿐이었으니까. 다만 정말 '공격'을 목적으로 손을 쓴다면 상대가 어떻게 될지 사련도 감이 잡히지 않았다.

화성의 느릿한 대답이 이어졌다.

"나도 농담 아니야. 형은 정말 대단해. 그 주가만 아니었으면 군오도 형의 적수가 못 될지도."

사련은 무심결에 목을 감싼 주가를 건드리곤 곧장 손을 내려놓았다. 이때 화성이 말을 이었다.

"형, 하나 물어볼 게 있어."

"뭔데?"

"형은 주가를 풀 기회가 있었잖아. 그런데 왜 그대로 남겨 뒀어?"

예상치 못한 질문에 사련은 잠시 당황했다.

"그건…… 스스로에게 경고하는 차원에서 그랬다고나 할까."

그는 잠시 뜸을 들이다 덧붙였다.

"삼랑, 너…… 말 돌리지 마. 이게 무슨 나쁜 버릇이야? 방금 그 상황에서는 날 제압했어야지, 왜 굳이 공격을 맞고 있어."

"형도 이게 나쁜 버릇이란 걸 아네? 진탕 얻어맞는 걸로 따지면 형이 그런 말 할 자격 없지."

"그런가?"

한마디 되물은 사련은 금세 속이 뜨끔해졌다. 알다시피 그는 호수에 빠져 태아령과 교전했을 때 검을 삼키려다 화성에게 딱 걸린 전적이 있었다. 화성이 대답했다.

"그렇냐고? '내가 맞아서 해결될 일이면 다른 방법을 쓸 필요 없다'. 형한테 물든 버릇이잖아."

"……."

뻘쭘해진 사련은 손사래를 치며 말했다.

"그래, 삼랑. 이런 건 아무래도 좋으니까, 우선 이 옷부터 살펴보자."

그는 몸에 걸친 흰 옷자락을 맥없이 툭툭 잡아당겼다. 산 넘어 산이었다. 금의선을 찾기는 찾았는데, 이제는 벗을 방법을 찾아야 했으니.

118장 백 년 물은 깊고 천 년 불은 뜨겁구나

벌써 옷을 입은 이상, 사련까지 나란히 타 버릴지도 모르니 옷을 불태울 수는 없었다. 사련이 의견을 냈다.

"당장은 그냥 입은 채로 내버려 두자. 어차피 금의선은 내 피를 빨아들일 수 없어. 영문도 지금은 명령할 수 없을 테고."

이내 푸른 연기가 가득 흘러나왔다. 영문이 서 있던 자리에는 제법 엄숙한 표정을 지은 파란색 오뚝이 하나만이 남았다. 손에는 두루마리까지 들고 있는 것 같았다. 오뚝이를 챙겨 품에 넣은 사련은 화성과 함께 편전을 나와 본전으로 잠입했다.

기분 탓이 아니라, 영문전 주전은 예전보다 훨씬 음산한 분위기였다. 마치 사방에 깔린 함정처럼 바닥부터 천장까지 산더미로 쌓인 두루마리가 언제든 무너져 사람을 깔아뭉개 죽일 것 같았다. 두 사람은 호위병 하나 마주치지 않고 주홍 대문 깊은 곳까지 뛰어들었다.

가까이 다가가지도 않았건만, 문 너머에서 충격에 벌벌 떨리는 목소리가 들려왔다.

"……말도 안 돼! 어찌 이럴 수가 있지?"

국사다! 설마 누군가 한발 먼저 도착했나? 사련은 곧장 문을 걷어차고 나직하게 일갈했다.

"국사를 놔줘!"

예상대로 방 안에는 국사 혼자만이 아니었다. 발길질에 문이 열리자 몇 사람이 나란히 이쪽을 돌아보았다. 국사는 여전히 충격에 휩싸인 기색이었다.

"……전하?"

"……."

"……."

국사는 그를 흘끗 쳐다보더니 재빨리 고개를 숙이고 말했다.

"잠깐 기다리십시오. 이게 어찌 된 일이야, 끗발이 왜 이래!"

사련과 화성은 나란히 할 말을 잃었다.

국사와 다른 세 사람은 방 안 탁자에 둘러앉아 한창 패 놀음에 열을 올리고 있었다. 나머지 세 '사람'은 사실 산 사람이 아니라 얼기설기 대충 만든 종이 인형이었다. 어떤 사술을 썼길래 패까지 칠 수 있는지 모를 노릇이었다. 방금 국사의 외침은 패를 펼친 뒤 저도 모르게 한탄한 소리였다.

고문이라도 받아 안색이 초췌한 줄 알았는데, 지금 이 상황에 패 놀음이라니. 사련은 기가 막힌 동시에 더없이 친근감을 느꼈다.

당연히 친근할 수밖에! 사련과 풍신이 황극관에서 지냈던 시절에도 국사를 찾아갈 때마다 열에 일곱은 패를 치고 있었으니까! 팔백 년 세월이 흘렀는데도 바로 어제 일을 보는 듯 생생했다. 하다못해 국사의 열성적인 표정도 당시 그대로였다. 그는 손에 쥔 패를 뚫어지게 쳐다보며 고개 한번 돌아보지 않고 말했다.

"전하, 드디어 오셨군요. 그런데 일단 이번 판만 끝냅시다……."

탁자 앞에 앉는 순간 부모도 몰라보는 고질병이 도진 게 뻔했다. 지난번 신무전에서 보았던 모습과는 영 딴판이었다. 차마 지켜볼 수가 없었던 사련은 앞으로 다가가 탁자 앞에서 그를 끌어내려 했다.

"스승님! 지금 때가 어느 땐데요. 그만 치세요!"

국사가 혈안이 된 얼굴로 고함쳤다.

"싫습니다, 싫어요! 이번 판은 끝낼 겁니다! 금방이면 돼요! 딱 이번 판만! 이번 차례만 끝냅시다! 얼마 안 걸려요, 곧 이길 거라니까요!"

"못 이겨요. 이길 리가 없잖아요!"

다행히 이번 판은 눈 깜짝할 새에 끝나 버렸다. 비록 곧 이긴다는 자신만만한 외침과는 달리 지고 말았지만. 국사는 손짓으로 세 종이 인형을 거두더니 침착하고 이성적인 모습을 되찾았다.

옷차림을 정돈하고 앉은 그가 심각한 표정으로 말했다.

"전하, 이리 와 주실 줄 알았습니다. 저도 지금껏 전하를 기다리고 있었습니다."

"……."

사련은 속으로 중얼거렸다.

'아무리 생각해도 절 기다리신 것 같지는 않던데요…….'

물론 웃어른을 공경하는 마음은 필요한 법이니 이 생각을 입 밖에 내지는 않았다. 국사가 말을 이었다.

"분명 궁금한 점이 아주 많으시겠지요."

화성은 망을 보는 것인지 한쪽 문에 무심하게 기대서 있었다. 사련도 국사 앞에 단정하게 앉았다.

"그렇습니다."

그는 잠시 뜸을 들인 끝에 물었다.

"우선 하나 확인하고 싶습니다. 군오가…… 정말 백무상이자 오용 태자인가요?"

"의심하실 것 없습니다. 맞습니다."

"저는 오용 태자와 아무 관계도 아닌 건가요? 완전히 별개의 사람인 거겠죠?"

"오용 태자가 당신의 조국인 선락국을 멸했다는 것. 그게 전하와 오용 태자 사이에 존재하는 유일한 관계입니다."

"……."

사련은 나직한 목소리로 말했다.

"하지만 국사께서 예전에 그리 말씀하셨잖아요. 백무상의 정체는 모르지만, 그게 저로 인해 태어났다는 것만큼은 확신하신다고요."

"전하, 당시 저는 정말로 그자의 정체를 몰랐습니다. 알아챘을 때는 이미 늦었지요. 그리고 백무상이 전하로 인해 태어났다는 말은 거짓이 아닙니다."

"그게 대체 무슨 말씀이시죠? 게다가 그놈은 왜 선락국을 멸했죠?"

국사는 그를 응시하며 대답했다.

"전하가 하신 말씀 때문입니다."

사련은 일순 멍해졌다.

"제가 한 말? 무슨 말이요?"

"몸은 무간에 있으나 마음은 도원에 있기를."

"……."

이윽고 침묵이 흘렀다. 사련은 이해가 가지 않았다.

"……그게 끝인가요?"

"그렇습니다."

"……고작 그 한마디 때문에요? 그 말이 뭐가 잘못됐는데요?"

국사가 가라앉은 목소리로 대답했다.

"아주 잘못됐지요. 모든 게 그 한마디에서 시작됐으니까요!"

어쩌면 차마 믿기 힘든 이야기가 이어질지도 모르겠구나, 사련은 어렴풋이 그런 생각이 들었다. 화성은 사련이 부르기도 전에 먼저 다가와 그의 곁에 앉았다.

국사가 거듭 입을 열었다.

"동로산의 그 벽화를 보셨겠지요."

"봤습니다. 국사께서 남기신 건가요?"

"그렇습니다. 전 동로산이 열릴 때마다 귀왕의 탄생을 막기 위해 안에 숨어들었습니다. 그러면서 한편으로는 어떻게든 오용국과 오용 태자에 관한 단서를 남기려 했지요."

사련은 진중한 기색으로 물었다.

"왜 직접 알리지 않고 꼭 그런 모호한 방법을 택하셨습니까?"

"전하. 전하께선 왜 현세 사람들이 오용국을 모른다고 생각하십니까?"

사련이 대답하기도 전에 화성이 입을 열었다.

"놈이 아는 자들을 모두 처리했으니까."

"그렇습니다. 단서를 너무 뚜렷하게 남기거나 사실을 퍼뜨려 버리면, 제 존재를 들킬 위험은 물론이고 사실을 알게 된 사람까지 이 세상에서 사라지게 될 겁니다. 그게 몇 명이 되든 결과는 같습니다. 도시 하나라도 그자라면 사흘 안에 폐허로 만들 수 있지요. 농담이 아니라는 것쯤은 전하도 잘 아실 겁니다."

물론 잘 알고 있다. 다만 우습게도 사련은 한때 그런 생각을 한 적이 있었다. 군오가 귀계로 빠지지 않고 신이 되어 다행이라고. 아니면 천하가 뒤집힐 뻔했다고. 이내 국사의 목소리가 이어졌다.

"저는 그 사실을 아는 사람이 존재한다는 것을 숨겨야만 했습니다. 하지만 저 혼자만 알고 있자니 마음이 내키지 않더군요. 주의 깊고 담대한 자라면 분명 단서를 알아챌 수 있을 것 같았습니다. 힘이 역부족이니 인연에 맡기기로 한 거지요."

그가 계속해서 말했다.

"저는 긴 세월 동안 백무상을 피해 감쪽같이 숨어 다녔습니다. 팔백 년 전에 잡힐 뻔했지만 끝내 사로잡히지 않았어요. 이번에 붙잡힌 이유는 따로 있습니다. 동로산 숲속 신전에 남긴 벽화를 백무상에게 들켰거든요. 거기에다 동로산에 갇혔을 때 전하께 정체를 간파당하기도 했고요. 아마 그제야 깨달았을 겁니다. 제가 아직 살아 있을지도 모른다는 것을, 심지어 자신이 숨기고 싶었던 사실을 숱하게 남겨 두었다는 것을요."

사련은 문득 생각났다. 당시 동로산 숲속에서 마주친 마지막 신전의 벽화는 한 폭만 남긴 채 누군가의 손길에 망가져 있었다. 즉, 가장 결정적인 내용이 담긴 벽화라는 뜻이다. 그때 사련과 화성은 누군가 신전에 숨어 있으리라 생각했지만 끝내 찾지는 못했었다. 지금 생각해 보면 그때 백무상은 정말 신전 어느 한구석에 숨어 있었는지도 모른다.

"그런데 국사께선 왜 그리 숨어 다니셨나요?"

"그야 당연히……."

화성이 입을 열었다.

"배신."

정곡을 찌르는 한마디였다. 국사가 그를 흘긋 쳐다보았다. 화성은 무감한 표정으로 덧붙였다.

"놈을 배신했겠지."

"비슷합니다. 그렇게 됐어요."

그는 사련을 돌아보며 말했다.

"말씀드리자면, 전하…… 벽화에 그려진 내용은 모두 사실입니다. 오용 태자 전하는 오용국의 둘도 없는 태양이셨습니다. 전하의 선락 태자 시절보다 몇 곱절 더 찬란한 영광을 누리셨지요. 저와 동문 세 사람은 한때 그분의 호위였습니다. 등선하신 전하께서 저희를 지명해 데려가셨지요. 저도 신선이란 신선은 숱하게 만나 보았습니다만, 그분은 만신이 모인 천계에서도 태양처럼 찬란해 남들의 빛을 잃게 하셨습니다."

한창 이야기를 이어 가던 국사는 무심코 옅은 미소를 지었다. 사련은 어쩐지 그런 느낌이 들었다. 그가 말하는 '태자 전하'는 '군오'도 '백무상'도 아닌, 그저 이천 년 전에 존재했던 그 젊은 태자일 뿐이라고.

사련은 문득 입을 열었다.

"예전에 국사께서 비슷한 얘기를 해 주셨던 것 같아요."

"그렇습니까? 늙으니 기억이 가물가물하군요."

"해 주셨습니다. 다만 등선했다는 말은 없었어요. 죽었다고 하셨죠."

"차라리 그분이 등선하지 않길 바라서 그랬나 봅니다."

"동로산 폭발 때문에요?"

국사는 확실히 대답하지 않고 에둘러 말했다.

"법력이 너무 강한 분이셨으니까요."

그가 다시 말을 이어 갔다.

"그분은 오용국이 불바다가 되는 예지몽을 꾼 뒤로 백성들을 구할 방법을 고민하기 시작하셨습니다. 지금의 저라면 분명 그 분을 말렸을 겁니다. 하지만 그때만 해도 다들 그런 결과를 예상치 못했습니다. 사람이 죽게 생겼는데 구하는 게 잘못이냐, 다들 그렇게만 생각했지요. 그런데 실상은 그리 쉽지 않았습니다. 화산 폭발을 막을 수는 없으니 사망자를 내고 싶지 않으면 이주해야만 했습니다. 그런데 화산의 영향 범위가 너무 넓었어요. 도시 한두 개로 끝날 일이 아니었지요. 황실, 귀족들과 백성들이 생각하는 최고의 방법은 다른 나라를 정벌하고 새로운 영토를 점령하는 것이었습니다. 그래야만 타국에서 이 많은 오용국 이주민을 받아 줄 테니까요."

그가 거듭 말을 이었다.

"하지만 태자 전하께선 이를 해결책으로 보지 않으셨습니다. 전쟁은 필연코 피를 봐야 하는데, 한번 피를 본 사람은 눈이 뒤집혀 인간성을 잃고 잔혹해지기 마련이었으니까요. 그러나 오용국은 끝내 군대를 출정시켰습니다. 오용국 병사들은 가는 곳마다 쑥대밭을 만들었지요. 심지어 장군들은 훗날 이주해 올 오용인들을 위해 '땅고르기'를 하자며 타국 백성들을 최대한 많이 학살하라 명했습니다. 그렇게 피는 강물을 이루고 시체가 산처럼 쌓였습니다. 태자 전하께선 이 소식에 크게 노하셨습니다. 두 분도 아시다시피, 그분은 전장에 강림해 이 오용국 병사들을 벌하셨습니다."

이야기 속 이 사람이 소년 시절의 군오이자 백무상이라고 생각하니 사련은 내심 기분이 미묘해졌다. 국사가 계속해서 말했다.

"하지만 그분만 분노한 게 아니었습니다. 이 사건으로 오용국 황실과 귀족, 일부 백성들도 크게 분노했어요. 수많은 자들이 신전에 들러 태자 전하께 물었습니다. 우리는 살아갈 땅이 필요해 부득이하게 남의 나라를 침략했을 뿐인데 이게 무슨 잘못이냐면서요. 이 사건의 영향력은 우리 모두의 예상을 뛰어넘고 갈수록 격해졌습니다. 전하의 신상을 쓰러뜨리고 사당을 불태우자고 외치는 사람도 나왔지만, 태자 전하께선 꿋꿋하게 버티셨습니다. 그분은 이렇게 말씀하셨습니다. 만약 오용국이 침략당한다면 적이 발끝 하나 들이지 못하도록 목숨 걸고 수호하겠노라고. 하지만 오용국은 절대 타국을 침략해선 아니 된다고. 그러곤 자신이 다리를 세울 때까지 전쟁을 멈추고 기다려 달라고 간청하셨습니다. 바로 하늘로 통하는 그 다리 말입니다."

국사는 유유히 덧붙여 말했다.

"인간계에 여분의 땅이 없다면 인간들을 하늘로 대피시키자는 계획이었지요. 실로 터무니없는 방법이었으나, 태자 전하를 굳게 믿어 온 저희 네 사람은 그분이 해내실 거라 확신했습니다. 그분이 무얼 하시든 전력으로 그분을 지지할 생각이었어요. 물론 다른 신관들은 이렇게 생각하지 않았습니다. 온 천계가 반대하고 나섰으나 태자 전하께선 여전히 꿋꿋하게 버티셨습니다. 그분은 세 가지를 동시에 견뎌 내셨습니다. 오용국 백성들과 황실, 귀족들의 불신과 원망, 제천 신선들의 불만 그리고 하늘로 통하는 거대한 다리까지."

화성이 픽 웃으며 말했다.

"반대? 반대에만 그치진 않았을 텐데."

국사가 천천히 고개를 끄덕였다.

"단순히 반대만 했다면 좋았겠지요. 하지만……."

사련은 어렴풋이 알 것 같으면서도 한마디 물었다.

"하지만?"

"긴 시간과 어마어마한 법력을 들여야만 다리를 완공할 수 있었기에 태자 전하께선 다른 일에 집중하실 틈이 없었습니다. 그래서 이후로는 다른 곳에 가지도, 다른 일을 하지도 않으셨지요. 신도들의 기원도 들어주지 못할 지경이었어요. 그분은 그저 한 가지 일에만 몰두하셨습니다."

"하지만 한 가지 일만 하는 신은 결국 신도를 잃기 마련입니다. 전하께서 다리를 완공하신 첫날, 사람들은 감사하는 마음으로 전하를 기렸습니다. 이틀, 사흘, 나흘째에도 그랬어요. 한 달, 두 달이 지나서도 마찬가지였습니다. 그런데 시간이 길어지면서 상황이 달라졌지요. 화산은 폭발하지도 않고, 태자 전하는 묵묵히 법력만 모으고. 결국 사람들은 그분이 예전처럼 신통치 않다고 여기기 시작했습니다. 심지어는 예전보다 무심해졌다는 말까지 나왔지요. 이러니 별수 있겠습니까. 새로운 신을 모실 수밖에요. 오용국은 인구가 많아 재력이 막강하고 신도들의 신앙심도 깊었습니다. 당시 태자 전하의 위세만 봐도 알 만하지요. 수많은 신관들이 이 지반과 신도를 호시탐탐 노리고 있었고…….”

사련은 알 것 같은 마음으로 말을 이어받았다.

“그러니…… 이 절호의 기회를 놓칠 리가 없었겠죠. 백성들은 오용 태자가 전장에 강림했던 일에 불만을 품고 있었어요. 신관들은 그 감정을 미끼로 삼아 백성들을 꾀어냈고, 오용 태자의 신도와 법력의 원천을 조각냈다는…… 그런 얘기겠네요.”

“태자 전하께서도 이 사실을 잘 알고 계셨습니다. 다만 그분도 어쩔 도리가 없으셨지요.”

사련은 가볍게 고개를 숙이며 말했다.

“신이니까요. 당연히 신도들에게 자기 말고 다른 신을 섬기지 말라고 할 수는 없었겠죠. 사실 그렇게 강요할 마음도 없었겠지만요.”

“전하라면 그분의 마음을 잘 아실 겁니다.”

“하지만 그 결정적인 순간에 신도와 법력을 잃어서는 안 됐을 테고요. 자칫 천계로 이어 놓은 다리가 위험해질지도 모르니까요.”

"그렇습니다. 해서, 저희 네 사람은 백성들에게 태자 전하의 사정을 설명하기로 했습니다."

"어떻게 됐습니까?"

화성이 한마디 얹었다.

"소용없었겠지."

국사도 대답했다.

"소용없었습니다. 적어도 저희의 기대만은 못했어요. 다리가 무너질까 봐 걱정한 일부 백성들은 마음을 돌렸지만, 대다수는 오히려 태자 전하가 너무 막무가내라고 생각했어요. 기원이 이루어지지 않는다면 자신을 만족시켜 줄 다른 신을 모시는 것, 이는 크게 비난할 일이 아닙니다. 신도들은 자유로우니까요. 원하는 신을 믿는 것은 만고불변의 진리이지요. 그분도 백성들을 만족시키고 싶었지만, 정말 상황이……."

사련은 한숨을 내쉬며 나직하게 말을 받았다.

"……마음과 달리 역부족이었겠죠."

국사가 말을 이었다.

"이 소식을 들으신 전하께선 저희를 제지하시며 그리 말씀하셨습니다. 억지로 남긴다고 진심으로 나를 믿는 것도 아니니 떠날 자들은 떠나보내라. 사실 맞는 말이었습니다. 저희가 누차 타일렀지만 신도들의 마음은 벌써 떠나 버렸거든요. 설령 억지로 돌이킨다 해도 진심이 부족했습니다. 신앙심도 가식에 불과할 뿐 예전처럼 깊지 않았고요."

사련이 말했다.

"신도들에게 화를 낼 수도 없고, 다른 신관들에게 도움을 청하고 싶지도 않았겠네요."

"도움을 청한다 해도 아무도 돕지 않았을 겁니다. 도울 마음이 있었으면 처음부터 반대하지 않았을 테고, 나중에 기회를 틈타 신도들을 빼앗지도 않았겠지요."

국사의 이야기가 계속됐다.

"태자 전하께선 갈수록 말없이 혼자 힘으로 그 다리를 세우고 지탱하셨습니다. 저는 매일 그분을 지켜보았습니다. 비록 그분은 아무 말씀도 없으셨지만 제 눈에는 마음속 괴로움이 훤히 보이더군요. 하나 그분 혼자서 감당해야 할 괴로움이었습니다. 저희 네 사람이 아무리 도우려 해도 고통을 나눌 방법이 없었어요. 결국, 꼬박 삼 년을 버티다 화산이 폭발할 조짐을 보였습니다. 소식이 퍼지자 사람들은 앞다투어 다리로 올라갔고, 저희 네 사람은 쏟아지는 인파를 다리로 이끌었습니다. 그러면서 혼자 다리를 지탱해야 하는 태자 전하를 걱정했습니다."

국사는 한숨을 지었다.

"예전에는 단 한 번도 그분을 걱정한 적이 없었습니다. 하지만 그때부터는 놀랍게도 그분이 걱정되기 시작하더군요. 처음에만 해도 그 다리는 그럭저럭 굳건했습니다. 그런데 사람이 밀려들고 버텨야 할 시간이 길어지면서, 전하의 손이 떨려 오고 안색도 창백해지기 시작했습니다. 남들은 추호도 알아채지 못했을 겁니다. 오직 저희만 알 수 있었지요. 불안해진 저는 사람들에게 한 번에 전부 올라가지 말고 기다리면서 전하께 시간을 달라고 했습니다. 잠깐 한숨을 돌리고 나면 전하께선 반드시 모두를 구해 주실 거라고요. 하지만 화산이 폭발하기 직전이라 목숨이 경각에 달렸는데 누가 기다리려 들겠습니까. 다들 실성한 것처럼 다리로 돌진했습니다. 하다못해 사람을 무참히 밟아 죽일 정도로요. 그러니 애초에 말릴 틈도 없었습니다!"

이윽고 이야기가 이어졌다.

"마침내, 저희가 가장 두려워하던 일이 일어나고 말았습니다."

삼 년 동안 신도들이 속속 빠져나가면서 태자 전하의 법력은 약해질 대로 약해진 상태였습니다. 다리로 몰려든 수만 백성이 살았다는 기쁨에 희희낙락 천계로 향하던 도중, 다리가 끊어졌습니다."

사련이 숨을 훅 삼켰다. 잠시 침묵한 국사가 말을 이었다.

"까맣게 몰려든 수천수만 사람들이 까마득한 하늘에서 추락했습니다. 처절한 비명을 남기며 불바다로 떨어진 사람들은 태자 전하의 눈앞에서 삽시간에 재로 불타 버렸습니다. 혼비백산했던 저는 태자 전하의 안색을 살필 엄두도 나지 않았습니다. 전하께 다가가기는커녕 사람들을 구하지도, 불을 끄지도 못했어요. 말 그대로 속수무책이었습니다. 다리에 오르지 못한 사람들은 용암에 파묻히고 화산재에 갇혀 버렸습니다. 절규, 통곡, 욕지거리. 너무도 끔찍한 장면이었어요……. 전 그보다 끔찍한 장면은 난생 본 적이 없습니다.”

이 장면을 머릿속에 그려 본 사련은 마음이 조금 오싹해졌다. 국사의 목소리가 이어졌다.

“그렇게 다리는 끊어졌습니다. 오용국 국민들도 이성을 잃었습니다. 그들은 태자 전하의 사당을 불태우고, 신상을 쓰러뜨리고, 칼로 그분의 심장을 찌르면서 신도 아닌 무능한 놈이라 욕했습니다. 그분은 신이지 않습니까. 신은 반드시 강해야 합니다. 신은 실패해선 안 되는 존재입니다. 하지만 그분은 공교롭게도 실패했지요. 그래서 더는 하늘에 앉아 있을 수 없었습니다. 그리고 천계 신관들은 이 순간만 기다리고 있었습니다. 그들이 하는 말은 이랬습니다. ‘그러게 우리가 예전부터 말리지 않았나. 심각한 재앙을 초래했으니 어쩔 수 없이 널 폄적해야겠다.’”

국사는 계속해서 말했다.

“그러자 전하께서 아주 어리석은 질문을 하셨습니다. ‘당신들은 왜 날 도와주지 않았지?’ 남들이 왜 그분을 거저 돕겠습니까? 게다가 그분이 오용국 백성을 구하는 막대한 천겁을 넘긴다면, 그대로 천계에서 무적이 되지 않겠습니까? 그러니 정말 어리석은 질문이라 할 수밖에요. 생각해 보면 전하께서도 이 사실을 아시면서 굳이 물으셨던 것 같습니다. 물론 대답해 주는 이는 없었고, 그렇게 태자 전하께선 폄적되셨습니다. 인간계로 떨어진 그분은 더 이상 신도, 태자도 아니었습니다. 저희는 그분을 따르며 전하께선 분명 다시 등선하실 수 있다고 타일렀습니다. 그래서 그분은 다시 수행을 시작하셨지요. 하지만 잘 풀리지 않았어요. 전하도 잘 아시겠지만요."

물론 잘 안다.

높은 곳에 서 있을수록 호되게 추락하는 법이다. 선경에서 인간계로 떨어진 그를 반기는 것은 끝없는 무관심과 악의였다.

국사가 다시 말했다.

"화산은 폭발을 멈추지 않았고 오용국은 유례없는 비극에 빠졌습니다. 난민, 반군, 침입자가 쏟아지면서 모두가 발을 동동 굴렀습니다. 거기에다 태자 전하는 예전만 못하니 대번에 안면을 바꾸어 버렸지요. 그런데도 태자 전하께선 사람들을 도우려 하셨습니다. 하지만 하필 그때, 또 한 가지 일이 터졌습니다. 다른 신관들이 은혜를 베풀기 시작한 겁니다. 신관들은 화산 폭발을 막고 싶은 마음은 없으면서도 약초나 식량을 보태 주는 식으로 소소한 은혜를 베풀었습니다. 이때 태자 전하는 폄적된 몸이라 그 신관들보다 능력이 뒤처질 수밖에 없었지요. 신도들은 갑자기 살길이라도 얻은 것처럼 한층 빠르게 빠져나갔습니다. 사실 애초에 얼마 남지도 않았었지만요. 전하의 몫이었던 찬양과 신앙심은 다른 신관에게로 꼼짝없이 넘어갔습니다. 그분에게 남은 거라곤 원망과 증오뿐이었어요."

국사는 눈을 내리감았다.

"저희는 그때, 너무나 억울했습니다. 그 신관들이 해 봤자 뭘 더 했습니까. 재앙이 가라앉은 뒤에 나타나 시늉만 했지요. 태자 전하야말로 가장 많은 것을 희생하셨습니다. 그분은 온 힘을 다 쏟으셨어요. 게다가 성공을 눈앞에 두고 있었고요! 그런데 왜 마지막엔 전하만 나락으로 떨어졌단 말입니까? 왜 가장 많이 희생한 사람을 무시하고 시늉만 낸 사람에게 감지덕지하는데요? 그날을 기점으로 제 생각도 서서히 바뀌었습니다. 이젠 그런 생각이 들더군요. 만약 태자 전하께서 처음부터 예지몽을 외면했다면, '이건 천명이니 신도 어쩔 도리가 없다'는 마음으로 수수방관했다면, 화산이 폭발하고 나서야 다른 신관들처럼 마지못해 은혜를 베풀었다면, 그랬다면 사람들은 분명 눈물 콧물을 흘리며 감사했을 거라고요."

화성이 냉담하게 끼어들었다.

"그때 가서야 깨달았다? 처음부터 알았어야지. 살 한 점 떼어 주면 처음에는 고마워할 줄 알지. 하지만 떼어 주면 줄수록 더 많은 살점을 원하게 돼. 마지막에는 백골만 남을 때까지 살점을 떼어 줘도 만족을 못 하고."

국사가 말했다.

"물론 저는 그분께 이런 생각을 말하지 못했습니다. 전하께선 갈수록 말수가 적어지셨어요. 혹시 나와 같은 생각을 하고 계시진 않을까, 그분의 심사를 짐작할 수가 없었지요. 시간이 흘렀어도 화산은 간간이 용암을 내뿜었습니다. 오용국은 오래도록 공포 속에서 헤어나지 못했습니다. 언제 화산이 멈추고 이 악몽이 끝날지 아무도 알 수 없었지요. 그러던 어느 날, 태자 전하께서 갑자기 화산을 멈출 방법을 찾았다 하셨습니다. 하지만 그 방법을 듣고 나서 저희는 크게 싸우고 말았지요."

화성이 말했다.

"산 사람을 제물로 바치자는 거였겠지."

"맞습니다. 전하께서 악랄한 백성들을 골라 뒀다고 하시더군요. 이 악인들을 제물로 삼아 동로에 던져 넣으면 동로의 분노를 잠재울 수 있다는 말씀이었습니다. 저희 네 사람은 구체적인 생각은 저마다 달랐으나 결론적으론 반대했습니다. 그런 일은 절대로 못 한다고요. 과거 전하께선 남을 희생해 살길을 도모하면 안 된다는 생각으로 타국 점령을 반대하셨습니다. 그런데 지금 사람을 동로에 제물로 바치면 과거와 뭐가 다르겠습니까? 심지어 방식도 더 비열하고요. 유난히 격하게 반대하던 동료는 태자 전하와 언쟁을 벌이기 시작했습니다."

국사의 말이 이어졌다.

"싸움은 격렬하게 번졌고, 주먹까지 오갔습니다. 저도 반대하긴 마찬가지였지만, 그래도 남들의 공격보다 저희끼리 싸우는 게 더 견디기 힘들더군요. 저희 넷은 언제든 전하를 지지했던 사람들입니다. 당시 그분의 유일한 기둥이 바로 저희였어요. 하지만 그 순간만큼은 흥분한 나머지 주먹을 들었지요. 다른 동료는 태자 전하가 변했다고까지 했습니다. 전하가 본심을 잊었다고, 더 이상 예전의 그 태자 전하가 아니라고요. 실로 노골적인 말이라 들어 줄 수가 없더군요. 저희까지 전하의 반대편에 서서 그분을 손가락질하면 이제 세상에 그분 편은 아무도 없는 셈이었습니다. 그래서 결국 저는 반대하지 않기로 했습니다. 그냥 다시는 이런 일에 관여하지 말자, 천계든 인간계든 난민이든 아무래도 좋으니 더는 관여하지 말자, 그리 말했지요. 정말 너무 지쳤거든요. 하지만 아무도 제 말을 듣지 않았습니다. 그렇게 한바탕 싸움이 끝나고, 저를 제외한 나머지 세 사람이 떠났습니다."

사련은 마땅히 할 말을 찾지 못하고 고개를 내저었다. 다만 이런 때에 수하들이 떠나가다니, 그야말로 엎친 데 덮친 격이었을 터다.

국사가 다시 입을 열었다.

"남은 사람은 저 하나뿐이었습니다. 태자 전하께선 별말씀 없이 너는 떠나지 않는 것이냐, 하고 물으시더군요. 그리 묻는 전하의 표정을 본 순간, 저는 진심으로 생각했습니다. 설령 그분이 정말 동로에 제물을 바친다 해도 이해할 수 있다고. 그래서 전 대답했습니다. '전하, 전 떠나지 않을 겁니다.' 태자 전하께서는 여전히 별말씀 없으셨습니다. 그분은 사람을 제물로 바치려던 계획을 거두고 대신 동로 근처에 제단을 세우자 하셨습니다. 저도 그분과 함께 날마다 유랑민들이 던지는 욕과 돌을 맞으며 화산의 분노를 잠재우기 위해 수련에 정진했습니다. 전 이번 일이 이렇게 넘어갈 줄 알았습니다. 그런데 어느 날 충격적인 사실을 알게 됐습니다."

여기까지 말한 국사의 낯빛이 무섭게 변했다. 마치 그 끔찍한 과거를 다시 눈앞에 마주한 듯한 표정이었다. 사련의 심장도 마치 형태 없는 손에 붙잡힌 듯 조여들었다.

"그게 뭐죠?"

"그분이…… 갑자기 얼굴을 가리기 시작하셨습니다."

"……."

"전하께선 한 번도 그 수려한 용모를 가리신 적이 없었습니다. 얼굴에 상처 하나 난 적도 없었고요. 이런 전하의 모습은 처음이라 도통 이해가 가지 않았습니다. 왜 얼굴을 가리셨냐고 여쭈었더니 어쩌다 화상을 입으셨다 하시더군요. 어디서 그리 다치셨는지 알 수가 없었습니다. 그분은 상처를 숨기고 혼자서 약초를 바르시더니 은밀하게 종적을 감추기도 하셨습니다. 참 수상한 일이었지만, 그때 굉장히 기쁜 일이 일어나는 바람에 정신이 다른 곳에 팔리고 말았습니다. 화산이 갑자기 멈췄거든요. 동로가 고요를 되찾고 서서히 가라앉으면서 화산은 한동안 폭발하지 않았습니다. 천계에서 자신들을 도우려 했던 신은 태자 전하가 유일했으니, 오용인들은 그분이 화산을 잠재운 줄 알고 조금씩 그분을 다시 숭배하기 시작했습니다. 태자 전하의 수행도 갈수록 순조롭게 나아갔고요. 적어도 그분에게 욕을 하거나 돌을 던지는 사람은 없었습니다. 사람들도 차츰 미소를 보여 주었지요."

국사는 이야기를 이어 갔다.

"그런데 자꾸만 어딘가 이상한 느낌이 들더군요. 의문스러운 점이 한두 가지가 아니었습니다. 그 세 친구는, 성격은 제각각이지만 적어도 정말로 연을 끊고 돌아설 사람들은 아니었거든요. 진심으로 태자 전하께 화가 났을지언정 저에게까지 등을 돌리고 소식을 끊을 리가 없었습니다. 가장 이상한 점은 역시 태자 전하의 얼굴이었습니다. 그분은 계속 무언가로 얼굴을 가리셨어요. 넝마, 삿갓부터 시작해서 나중에는 온종일 가면을 쓰고 다니셨습니다. 사실 이 사람이 태자 전하가 아니라 다른 이가 전하를 연기하는 게 아닐까, 가끔은 그런 의심까지 들었습니다. 전하의 말투와 행동, 나아가 성격까지 모조리 바뀌었거든요. 온화하고 친절하시다가도 갑자기 벼락같이 화를 내시더군요. 한 번은 혼자 방에 계시다가 모든 거울을 깨부수기도 했습니다. 어디서 흐른 피인지는 몰라도 온 바닥이 피바다였지요. 더 무서운 점은 자꾸만 이상한 소리가 들린다는 것이었습니다."

사련이 물었다.

"어떤 소리요?"

"이따금 한밤중에 태자 전하의 방에서 사람 목소리가 들렸습니다. 몇몇 사람이 작은 소리로 싸우는 것 같은 소리였어요. 하지만 방 안에 들어가 보면 전하만 계셨습니다. 그런 일이 몇 번 있고 나서는, 전하께선 제게 방에 들어오지 말라 하셨습니다. 그러던 어느 날 밤, 또 그 이상한 소리가 들렸습니다. 게다가 이번에는 아무래도 제 친구들의 목소리 같았습니다. 정말이지 참을 수가 없었습니다. 설마 그 친구들이 몰래 돌아왔나? 뭐 하러 날 속이지? 그런 생각이 들더군요. 그래서 저는 자리에서 일어나 태자 전하의 방으로 달려갔습니다. 희한하게도 방에는 아무도 없었습니다. 전하 한 분만 가면도 벗지 않은 채로 침상에 누워 계셨어요. 다시 가만히 들어 보니, 그 목소리는 태자 전하 쪽에서 나는 것 같았습니다. 정확히 말하면, 가면 안쪽에서 들려오는 소리였습니다."

잠시 말을 고른 그는 이야기를 이어 갔다.

"저는 천천히 침상 옆으로 걸어갔습니다. 가까이 갈수록 가면 안쪽에서 들려오는 소리가 맞는다는 확신이 들더군요. 설마 전하께서 잠꼬대를 하시나? 옛 벗이 너무 그리웠던 나머지 꿈속에서 그들의 목소리를 흉내 내시는 건가? 한참을 망설였지만 그동안에도 전하는 미동조차 없으셨습니다. 저는 그분이 주무신다 생각하고 조심스럽게 가면을 벗겼습니다. 그러자 무언가가 보였습니다."

국사의 눈빛 속에 숨길 수 없는 두려움이 내비쳤다.

"제 친구들이 보이더군요. 그 목소리는 태자 전하가 아닌 친구들의 것이었습니다. 긁힌 상처로 너저분한 전하의 얼굴은 살갗이 뭉그러지고 피가 반쯤 말라붙어 있었습니다. 게다가 언제 자라났는지 모를 얼굴 세 개가 입을 뻐끔거리고 있었습니다.

바로 제 친구들의 얼굴이었어요!"

사련은 등골이 오싹해졌다.

"태자가…… 자신을 떠난 세 호위를, 동로에 던져 넣었던 건가요?"

마치 그 장면이 가져다준 막연한 공포에 빠져든 것처럼, 국사는 대답하는 것도 잊고 이야기를 이어 갔다.

"그 얼굴은 오랫동안 빛을 보지 않은 것 같았습니다. 밤을 비추는 달빛도 견디지 못했지요. 그런데 갑자기 가면을 벗기니 놀랐는지 다들 실눈을 뜨면서 입을 다물었습니다. 그러다 제 얼굴을 보더니 갑자기…… 제 이름을 부르기 시작했습니다. 전 놀라서 그대로 굳었습니다. 앞서 말씀드렸었지요. 저는 수만 백성이 하늘에서 떨어져 불바다에 휩싸이는 것보다 더 끔찍한 장면은 본 적이 없었습니다. 하지만 그때 눈앞에 펼쳐진 그 장면은, 앞선 그날보다 천만 배는 더 끔찍했습니다. 가면을 들고 있는 손이 벌벌 떨리더군요. 몸이 굳어 버리지 않았다면 가면을 떨어뜨리는 바람에 전하를 깨웠을지도 모릅니다. 그 세 얼굴은 절박하게 뭔가 말하고 싶은 건지 입을 마구 빼끔거렸습니다. 그러면서도 목소리는 작게 억눌렀습니다. 마치 전하를 깨우지 않으려고 조심하는 것처럼요."

잠깐의 침묵 뒤 국사의 목소리가 이어졌다.

"저는 그 모습에 속이 메스껍고 무서웠지만, 무슨 말을 하려는 것인지 궁금해서 몸을 숙이고 조용히 전하의 얼굴 쪽으로 다가갔습니다. 거리가 가까워지니 짙은 약초 냄새와 숨길 수 없는 피비린내, 썩은 내가 나더군요. 그제야 그들의 말이 들렸습니다. 전하께서 제정신이 아니니 어서 도망치라고. 알고 보니 전하를 떠났던 세 사람은 불안한 마음에 다시 전하를 찾아갔다고 합니다. 그런데 마침 수많은 사람들을 거느리고 동로 쪽으로 향하던 전하를 마주쳤지요. 제 친구들은 그제야 깨달았습니다. 애당초 전하께선 사람을 제물로 바치는 방법을 포기하지 않으셨던 겁니다. 놀란 친구들은 전하를 막으려다 마찰을 일으켰습니다. 그런데 예상치 못한 일이 벌어졌습니다. 전하께서 단칼에 그들을 죽이고, 데리고 있던 나머지 수백 명과 함께 동로에 던져 넣으신 겁니다. 다른 백성들은 당연히 들어가자마자 잿더미가 되었지만, 경지도 높고 전하께 죽임까지 당해 원념과 미련이 강했던 제 친구들은 이런 놀라운 방식으로 전하의 몸에 달라붙었습니다. 게다가 매일 새된 목소리로 재잘거리면서 그분의 일거수일투족을 방해했고요."

그가 다시 말을 덧붙였다.

"이야기를 듣고 있자니 무섭고 황당해서 어쩔 줄 모르겠더군요. 무섭다니? 이 태자 전하가 더 무서운지, 그분의 얼굴에 자란 세 얼굴이 더 무서운지 모를 노릇이었습니다. 그런데 이때, 누군가의 손이 제 머리를 짚는 느낌이 들었습니다. 저는 섬뜩한 기분으로 천천히 고개를 들고 태자 전하를 바라보았습니다. 알고 보니 전하께서 어느새 깨어나셨더군요. 그분과 세 얼굴, 도합 네 쌍의 눈이 저를 바라보고 있었습니다. 그 세 얼굴은 저보다도 더 표정이 일그러졌습니다. 그 탓에 전하의 얼굴에 난 상처가 찢어지면서 피가 흠뻑 흘렀지요. 그분은 저를 오래도록 응시하다 한숨을 내쉬며 말씀하셨습니다. 내가 들어오지 말라고 했을 텐데, 하고요. 그동안 수상하게만 여겨졌던 그 모든 일이 단숨에 이해됐습니다. 전하께선 자신의 얼굴에 자라난 세 얼굴을 받아들일 수 없었고, 사람도 귀신도 아닌 거울 속 자신의 모습도 인정하고 싶지 않아서 모든 거울을 깨부쉈던 겁니다. 피는 자신의 얼굴을 칼로 난도질해서 흘린 것이었고, 썩은 냄새는 상처가 덧나면서 풍긴 것이었습니다. 아무리 찌르고 긁어내도 얼굴은 다시 자라났을 테고요."

국사는 얼굴을 반쯤 감싸 쥐었다. 그의 동공이 날카롭게 조여들었다.

"전…… 침상 옆에 꿇어앉고 말았습니다. 태자 전하께선 천천히 일어나 앉으시더니 이리 말씀하셨습니다. '겁내지 마라. 세 사람이 이렇게 변한 것은 날 배신했기 때문이다. 날 배신하지만 않는다면 나도 예전처럼 너를 대하마. 너는 이대로 나의 가장 충성스러운 수하일 뿐, 아무것도 변하지 않을 것이다.' 한데 어떻게 겁내지 않을 수 있겠습니까? 그리고 아무것도 변하지 않는다니요? 이미 모든 게 변해 버렸는데!"

국사는 말을 이었다.

"태자 전하께선 몹시 총명한 분이셨습니다. 예전에는 생전 남의 눈치를 보지 않으셨지만 폄적된 뒤로는 눈치 보는 법을 익히셨지요. 그분은 제 생각을 읽고 유유히 말씀하셨습니다. '너도 떠날 생각이로구나.' 사실 저도 단언하기 어려웠습니다. 그분이 '악한 백성'을 동로에 바쳤다면 모른 척해 드릴 수 있었을 겁니다. 말씀드렸듯이 진심으로 전하의 심정을 이해했으니까요. 하지만 그분은 긴 세월을 알아 온 동료까지 죽여 동로에 내던졌습니다. 서로 의지하며 살았던 동료를요! 그건 정말이지…… 이성을 잃은 수준이었습니다. 전…… 납득할 수가 없었어요. 전하는 계속해서 혼잣말을 하시더군요. '괜찮다, 그럴 줄 알았다. 내가 이렇게 변했으니 누가 곁에 남겠느냐. 혼자라도 괜찮다. 난 애초에 늘 혼자였으니까! 다른 사람 따위 필요 없어!' 그분은 표정을 사납게 일그러뜨리더니 한 손으로 제 목을 졸랐습니다. 그러곤 무섭게 절 노려보시며 같은 말을 되풀이하셨습니다. 혼자라도 괜찮아, 혼자라도 괜찮아, 혼자라도 괜찮아, 혼자라도 괜찮아, 혼자라도 괜찮아, 혼자라도 괜찮아, 다른 사람 따위 필요 없어, 다른 사람 따위 필요 없어, 다른 사람 따위 필요 없어……."

다시 이야기가 이어졌다.

"전하의 힘으로 절 죽이려 마음먹었다면 저는 소리도 못 내고 단숨에 목이 부러져 죽었을 겁니다. 하지만 그분은 당장 저를 죽이지 않았어요. 그리고 전하께서 이성을 잃자, 세 친구도 무슨 일이라도 당한 것처럼 전하의 얼굴에서 아우성치기 시작했습니다. 그 난리에 전하도 저도 비명을 질렀지요. 우리 다섯 사람은 실성한 것처럼 난장판을 벌였습니다. 전하께선 한 손으로 머리를 부여잡고 다른 손으로는 제 목을 단단히 조였습니다. 눈앞이 새카매졌습니다. 더는 못 버틸 것 같더군요. 바로 그때…… 전하의 베개 밑으로 무언가가 보였습니다. 베개 밑에는 전하께서 베고 자는 검이 있었습니다. 이 역시 전하께서 폄적된 이후에 생긴 습관이었지요. 저는 그 검을 낚아채 뽑았습니다. 검날이 번뜩이자, 전하께서 웃음을 터트리시더니 혈안이 된 눈으로 말씀하셨습니다. '너도 날 죽일 셈이냐? 그래! 어서 찔러라! 심장을 찔러! 너라고 두려울 것 같더냐! 과연 마지막에 어느 쪽이 죽을지 보자꾸나! 너희들일지, 나일지!' 저는 물론 전하를 찌르지 않았습니다. 대신 그 검을 그분의 앞에 내밀며 고함쳤지요. '전하! 전하! 정신 차리십시오! 지금 전하의 모습을 보세요! 지금 전하께서 어떤 모습인지 보이십니까?' 그분은 모든 거울을 깨부숴서 자신의 얼굴을 본 지가 오래된 참이었습니다. 희고 눈부신 검이 나타나자 그분도 자신의 얼굴을 보게 되었습니다."

국사는 말을 이어 갔다.

"그분은 거울 속 자신의 모습을 보고 얼어붙었습니다. 제 목을 조르는 손은 여전히 억셌습니다. 하지만 얼마나 시간이 흘렀을까요. 검을 들여다보던 전하께서 문득 눈물을 흘리셨습니다. 그 눈물을 본 순간 저도 울음이 터졌습니다. 거울 속에 비친 모습이 어찌나 추하던지요. 내가 봐도 속이 메스꺼운데 난 왜 전하께 그 모습을 보여 드렸을까? 왜 추악한 괴물로 변한 그 모습을 보여 드렸을까? 그리 생각한 저는 견디지 못하고 검을 바닥에 떨어뜨렸습니다. 끝내 태자 전하께선 저를 세차게 내던지셨습니다. 저더러 꺼지라 말씀하시면서요. 그렇게 저는 그 길로 허겁지겁 도망쳤습니다."

여기까지 들은 사련은 조마조마하던 마음을 겨우 내려놓았다.

국사도 손을 아래로 늘어뜨리며 말을 이었다.

"저는 오용국 바깥 먼 곳까지 도망쳤습니다. 그러고 머지않아 동로산이 다시 한번 폭발했습니다. 이번에는 오용국 전체가 파묻혔습니다. 운이 좋아서 살아남은 사람은 없었지요. 이렇게 한 나라가 송두리째 사라지고 말았습니다. 이 화를 피한 이후로 두 번 다시 태자 전하의 소식은 들리지 않았습니다. 아무래도 오용국과 함께 파묻힌 것 같았습니다. 저는 천계에도 올라보고 수련도 했던 터라 제법 수완이 좋았습니다. 덕분에 몸을 유지한 상태로 인간계를 정처 없이 떠돌았지요. 소년 시절부터 태자 전하를 모셨는데, 이제는 그분을 모실 필요가 없으니 오히려 뭘 해야 할지 모르겠더군요. 전하는 사라지셨고, 제 친구들은 죽었습니다. 그래서 저는 빈 껍데기 인형을 만들고 친구들의 말투를 불어넣어 한담을 나누었습니다. 가끔은 패 놀음도 했고요."

'빈 껍데기 인형'이라는 말에 사련의 표정이 어렴풋이 굳었다. 국사가 말을 이었다.

"나중에 법술 실력이 늘면서는 친구들의 기량까지 인형 속에 불어넣었습니다."

사련이 나직하게 물었다.

"그게 바로 나머지 국사 세 분인가요?"

어쩐지, 나머지 세 국사가 어딘가 수상하더라니. 그들은 혼자 움직이는 법이 없었고 사련과 단둘이서 대화를 나누지도 않았다. 알고 보니 국사와 떨어지는 순간 정체가 들통날 빈 껍데기 인형이었던 것이다. 국사가 대답했다.

"그렇습니다. 그러니 전하께선 제 친구들의 제자라고 말할 수도 있겠군요. 제가 친구들 본인이 아니었던 게 아쉽네요. 그 친구들의 본 실력을 인형들에게 불어넣었다면 전하께서 더 많은 것을 배우실 수 있었을 겁니다. 참고로 저와 긴 시간을 함께 지낸 그 인형들은 나중에 백무상이 없애 버렸습니다."

국사의 이야기가 거듭 시작됐다.

"그렇게 다시 이백 년이 흐르면서 천계는 세대교체를 이루었습니다. 기존의 신관들은 전부 추락하고 차츰 새로운 신관들이 자리를 차지했습니다. 물론 저와는 상관없는 일이었지요. 저는 죽을 날만 기다리며 되는대로 먹고살았습니다. 불길한 형혹성이 뜬 어느 날, 한 나라에서 태자 전하가 태어나기 전까지는요. 그게 바로 전하십니다. 선락국의 태자 전하."

드디어 차례가 왔다. 사련은 다리 위에 올려 둔 손을 가볍게 주먹 쥐었다.

국사는 가부좌를 틀고 앉아 팔짱을 낀 채로 말했다.

“저는 참 공교로운 인연이라고 생각했습니다. 물론 그 시기는 오용국이 멸망한 지 한참도 지난 뒤였어요. 수백 년 세월에 고작 한 번 일어난 일을 인연이라고 할 수는 없겠지요. 그런데도 저는 저조차 모를 기대를 품고, 대충 새로운 이름을 하나 지은 다음 선락 국사 자리에 앉았습니다.”

사련은 속으로 생각했다.

‘어쩐지 대충 지은 이름 같더라…….’

국사는 말을 이어 갔다.

“선락국을 무시할 의도는 아닙니다만, 선락국 국사로 들어가기란 제게 식은 죽 먹기보다 쉬운 일이었습니다. 그보다는 수염 없는 것들은 미덥지 못하다는 통념이 문제였지요. 본디 경험도 기량도 부족한 젊은이는 쉬이 무시당하는 법입니다. 지금 이 얼굴로 국사 자리에 응시했다간 낙제할지도 모르니 스무 살은 더 먹은 얼굴로 모습을 바꾸었습니다. 예상대로 저는 금세 국사가 되었습니다. 국사가 되고 나서는 천계 신관들과 직접 말을 섞어야 했지요. 그렇게 저는 군오를 만났습니다. 군오의 용모는 제가 아는 그 태자 전하와 전혀 달랐습니다. 그러나 너무도 익숙한 사이이다 보니 몇 번의 대화만으로도 의심이 들더군요. 물론 그래 봐야 의심일 뿐이었지만요. 거기에다 아무리 의심스럽다 한들 솔직히 묻고 싶지도 않았습니다. 그분은 전혀 다른 사람이 되어 있더군요. 얼굴에 자라난 인면도 사라지고 없었어요. 이제 친구들의 원념이 흩어졌구나, 싶었습니다. 기왕 그렇다면 옛일을 다시 들춰 이 평화를 깨뜨릴 필요는 없다고 생각했습니다. 몰라본 척해도 나쁘지 않겠다고요."

사련이 입을 열었다.

"저였어도 그렇게 했을 겁니다."

"하지만 결국 끝까지 서로를 외면하지는 못했습니다. 왜냐면, 전하가 나타났거든요. 전하께선 제가 왜 전하께 기대를 품었는지 짐작이 가시겠지요. 전하는 그분을 많이 닮으셨습니다. 그래서 저는 전하가 그분이 원했던 사람, 혹은 신이 되기를 바랐습니다. 그분이 실패한 일을 해내시길 바랐습니다. 전하만의 완벽함으로 저와 그분의 아쉬움을 채워 주시길 바랐습니다."

그러자 화성이 싸늘하게 말했다.

"처음부터 잘못 생각했군. 조금도 닮지 않았어."

국사는 그를 흘긋 쳐다보고 입을 열었다.

"물론 지금이라면 그리 말해도 좋겠지요. 하지만 예전에는 정말 비슷하셨습니다. 그것도 아주 무서울 정도로."

그는 다시 사련을 돌아보며 말을 이었다.

"'태자열신', 뭇 신들을 감동케 했던 그날, 전하께선 성루에서 떨어진 아이를 구하셨지요. 저는 그 일이 썩 달갑지 않았습니다. 제전이 중단된 것도 그랬지만, 그보다도 너무 눈에 띄었거든요. 그 바람에 군오는 전하께 관심을 두기 시작했습니다. 군오는 제게 전하 얘기를 꺼냈습니다. 전하를 어찌나 총애하던지, 대화를 나눌 때마다 마음 한구석이 불편했습니다. 그래도 군오가 진심으로 전하를 아낀다는 게 눈에 보이더군요. 마음에 드는 후계자를 발견해 기쁜 기색이 역력했습니다. 심지어는 전하를 지명해 선경에 올리려 했어요. 그때마다 제가 온갖 이유를 대며 기각했지만요."

사련도 군오의 태도가 모두 거짓이었다고 믿고 싶지는 않았다. 하지만 국사의 말을 들으니 마음이 이루 말할 수 없이 복잡했다.

국사가 말을 이었다.

"그리고 일념교에서의 그날."

일념교라는 세 글자에 사련은 정신을 차렸다. 국사가 물었다.

"일념교에서 만났던 그 귀신, 기억하십니까?"

사련은 가라앉은 목소리로 대답했다.

"물론 기억합니다. 제가 등선하게 된 계기였으니까요."

"전하께서 그 귀신을 만났을 때 저는 미묘한 기분이 들었습니다. 황야의 무너진 다리 위에서 작간을 부리는 귀신. 몸에 걸친 부서진 갑옷. 발밑에 끌고 다니는 업화의 불꽃. 온갖 무기와 화살에 맞아 피투성이가 된 몸. 피와 불꽃의 발자취를 남기는 걸음. 전하께 물었던 그 세 가지 질문까지. 하나같이 너무나 거슬리고 불안했습니다. 하지만 이상한 점이 정확히 뭔지는 저도 잘 몰랐습니다. 게다가 일념교의 귀신을 무너뜨린 뒤로 전하께서 바로 등선하셨으니 의문을 풀 틈이 없었지요. 다행히 전하께서 등선하시고도 군오의 태도는 한결같이 좋았습니다. 변함없이 전하를 총애하고 아끼는 모습에 저도 괜한 생각 말자고 스스로 다짐했습니다. 그러다 선락국에 가뭄이 들고 영안 지역에 민란이 일어났습니다. 그리고 그 존재가 나타났지요. 백무상."

사련은 숨을 죽이고 귀를 기울였다. 국사가 말을 이었다.

"처음에는 백무상의 정체를 몰랐다고 말씀드렸었지요. 나중에 인면역이 발발했을 때도 의심에 그쳤습니다. 사실 원령이 인간의 몸에 기생하는 건 흔한 일이잖습니까. 이렇게 대규모로 번진 적이 없었을 뿐이지요. 거기에다 저는 천지신명을 부정적으로 보는 사람이라 처음에는 그리 생각했습니다. 어쩌면 백무상은 전하를 벌하려는 하늘의 뜻에서 태어났을지도 모른다고요. 하지만 전하가 그 존재와 자주 마주칠수록 인면역은 기승을 부렸고, 이런저런 일이 겹치면서 자꾸만 최악의 가능성을 떠올리게 되더군요."

사련이 물었다.

"이런저런 일? 구체적으로 어떤 일이요? 예를 들면?"

"선락 황성 성문 앞에서 떨어져 죽었던 그 세 식구."

사련은 숨이 턱 막혔다.

"그게…… 왜……?"

"나중에 세 사람의 시신을 확인해 보았습니다만, 그건 사람이 아니라 빈 껍데기였습니다."

"하지만 속이 빈 껍데기는 내장이 없고 피도 흘리지 않잖아요?"

"내장 같은 건 없어도 됩니다. 그 높은 곳에서 떨어지면 내장은 죄 터져 버리니, 껍데기 안에 물러진 고깃덩어리와 피만 채워 넣으면 그만이지요. 제 친구들 중에 이런 기이한 물건에 능한 친구가 있었습니다. 빈 껍데기 인형을 최초로 만들어 낸 사람도 바로 그 친구였어요. 당시 그 친구는 저희에게만 제작 방법을 알려 줬습니다. 그리고 선락국 시기에는 빈 껍데기 인형을 제작하는 방법이 널리 알려지지 않았어요. 친구들이 모두 죽은 그 시기에, 그토록 생생한 빈 껍데기를 만들 수 있는 사람. 저를 제외하면 과연 누가 남겠습니까?"

사련은 고개를 숙인 채 동공을 날카롭게 좁혔다.

황성 앞에서 추락사한 그 일가족은 전쟁의 불길을 일으키는 계기가 되었다. 그러나 그 목숨은 가짜였다. 전부 함정이었다.

"그럼 어째서…… 그때 제게 알리지 않으셨습니까?"

"엄두가 나질 않았습니다. 그게 사실이라면 당시 전하의 성격에 직접 부딪치려 들지 않겠습니까? 그건 선락국을 구하기는커녕 멸망으로 몰아넣을 뿐입니다. 게다가 그 빈 껍데기가 아니었어도 언젠간……."

언젠간 다른 무언가가 전쟁에 불을 붙일 것이다. 선락 황성에서 자취를 감추었던 그 영안국 앞잡이처럼.

"이후 전하께선 패하시고, 선락국도 패했습니다. 참다못한 저는 우선 황극관 제자들을 모두 돌려보내고 신무전에 들어 군오에게 강림해 달라 청했습니다. 그리고 나서는 그 자리에서 군오의 정체를 폭로했지요."

바로 군오가 말했던, 팔백 년 전에 국사와 만났다는 그 대목이었다. 국사는 말을 이어 갔다.

"저는 군오에게 많은 질문을 던졌습니다. 그자는 긍정도 부정도 하지 않았어요. 마지막에는 이리 물었습니다. '전하, 대체 목적이 뭡니까?' 그제야 겨우 대답이 돌아왔습니다. 전하를 가장 완벽한 후계자로 만들 생각이라고요. 세상에 자신을 오롯이 이해할 수 있는 사람은 전하뿐이라고. 성공만 한다면, 전하는 영원히 자기를 배신하지 않을 거라고. 그 말이 무슨 뜻인지 잘 알겠더군요. 격한 언쟁이 벌어지다 결국 또 주먹이 오갔습니다. 저는 군오를 건드릴 수 없었어요. 그랬다간 꼼짝없이 죽을 게 뻔했으니까요. 군오는 손가락 하나 까딱하지 않아도 절 짓눌러 죽일 인물이지 않습니까. 하지만 그때 그가 갑자기 표정을 무너뜨리더니 얼굴을 감쌌습니다. 흠칫 깨닫고 보니, 군오의 얼굴에 그 세 사람의 얼굴이 어른거리고 있지 뭡니까."

국사의 목소리가 이어졌다.

"그 얼굴은 애당초 사라진 게 아니었습니다. 법력으로 억누르고 있을 뿐이었지요. 그런데 군오의 감정이 흔들려서인지, 아니면 저 때문인지는 몰라도 다시 튀어나온 겁니다. 그렇게 제 친구들은 소란을 피웠고, 군오는 무서운 표정으로 두통에 시달려야 했습니다. 저는 그 틈에 도망쳤고요. 그렇게 또다시 인간계를 떠돌았습니다. 하물며 이번에는 숨어 다녀야만 했지요. 그러다 오용국은 지금 어떻게 됐을까, 그런 생각이 들어서 한번 돌아가 보기로 했습니다. 옛터를 찾아가고 나서는 또 놀라운 사실을 발견했습니다. 이유는 몰라도 오용국 옛터는 외부와 단절된 채로 봉인되어 있더군요. 저는 그곳을 한참 걷다가 제 친구들과 재회했습니다."

"로, 병, 사. 그 세 마리 산괴 말인가요?"

"그렇습니다. 세 사람의 몸을 집어삼킨 동로는 잿더미가 된 유골과 화산재를 뒤섞어 밖으로 뿜어냈고, 갈수록 높이 쌓인 화산재는 수백 년이 흐르며 거대한 산이 되었습니다. 세 사람의 영혼 일부가 바로 그 안에 깃들었고요. 저는 산괴로 변한 제 친구들과 대화를 나눌 방법을 찾으려고 아주 긴 시간을 들였습니다. 성공한 뒤에는 또다시 새로운 사실을 알게 됐습니다. 알고 보니 선대 신관들은 자연적으로 시대가 변하며 퇴락한 게 아니라, 하나하나 천천히 죽임당한 것이었습니다. 군오가…… 천계의 모두를 한 명도 빠짐없이 학살한 겁니다. 천계를 정리한 그는 인간계로 되돌아가 한동안 인내심을 가지고 기다렸습니다. 그러다 새로운 이름과 신분으로 탈바꿈해 '인간'의 몸으로 다시 '등선'했고요. 천계의 전임 신관들을 모조리 죽여 버렸으니 그의 정체를 아는 자가 없었습니다. 물론 예전의 모습도 알지 못했지요. 지금 인간계에 널리 알려진 '신무대제'의 출신, 전력, 일화, 용모, 성격까지…… 죄다 군오가 정교하게 지어낸 거짓에 불과해요."

그가 말을 덧붙였다.

"지금 이 선경은, 군오가 손수 지어 완벽히 통제하고 있는 새로운 천계입니다. 선대 신관들의 시신과 유골은 이 선경의 토대가 되는 흙 속에 뒤섞여 날마다 발아래에 짓밟혔습니다. 바로 지금 전하께서도 누군가의 뼛가루를 밟고 계실지도 모르겠군요."

"……."

국사는 계속해서 말했다.

"지금의 군오는 천계의 제일 무신입니다. 겉으로 보기엔 한없이 찬란하지요. 하지만 속내에는 아득한 어둠이 억눌려 있습니다. 원념, 고통, 분노, 한…… 이런 감정을 어떻게든 내보내야 했습니다. 그래야만 살생을 참고 균형을 유지하며 제일 무신 자리에 앉아 삼계를 다스릴 수 있었으니까요. 과거 오용국은 지옥으로 변한 지 오래였고, 군오 덕분에 수많은 인간과 신관에 가까운 세 인물을 삼킨 동로는 군오를 주인으로 섬겼습니다. 군오는 내면에 억누른 감정을 동로에 주기적으로 내보냈습니다. 그러곤 오용인들의 수만 망령으로 업화의 불길을 일으켜 사악한 존재를 수도 없이 만들어 냈습니다."

사련이 물었다.

"그 사악한 존재들은 '절'과 다른가요?"

"다릅니다. '절'은 비교적 나중에 나온 존재입니다. 군오가…… 새로운 방식을 찾았거든요."

"새로운 방식이라니요?"

"'질'과 '양'의 차이입니다."

국사는 이번에도 화성을 흘긋 쳐다보았다.

"두 분도 잘 아실 겁니다, '절'은 백 년에 한 번, 심지어는 수백 년에 한 번 태어나는 존재입니다. 그때마다 한 명만 태어나니 몹시 희귀하고 태어나는 과정도 지극히 어렵습니다. 게다가 '절'은 그 자체로 독립적인 존재입니다. 동로는 그들의 폭발을 자극하는 환경을 제공할 뿐이지요. '절'이 될 만한 자는 어디서든, 얼마가 걸리든 '절'이 될 수 있습니다. 실제로 '절'이라는 말은 '절세'나 '절정'에서 따온 겁니다. 동로가 만들어 냈느냐, 그 여부와는 큰 관계가 없어요. 다만 동로의 제련을 견뎠으니 그렇게 받아들여도 되겠지요. 애초에 견딜 수 있는 자가 몇 없으니까요. 지금까지도 고작 셋에 그쳤잖습니까?"

사련은 곁에 앉은 화성을 곁눈질했다. 마침 화성도 그를 바라보고 있었다. 사련은 화성이 왜 자신을 바라보는지 모르면서도 싱긋 웃어 보였다.

국사가 말을 이었다.

"다만 동로 초기에는 이렇지 않았습니다. 예전에는 수년에 한 번씩 몇백 마리가 줄줄이 쏟아지곤 했지요. 아마 당시 군오의 감정이 불안정해서 그랬겠지요. 그렇게 군오의 한과 원념이 엉겨 만들어진 괴물이 태어났습니다. 개중에는 두 분도 익히 들어 보았을 만한 요괴도 있습니다. 이를테면 백화진선이라든지요."

"백화진선도 동로에서 태어났다고요?"

"그렇습니다. 개중에 자의식을 지닌 괴물은 군오의 곁을 떠났습니다. 그렇지 못한 것들은 군오의 분신이 되었고요. 자의식을 지닌 백화진선은 동로를 빠져나간 뒤로 자신의 분신을 여럿 만들어 냈습니다. 좌우간 제 친구들은 이 괴물들이 빠져나가지 못하게 오용국 경내를 지켰고, 저는 바깥에서 이 괴물들을 찾아다니며 뒷수습을 했습니다."

그러고 보면 국사는 지난번 사청현을 마주치면서 의미심장한 반응을 보였었다. 여기에 생각이 미친 사련이 물었다.

"스승님! 풍사 대인…… 사청현의 운수를 점쳐 주고 사씨 가문에 경사를 치르지 말라고 충고했던 그 점쟁이가, 설마 스승님이셨어요?"

"말도 마십시오. 전하의 스승인 제가 아니면 어떤 점쟁이가 그리 신통하겠습니까? 그렇게 한가로운 점쟁이가 어디 있어요? 죽 한 그릇에 점을 봐 주게?"

"……."

"원래 백화진선은 당시 나이가 어렸던 사무도를 잡아먹을 작정이었습니다. 그런데 사무도라는 놈이 어찌나 지독한지 어린 나이인데도 두려움이 없고 목숨도 질겨, 한입 물자마자 이빨이 다 으스러질 뻔했지요. 해서 어쩔 수 없이 평범하게 호강할 상이었던 동생에게로 발길을 돌렸습니다. 물론 끝내 잡아먹지는 못했지만, 두 형제를 내내 불안에 떨게 했고 선경에 오를 운명까지 망가뜨렸으니 본전은 건진 셈이지요. 놈을 죽이지 못해 마음이 영 시원치가 않군요."

화성이 말했다.

"놈이라면 이미 죽었다."

"하현에게 잡아먹혔다지요? 얘기는 들었습니다. 당시 저는 사씨 집안 형제들이 무사해질 때까지 지켜볼 생각이었습니다만, 곧 동로가 열릴 시기라 여유가 없어 우선 동로 쪽으로 돌아갔습니다. 그리 돌아가고 나서는 일이 엉망으로 변해 버렸지요. 사무도가 헛된 사심을 품고 수습 못 할 사고를 저지른 겁니다. 어찌나 골치가 아프던지, 수습하고 싶어도 수습할 길이 없더군요."

확실히, 정말 수습할 길이 없는 사건이었다. 국사가 거듭 말했다.

"하지만 정작 백화진선은 그리 대단한 놈이 아닙니다. 나가서 행패를 부리는 것을 좋아할 뿐이지, 엄밀히 말하면 손에도 못 꼽는 불량품에 가까워요. 그리고 또 다른 예로는……."

사련은 나직한 목소리로 말을 받았다.

"혹시…… 일념교에서 전사한 망령?"

국사는 숨을 한번 들이마시고 대답했다.

"……그렇습니다. 그래서 이 모든 게 전하의 한마디에서 시작됐다고 말한 겁니다. 그 귀신은 바로 군오가 동로에서 만들어 낸 분신이었습니다. 수년마다 밖으로 나가 작간을 부리고 사람을 죽이며 한을 푸는 역할이었지요. 그런데 하필이면 전하께서 그 괴물을 물리치고 말았습니다."

군오는 그 귀신의 죽음을 알아채고 살펴보러 내려갔다가 전하를 만났습니다. 그리고 전하께선 하필 군오의 면전에 대고 그 한마디를 꺼내셨지요. '몸은 무간에 있으나 마음은 도원에 있기를.' 그 말이 광기 어린 비아냥처럼 군오의 역린을 건드렸고…… 그렇게 모든 것을 뒤바꾼 전환점이 되었습니다."

119장 제군이 숨겨 놓은 죽음의 문제

사련은 주먹을 꾹 부르쥐며 호흡을 흩뜨렸다.

고작 한마디. 기막히다 못해 우스운 이야기였지만 사련은 전혀 웃지 못했다.

이내 국사가 물어 왔다.

"이런 괴물 말고도 더 있습니다. 태자 전하. 전하께서 성루에서 구한 그 아이를 황극관에 데려오는 바람에 제가 펄쩍 뛰었던 일을 기억하십니까?"

"……."

정신을 가다듬은 사련은 화성을 흘끔 쳐다보곤 대답했다.

"기억합니다. 그 아이는 왜요? 스승님께선 그 아이가……."

국사가 대신 말을 이었다.

"천살고성의 명격!"

그는 가라앉은 목소리로 말을 이었다.

"사기가 어찌나 가득한지, 영 심상치 않은 아이라는 생각이 들더군요. 그러다 나중에 동로에서 친구들과 얘기를 나누면서, 동로가 괴물은 물론이고 저주까지 낳는다는 사실을 알게 됐습니다. 전하께서 자신의 운수를 날려 보낸 것처럼, 동로도 안에 쌓인 액운을 날려 버리는 겁니다. 그렇게 흩어진 액운은 세상 곳곳을 떠돌게 되지요. 그 아이는 타고난 사주가 원체 험악했어요. 길하면 하늘을 뚫고 흉하면 땅을 뚫는 사주였지요. 아마 태어나면서 동로가 날려 버린 액운을 모조리 빨아들여 운수가 그토록 험악해졌을 겁니다. 그 탓에 그 아이가 황극관에 오자마자 태창산이 송두리째 불탈 뻔했었지요."

들으면 들을수록 놀라운 이야기였다. 사련은 천천히 고개를 돌려 화성을 바라보았다. 본인의 이야기를 하고 있는데도 화성은 그저 담담한 표정으로 웃어 보였다.

국사가 이어서 말했다.

"보통 그런 운명을 지닌 아이는 부모를 일찍 여의기 마련입니다. 아니면 부모에게 버림당하거나 학대받게 되니 부모가 죽는 편이 낫지요. 하물며 열여덟 살도 못 되어 죽고, 주변 사람들이 죽거나 떠나거나 불운에 시달리게 될, 세상에 재앙을 내릴 아주 삿된 운명이었어요. 그래서 그때 제가 당장 아이를 쫓아내고 더는 만나지 말라고……."

듣다 못한 사련이 그의 말을 잘랐다.

"국사! ……그쯤 하세요."

국사가 고개를 끄덕이며 말했다.

"여기까지 하지요. 동로가 얼마나 무서운지 예를 들어 드리려던 것뿐입니다."

사련은 적당히 할 말을 찾지 못했다. 반면에 화성은 웃으며 말했다.

"무서운 건 그다지 없었던 것 같은데. 그래도 사주 보는 솜씨는 꽤 정확하군."

"……."

화성이 열여덟 살도 못 되어 죽었을지도 모른다니. 그런 생각이 들자 사련은 손이 희미하게 떨렸다. 이때 아래에서 한 손이 다가와 사련의 차가운 손등을 살짝 덮어 주었다.

똑같이 차가운 손이었지만, 두 손이 겹치니 금세 온기가 돌았다.

국사가 다시 입을 열었다.

"군오는 내내 전하를 시험했습니다. 선락국의 인면역이 첫 번째 시험이었어요. 전하께서 군오의 정답대로 영안에 인면역을 퍼뜨렸다면 관문을 넘겼을 겁니다. 전하를 폄적하기는커녕, 그 사실을 대신 숨겨 주고 전하를 자신의 진정한 후계자로 삼아 꼭대기에 앉혀 놓았을 테지요. 하지만 전하께선 틀린 답을 내놓았습니다. 군오는 전하께서 인간계로 폄적되었던 기간에도 전하를 시험했을 겁니다. 하지만 전하께선 여전히 만족스러운 답을 내놓지 못했어요. 그래서 다시 등선하자마자 폄적되신 겁니다."

희미하게 웃던 군오의 얼굴이 머릿속에 떠올랐다. 잠시 침묵한 사련은 조용히 입을 열었다.

"사실 제가 자청했어요."

그러자 화성이 말을 얹었다.

"형, 내가 장담하는데, 형이 자청하지 않았더라도 놈은 온갖 수단을 동원해 형을 내려보냈을 거야."

"그 뒤로는 백무상을 없앴잖아."

"때려죽이지는 않았지만."

"그래도, 왜 굳이 백무상을 없앴을까?"

국사가 대답했다.

"'백무상'은 물론 전하를 죽일 수 있었습니다. 하지만 그가 원하는 것은 전하의 죽음이 아니었습니다. 제가 말씀드렸듯이 그는 전하를 아주 좋아했기에 전하가 죽기를 원치 않았어요. 그저 전하가 자신이 원하는 모습으로 변하기만을 바랐을 뿐."

화성도 말을 보탰다.

"형을 죽인다고 해서 이루어질 목적이 아니었어. 심지어 형이 당시 그 상태로 죽어 버렸다간 영원히 변하지 않을 테니 더는 지켜볼 수가 없었겠지. 그런데 백무상이 쉽게 형을 놓아줄 이유가 없잖아. 이때 신무대제가 인간 세상에 강림해 요괴를 물리치고 형을 구하는 것만큼 탁월한 처방이 어디 있었겠어?

여차하면 자기를 한층 믿고 따르게 될지도 몰랐고. 그런데 결국 두 번이나 실패했으니 기분이 아주 언짢았을 거야."

국사의 목소리가 이어졌다.

"전하께선 두 번째로 폄적되어 인간계로 떨어지셨습니다. 군오는 전하의 마음이 돌아설 때까지 꾸준히 전하를 '지도'했지요. 제가 지켜본 대로라면 언짢은 마음도 진작에 가라앉은 것 같았습니다. 그러나 그 평온함 역시 깨지고 말았습니다. 그 계기는 전하의 세 번째 등선이었습니다. 전하께서 진흙탕에서 허우적댔다면 차라리 나았을 겁니다. 그런데 전하께선 그 상황에서도 군오의 예상을 벗어나 다시 한번 선경에 올랐지요. 심지어 한 치 변함없는 예전 그 모습으로……. 군오가 다시 등선한 전하를 보고 무슨 생각을 했는지는 모르겠습니다만, 어쩐지 다시 전하를 시험할 것 같다는 생각이 들더군요."

화성이 말했다.

"놈이 그 뒤로 무슨 짓을 했는지 보면 알지. 형, 세 번째로 등선하고 나서 무슨 일이 있었는지 잘 생각해 봐."

사련은 재빨리 머릿속을 가다듬고 곰곰이 생각해 보았다.

"첫 번째, 여군산. 귀신 선희를 잡았던 사건이야. 귀신 신랑을 찾아 헤매던 도중에 태아령이 동요로 길을 열어 줬어. 아마 군오의 지시였겠지. 하지만 나는 그 태아령이 날 돕는 줄 알았어."

"형의 임무 완수를 도왔을 뿐이지. 귀신 선희를 잡았다는 게 직접적인 결과이겠고. 그럼 간접적인 결과는?"

사련은 넌지시 대답했다.

"……옛 애정사를 들쑤시는 바람에 배 장군에게 폐를 끼쳤다?"

국사가 말했다.

"어쩌면 전하께 내려진 작은 시험이었을 겁니다. 배명이 엮여 있다는 사실을 알게 된다면 이 임무를 다른 방식으로 처리하지 않을까, 하는 시험. 이를테면 배명에게 몰래 사실을 알리고, 선희가 그 작은 시골 마을에서만 작간을 부리게 억누르는 식으로요."

사련은 진땀을 흘리며 말했다.

"그건……. 솔직히 배 장군이 엮여 있다는 사실은 나중에 알았어요. 여귀는 복수하겠다고 작간을 부리지, 그 자리에 산 사람도 한두 명이 아니지, 어떻게든 상황을 수습해야 했어요. 남에게 폐를 끼치면 어쩌나, 그런 생각 할 겨를도 없었다고요."

화성이 살짝 웃으며 말했다.

"형, 그건 미움받겠다고 작정한 거잖아."

말을 마친 그는 계속해서 실마리를 풀어 나갔다.

"두 번째, 보제관에 빈 껍데기 도인이 찾아와 형을 반월관으로 이끌었던 사건. 누가 그 껍데기를 보냈는지는 둘째 치고, 이 일은 또 어떤 결과를 초래했지?"

"소배 장군이 폄적되면서 배 장군이 유능한 수하를 잃게 됐어."

"형, 이거 봐. 형은 이 두 사건으로 배명의 세력을 한껏 꺾으면서 배명에게 단단히 미움을 샀잖아. 군오는 뒤에 숨어서 형에게 모든 걸 뒤집어씌웠는데 형은 뭘 그렇게 고마워했는지 몰라."

"……."

화성이 말을 이었다.

"내 짐작대로라면 놈은 그동안 팔백 년 넘게 형을 지켜봤을 거야. 형이 영안국에서 국사를 지내면서 낭천추를 가르쳤다는 사실도 알고 있었을 테고. 그런데도 낭천추와 함께 임무를 보냈잖아. 분명 악의를 품고 일부러 그랬겠지."

국사가 흠칫하며 물었다.

"잠깐? 전하, 영안국에서 국사를 지내셨습니까? 낭천추를 가르치셨다고요?"

"네……."

"전하가 방심 국사였다고요?"

"네……. 그게 왜요?"

사련은 그 자리에서 속사정을 짧게 설명해 주었다. 국사가 말했다.

"낭천추가 그 사실을 알고 단단히 화가 났겠군요."

화성이 말을 이었다.

"그리고 백화진선 사건. 원래 손을 떼려고 했는데 결국 말려들었잖아. 다행히 깊이 엮이진 않았지만. 사무도가 남해에서 치른 천겁에 어민 수백 명이 휩쓸렸던 건 흑수의 짓도, 사무도의 짓도 아니야. 두 사람을 제외했을 때 그 정도 능력이 되는 사람이 또 누가 있겠어?"

하나하나 훑어보고 나서야 사련은 비로소 깨달았다. 어쩌면 선경에 돌아온 뒤에 일어난 모든 사건이, 군오가 예의 주시하며 계획한 결과물일지도 몰랐다.

화성이 팔짱을 끼며 말했다.

“놈은 왜 그런 짓을 했을까. 일단 그 괴상한 마음가짐으로 형에게 끊임없이 문제를 던지고 형을 시험했겠지. 형이 자기가 깔아 놓은 길을 따라가기를 기대하면서 말이야. 한편으로는 형을 무기로 삼아 다른 신관들의 세력을 약화하려는 의도도 있었을 테고. 놈은 천계의 선대 신관들에게 시달린 탓에 경계심이 아주 강했어. 어떤 것이든 무조건 장악해야 했고, 자신의 힘과 지위를 위협하는 자는 용납하지 못했어. 자신을 따라잡으려는 신관들을 두고 보지 못했어. 그리고 내 생각엔…….”

마찬가지로 생각에 잠겨 있던 사련이 물었다.

“뭔데?”

“사무도가 사청현의 명격을 바꿔 준 일, 흑수가 상천정에 잠입한 일, 놈은 정말 아무것도 몰랐을까?”

사련도 같은 생각을 하고 있었다.

가장 높은 곳에 앉아 있는 군오가 정녕 아무것도 몰랐을까? 그럴 리가 없다.

영문전을 거치는 모든 두루마리를 직접 살펴보면서, 조작된 두루마리의 실마리를 못 보고 지나쳤다?

수사는 그렇게 엄청난 사고를 저지르고서도 한참이나 무사히 남들을 속여 넘겼다. 그런데 하필이면 사련이 상천정에 올라가 활보하기 시작하면서 진상이 들통나고 말았다. 화성이 말을 이었다.

"어쩌면 처음부터 눈치챘을지도 몰라. 다만 그때는 수사의 지위가 그렇게 위협적이지 않아서 밝히지 않았을 뿐이지. 물론 일찍 까발린다고 해서 좋으리란 법도 없고. 사무도가 폄적되면 새로운 수사가 올라올 텐데, 그 새로운 수사에게서도 그렇게 큰 약점을 잡으리란 보장이 없었으니까."

그가 말을 이어 갔다.

"내가 군오였다면 사무도가 아주 눈에 거슬렸을 거야. 하지만 자기 손으로 직접 죽일 필요는 없지. 방자하게 말썽을 부리는 놈을 가만히 지켜보다가, 더는 못 봐줄 때쯤 놈이 명격을 바꿔치기한 정보를 흑수에게 흘리면 그만이지."

흑수가 자연스레 자신과 그의 죽은 가족을 위해 복수할 테니까.

화성이 거듭 말했다.

"그리고 놈이 '절'을 태어나게 할 명목으로 만귀를 불러들였던 이유는……."

사련이 말을 받았다.

"자리를 유지하기 위해서."

"맞아. 사악한 '절'이 태어나 재앙을 내리기를 바랐겠지. 인간 세상에 재앙이 닥쳐야 사람들이 기원을 올릴 테고."

신도가 기원을 올리면 신의 법력은 더 강해지기 마련이다.

국사가 한숨을 내쉬며 말했다.

"동로산이 열릴 때마다 저와 세 친구들이 막아섰지만, 유감스럽게도 매번 성공하지는 못했습니다. 하물며 이번에는…… 보통 사건이 아니었고요. 군오는 동로에서 빠져나온 오용국의 원령들 일부는 죽이고 나머지는 축지천리로 내보냈습니다. 그러곤 다른 사람들을 그쪽으로 보낸 다음, 본인은 자리에 남아 주변을 살피고 흔적을 없앴지요. 그는 제가 전하를 찾아가리란 것을 알고 있었습니다. 그래서 할 일을 다 마친 다음 동로산 너머로 달려갔고, 예상대로 저를 붙잡았습니다."

그가 이야기를 이어 갔다.

"이대로는 안 되겠다 싶더군요. 오용국이 수면으로 떠오른 이상, 경계심 강한 군오라면 다시 한번 천계를 뒤집으려 들지도 몰랐으니까요. 설령 끝까지 군오의 비밀을 모른다 해도 달라질 건 없습니다. 다들 조만간 선경의 땅속에 파묻히게 될 신세였지요. 그런데 마침 풍신 그놈이 홍경을 가지고 있길래 목숨 걸고 시도해 보기로 했습니다. 군오는 갈수록 법력이 강해지면서 본모습을 숨길 수 있게 되었습니다만, 얼마 전 산괴들과 싸우면서 인면역의 흔적이 다시 고개를 내민 상태였거든요. 자, 이 정도면 다 말씀드린 것 같군요. 더 궁금한 게 있으십니까, 전하?"

사련은 여전히 생각에 잠겨 있었다. 화성이 대신 입을 열었다.

"나는 있는데. 당신, 아직 오용어를 기억하고 있나?"

국사가 대답했다.

“오용국은 사라진 지 오래입니다. 그곳의 문자와 언어를 사용하는 사람이 없어서 새로운 언어를 배워야 했지요. 물론 기억은 합니다만, 자주 쓰지는 않습니다.”

그가 솔직하게 덧붙였다.

“별로 쓰고 싶지도 않고요.”

사련은 지난번 국사가 산괴에게 ‘태자 전하는 가망이 없다’, ‘곧 각성할 것이다’라고 말한 것이 떠올랐다. 알고 보니 그 태자 전하는 사련이 아니라, 낭형에게 접근한 다음 가는 곳마다 살생을 저지르며 힘을 회복한 백무상을 말하는 것이었다.

생각해 보면 사람 말을 하던 식시쥐도 있었다. 당시 화성은 사련이 오용어를 알아들은 이유가 누군가 심어 놓은 기억 때문이라고 생각했다. 그리고 그가 내놓은 후보 가운데 정말로 범인이 있었다. 심지어 두 명씩이나. 군오, 그리고 백무상.

백무상은 만신굴에서 풍신과 모정의 가짜 가죽을 만들어 냈었다. 그 역시 어려운 일이 아니었을 터다. 그럴 만도 했다. 군오는 두 사람에 관해 속속들이 알고 있으니까. 사련은 입을 열었다.

“군오는…… 내가 스스로를 오용 태자라고, 혹은 그의 혼백의 일부라고 생각하게끔 유도하고 싶었던 것 같아.”

국사가 말했다.

“물론 그랬을 겁니다. 오용국의 존재가 밝혀진 이상, 누가 봐도 오용 태자를 닮은 선락 태자에게 자기 정체를 덮어씌우는 것이 최고의 방법이니까요. 그리고 전하께서 자신의 본심과 행동, 목적을 의심하면서 '내가 오용 태자'라는 생각을 품게 되면, 전하께서 군오의 운명을 되풀이할 가능성도 더욱 커질 테고요. 전하와 군오는 운명 때문에 비슷한 길을 걸었던 게 아닙니다. 군오가 자신이 걸었던 길로 전하를 이끌었던 거지요. 그는…… 자신과 그토록 닮은 전하가 다른 길을 걷는다는 사실을 용납할 수 없었을 겁니다."

긴 침묵 끝에 화성이 입을 열었다.

"아까 말했을 텐데, 전혀 안 닮았다고."

국사는 마침내 인내심이 바닥났는지 화성을 향해 돌아섰다.

"젊은 사람이 참. 자네는 대체 뭐가 문제야?"

화성이 고개를 갸웃했다. 당황한 사련은 속으로 중얼거렸다.

'갑자기 뭐지?'

국사는 소매를 걷어붙이더니 점잖은 투로 말했다.

"아까부터 말하려고 했는데, 어찌 젊은 사람이 웃는 모습에 눈곱만큼도 성의가 없어? 절경귀왕이라고 버릇없이 굴지 마라. 절경귀왕도 귀하다면 귀하겠다만, 자네 내가 몇 살인지 알기나 해? 당연히 나 같은 어르신을 더 귀하게 대접해야지!"

"……."

화성은 눈썹을 까딱 치켜올렸다.

사련은 미간을 문지르며 말했다.

"스승님, 삼랑도 버릇없이 군 건 아니에요. 삼랑은 그냥……."

가식적으로 웃는 게 몸에 뱄을 뿐이지. 국사는 화성에게 가까이 오지 말라는 듯 손짓하고는, 사련을 끌어당기며 엄숙하게 말했다.

"태자 전하, 저 다 봤습니다."

"네? 뭘요?"

"그, 전하의 신상 위쪽에서요."

신상 위쪽? 위쪽에서 뭘 어쨌다는 거지? 잠시 생각해 본 사련은 문득 머리가 띵, 하고 울렸다.

법력을 빌렸었지!

사련은 헛기침을 콜록거리고는 대답했다.

"아니…… 그건 그냥 법력을…… 아니, 사실 법력만 빌린 건 아닌데, 어쨌든……."

국사의 말투가 한층 의미심장해졌다.

"전하, 대체 어찌 된 일입니까? 제가 너무 엄격하게 단속해서 그렇습니까? 너무 오랫동안 수련하면서 여색을 멀리하다 보니 그쪽으로…… 가신 겁니까?"

사련은 미친 듯이 손사래를 쳤다.

"그런 거 아니에요!"

국사는 석연치 않다는 듯 말했다.

"그럼…… 설마…… 타고났나? 거참…… 여태껏 몰랐군요. 음…… 그래요. 그럼 전하는 저 귀왕과 달리 여인까지……."

"응? 잠깐만요? 그것도 아니에요!"

국사는 한숨을 푹 내쉬더니 탄식하며 말했다.

"겁내지 마십시오, 전하. 잔소리할 생각은 없습니다. 제가 서툰 것을 어찌 가르쳐 드리겠습니까. 더구나 별일 다 겪으신 분이 그런 걸 다 신경 쓰십니까? 사내든 여인이든 상관없어요. 전하만 좋으면 됩니다."

사련은 하도 문질러 붉어진 미간을 드러내며 조그맣게 대답했다.

"네…… 아주 좋아요."

국사는 다시 언짢은 기색으로 물었다.

"……그런데 팔백 년 만에 찾았다는 상대가 어찌 절경귀왕입니까?"

사련은 순간 얼이 빠졌다. 국사가 말을 이었다.

"전하의 안목이 나쁘다는 말이 아닙니다. 오히려 아주 좋아요. 낭자들이 좋아해 마지않을 얼굴이잖습니까. 하지만 절경귀왕들은 하나같이 흉악합니다. 잘 생각하셔야 합니다, 전하. 이런 사람한테 한번 걸리면 영원히 벗어날 수 없어요."

"으음, 스승님, 일단 잠시만……."

"틀림없습니다. 잘 들으십시오. 저는 저 혈우탐화를 보자마자 구구절절 사나운 팔자라는 걸 한눈에 알아보았습니다. 산 넘어 산처럼 끼쳐 오는 사기에 숨이 다 막히는데, 정말이지 아주……."

화성이 두 사람의 뒤에서 느긋하게 말을 보탰다.

"아주 천살고성 그 자체다, 그렇지?"

아까부터 국사의 입을 막으려 애썼지만, 사련은 결국 장렬하게 실패하고 말았다. 그는 손으로 얼굴을 짚은 채 말없이 화성의 뒤로 달라붙었다.

화성은 미소를 머금고 그를 끌어안았다. 그러곤 눈썹을 치켜올리며 말했다.

"내 웃음이 아주 가식적이긴 해. 그래도 본인 면전에 대고 천살고성이라니, 세상에 재앙을 내린다니, 주변 사람들이 불운에 시달린다니, 부모는 죽고 열여덟 살도 못 살고 죽는다니, 이런 말을 하는 건 조금 부적절하지 싶은데."

"으응?"

국사의 두 눈이 점점 커다래졌다.

"……자네, 설마?"

120장 태자전에 숨은 귀왕

이번에 화성이 지은 미소는 전혀 가식적이지 않았다. 오히려 한결 찬란한 웃음이었다. 놀란 국사는 손을 쳐들더니 그를 가리키며 말했다.

"……자, 자, 자네였어? 자네가 그 꼬마?"

손가락부터 목소리까지 온통 떨리고 있었다. 선뜻 대답이 돌아오지는 않았으나, 화성의 얼굴에는 이 한마디가 선명하게 쓰여 있었다. 그래, 내가 태창산을 송두리째 불태울 뻔한 그 천살고성 본인이다!

"……."

국사는 화성의 뒤에 숨은 사련에게 물었다.

"전하, 이게 다 뭡니까? 설명을 좀 들어 볼까요?"

사련은 양손을 펴 보이며 멋쩍게 웃었다.

“……그냥…… 그렇게 됐어요.”

국사는 충격에 휩싸였다. 그는 오른 손등을 왼 손바닥에 한참 내려친 끝에야 말문을 뗐다.

“그래그래, 이렇다니까. 이봐요, 이봐! 제가 말씀드렸잖습니까! 절경귀왕은 건드리면 안 된다니까요! 꼬꼬마 시절부터 전하를 괴롭히더니 집착도 이런 집착이 없구만! 팔백 년, 팔백 년이라니! 팔백 년 동안 남몰래 전하를 노렸어. 무섭구나, 참으로 무서워! 내 점괘가 아주 정확히 들어맞았어!”

“됐어요, 스승님. 이 얘긴 여기까지 하죠…….”

사련은 속으로 생각했다.

‘그 만신굴에 한가득 널린 신상을 못 보셨군요.’

만약 그 신상을 보았다면 국사는 화성을 미친 마귀로 취급하면서 사련을 한쪽 옆구리에 끼고 도망쳤을지도 모른다. 국사는 충격에서 헤어나지 못했다.

“안 되겠습니다, 이건 너무 끔찍해요! 이토록 지독한 집착과 계략이라니! 전하, 제발 조심하십시오. 이러다 괜히 밑진다니까요. 전하를 속여 넘길지도 모릅니다!”

“삼랑은 그럴 사람이 아니에요.”

화성도 담담하게 말했다.

“어르신께선 괜한 걱정을 하시는군요. 난 다른 사람을 속여도 전하는 속이지 않습니다.”

국사는 홱 돌아서더니 화성에게 따지고 들었다.

"교활한 젊은이 같으니. 태자 전하가 이쪽에 관해 잘 모른다고 은근히 이용한 걸 내가 모를 줄 알고? 지금 내 앞에서 말해봐라. 법력은 어떻게 빌리지? 방법이 몇 가지나 있는데? 자네는 또 어떻게 빌렸고? 전하께 뭐라고 말했지?"

"……."

화성은 말이 없었다.

사련이 되는대로 소리치기 시작했다.

"하하하하, 됐어요, 됐어! 이쯤 하자고요. 어쨌든 빌렸으니 됐잖아요! 하하하, 다 똑같아요, 똑같아!"

이대로라면 사련은 끓는 물에 빠진 오리처럼 푸드덕거리게 될지도 몰랐다. 그는 이내 표정을 가라앉히며 말했다.

"하여튼, 본론으로 돌아가자. 군오는 왜 우리를 가둬 놓고도 건드리지 않는 걸까."

"다시 형을 시험하고 싶은 거겠지."

"이번에는 어떤 식으로?"

국사가 말했다.

"글쎄요, 방식이라면 뭐든 있겠지요. 전하, 말 돌리지 마십시오! 제가 충고 하나 하지요. 절대 미인계나 감언이설에 넘어가시면 안 됩니다. 저 젊은이는 아무래도……."

이때, 갑자기 화성이 나직하게 입을 열었다.

"형, 누가 왔어."

"자네, 날 속일 생각은 말게. 나는 태자 전하처럼 그리 만만한 상대가…….”

“스승님, 삼랑은 지금 거짓말하는 게 아니에요. 정말 누가 왔는데요. 일단 숨죠!”

사련은 말을 마치자마자 화성과 나란히 도약했다. 두 사람은 대들보 위로 사뿐히 올라가 몸을 숨겼다.

머지않아 문 바깥에서 요란한 발소리가 들려왔다. 누군가 방문을 걷어차더니, 의기양양하게 폭소했다.

“우하하하하하하하하! 천계도 별거 아니구만! 결국 이 몸에게 짓밟힐 것들이 말이야!”

“…….”

“…….”

“…….”

이 목소리가 들려온 순간, 세 사람은 할 말을 잃고 말았다.

푸른 옷을 걸치고 방 안으로 거들먹거리며 들어온 사람. 한동안 얼굴 보기 힘들었던 척용이 아니던가!

보아하니 군오는 신관들은 가둔 것도 모자라 요괴와 귀신들을 풀어놓은 모양이었다. 요괴 따위가 선경대로에서 활개를 치고 다니다니, 이렇게 무질서하고 괴상할 수가 없었다.

국사도 척용이 올 것이라고는 생각지도 못했는지 그대로 얼어붙었다. 척용은 그에게 마구 삿대질하며 욕을 퍼부었다.

“썩을 국사, 썩을 영감. 늙다리가 죽지도 않아! 헤헤! 염병할 놈이 날 제자로 받지 않겠다면서 무시하더니, 지금은 어떠냐?

체면 꺾이고, 업보 돌려받고, 뒤끝 더러워졌지! 꼴좋다!"

척용의 뒤에서 자그마한 머리통이 빼꼼 튀어나왔다. 바로 곡자였다. 이렇게 화려한 건물은 난생처음인지 곡자는 눈을 휘둥그레 뜨고 사방을 두리번거렸다. 옥석 벽돌을 슬쩍 만져 보고 싶은 눈치면서도 차마 엄두를 못 내는 것 같았다. 척용은 거들먹거리며 말했다.

"우리 아들, 잘 봤지? 여기가 바로 천계다. 이제 여기가 네 아비 구역이다!"

곡자는 화들짝 놀랐다.

"정말로? 이렇게 큰 곳인데……."

"정말이고말고! 못 믿겠으면 봐라! 퉤퉤퉤! 내가 여기 침 뱉는다고 뭐라 하는 사람 있어?"

"……."

국사는 말이 없었다.

잠깐 머뭇거린 곡자가 작은 목소리로 말했다.

"아빠, 아무 데나 침 뱉으면 안 되지. 멋지고 깨끗한 곳이 더러워지잖아."

척용은 말문이 턱 막혔다.

보다 못한 국사도 한마디 거들었다.

"이것 좀 봐라. 도대체 애한테 뭘 가르치는 거냐? 다 큰 어른이 모범을 보일 줄은 모르고 말이야. 저 꼬마가 너보다 낫구나!"

양쪽에서 한 소리 들은 척용은 분한 마음에 펄쩍거리며 험한 말을 지껄였다.

"망할 영감, 노인네가 뭘 알아! 어디서 손윗사람 행세야? 다들 괜히 잔소리하지 마! 그리고 너! 감히 나한테 그런 말을 해? 불효자 같으니!"

호되게 혼난 곡자는 억울한 표정으로 입을 다물었다. 말을 마친 척용은 내심 켕겼는지 자기가 뱉은 침을 발로 슥슥 닦고는, 무슨 일이 있었냐는 듯이 구시렁대며 곡자를 붙잡고 밖으로 향했다. 떠나기 전, 그는 영문전에서 가장 눈에 띄는 벽면에 큼지막하게 글을 남겼다.

[삼계의 제일 귀왕 척용, 여기 다녀감.]

척용이 영문전을 빠져나간 순간, 사련이 소매에 넣어 둔 파란 오뚝이가 아래로 떨어졌다. 커다란 글귀가 남은 벽 앞쪽, 척용이 대충 닦은 침 자국 근처에 떨어진 오뚝이는 화가 난 것처럼 마구잡이로 흔들렸다. 사련과 화성도 아래로 내려왔다. 사련은 그 오뚝이를 다시 주워 들었다. 국사는 고개를 내저으며 말했다.

"소경왕은 참…… 몇백 년이 지나도 한결같이 품위가 떨떨어지는군요. 조금도 발전이 없어요."

벽을 훑어본 화성은 표정 짓는 것도 귀찮다는 얼굴로 짤막한 평을 남겼다.

"엉망이군."

국사도 드디어 화성의 의견에 동의했다. 그는 양 소매를 포개 들며 말했다.

"아주 엉망진창이야. 귀시장 도박장 문에 붙은 그 난잡한 문패보단 낫지만. 그 문패는 척용의 필체보다 몇십 배는 더 엉망이거든. 내 그동안 그보다 더 엉망인 필체를 본 적이 없어!"

"……………….."

화성이 침묵하자 사련은 애써 웃었다.

"아하하, 스승님께서 말씀하신 그 문패라면 저도 봤습니다. 저는 꽤 괜찮던데요? 자기만의 풍격이 있잖아요. 저는 마음에 들어요."

국사는 의아한 기색이었다.

"전하, 어찌 그런 말씀을 다 하십니까? 전하께선 거장에게 서예를 배우셨잖습니까. 그런데 뭐가 엉망이고 뭐가 걸작인지를 모르신다고요? 그 필체는 삼계를 통틀어 최고로 엉망입니다. 아무리 훌륭한 스승을 데려와도 감당 못 해요. 대체 그 글씨의 어디가 마음에 드십니까? 안목이 망가지신 건 아니겠지요?"

"하하하하하하, 스승님, 역시 이쯤 하시죠!"

이때 화성이 불쑥 입을 열었다.

"형, 군오 쪽이 움직였어. 형에게 가려는 것 같아. 지금 선락궁으로 향하고 있어."

국사는 흠칫하며 말했다.

"뭣이! 전하, 어서 돌아가십시오! 혈우탐화, 자네도 잘 숨게. 자네가 도착했다는 사실을 절대 들켜선 아니 돼. 지금 동로산 경내에 붙잡힌 내 친구들도 빠져나오는 중이네. 어떤 계획을 세웠든 그 친구들이 빠져나와야 성공할 확률이 높아져. 명심하게, 절대 경거망동해선 아니 돼!"

사련도 잘 알고 있었다. 국사에게 인사를 건네고 영문전을 빠져나온 두 사람은 수많은 호위병과 요괴들을 따돌리며 빠르게 움직였다. 거리 네 곳만 지나면 곧 선락궁이었다. 이때 화성이 다시 입을 열었다.

"형, 군오가 선락궁에 거의 다 도착했어."

"!"

화성이 정찰용 은나비를 건드리자 눈앞에 한 장면이 펼쳐졌다. 화성의 말대로였다. 장면 속 군오는 홀로 뒷짐을 진 채 걷고 있었다. 백 걸음 남짓만 가면 곧 선락궁 대문이었다.

이를 어쩌면 좋지? 이대로라면 군오가 도착한 뒤에 들어가게 될 터였다. 그보다도 현장을 들키게 되지 않을까? 심지어 선락궁 대문을 지키는 호위병들은 화성의 술법에 몸이 굳어진 채였다.

이때 갑자기 군오의 뒤편에 있던 신전 대문이 열렸다. 문 안쪽에서 누군가의 목소리가 들려왔다.

"제군."

군오는 걸음을 멈추고 고개를 돌렸다.

"우사? 무슨 일이지?"

그를 막아 세운 사람은 다름 아닌 우사였다. 군오가 외부인은 우사부에 접근하지 말라고 당부해 놓은 것인지 호위병 외에 다른 요괴들은 보이지 않았다. 우사는 점잖은 목소리로 대답했다.

"제군. 제군께 깜박하고 못 드린 물건이 있습니다. 잠시 기다려 주실 수 있겠습니까?"

"알았다."

고개를 끄덕인 군오는 정말로 가던 걸음을 돌려세웠다. 사련은 안도의 한숨을 내쉬며 외쳤다.

"감사합니다, 우사 대인!"

다음에 꼭 우사 대인께 향불 열여덟 개를 바칠게요!

이 틈에 두 사람은 거리를 빠르게 가로질러, 군오보다 한발 먼저 선락궁으로 돌아왔다. 화성은 문을 지나면서 가볍게 손을 흔들어 호위병들의 술법을 풀어 놓았다. 다들 잠시 정신을 홀렸을 뿐이라, 별다른 낌새는 눈치채지 못했다. 궁전 안으로 뛰어든 사련은 한숨을 돌리기도 전에 표정을 가라앉혔다. 문 앞을 지키고 있던 호위병이 소식을 전해 온 탓이었다.

군오가 이렇게 빨리 올 줄이야!

우사도 그를 길게 붙잡지 못한 모양이었다. 두 사람은 눈을 마주쳤다. 말하지 않아도 서로의 마음을 읽을 수 있었다. 화성은 휘장 뒤편으로 들어가 형태를 지웠고, 사련은 침상에 뛰어올라 바깥을 등지고 누워 자는 척을 했다. 이불을 끌어 올리기 무섭게 군오가 들어섰다.

그는 침상 옆까지 천천히 다가왔다. 짧은 침묵 끝에 목소리가 들려왔다.

"선락, 잠든 것이냐."

사련은 대답하지 않았다. 탁자 앞에 앉은 군오는 들고 있던 무언가를 탁자에 올려 두고 차를 한 잔 따랐다.

그가 온화한 목소리로 말했다.

"선락, 다 널 위해서 얌전히 선락궁에 있으라고 하는 것이다. 내 말만 잘 들으면 아주 좋은 결과가 뒤따를 것이야."

사련은 여전히 그를 등진 채 가만히 누워 있었다. 그럴 수밖에 없었다. 국사가 말해 준 이야기를 생각하면 마음이 복잡했다. 그는 여전히 상냥하기만 한 군오를 어떤 표정으로 마주해야 할지 감이 잡히지 않았다.

이윽고, 군오가 그의 등 뒤에서 느긋하게 말을 이었다.

"그런데 몰래 놀러 나가다 못해 다른 사람을 데려와 숨겨 놓다니. 정녕 내 말을 듣지 않을 작정이로구나."

이 한마디에 사련은 불현듯 소름이 돋았다. 등골을 타고 오싹, 솜털이 치섰다.

과거 국사가 한밤중에 몰래 군오의 방에 들어가 가면을 벗겼을 때의 기분을 그대로 느끼며, 사련은 군오가 탁자 앞에서 일어나 자기 쪽으로 다가서는 기척을 가만히 느꼈다.

지금 화성은 창가 휘장 뒤편에 숨어 있다.

침상에 누우며 방심을 베개 밑에 숨겼던 사련은 칼자루를 단단히 붙들고 기회를 엿보았다. 하지만 다시 생각해 보니 기회 따위 없을지도 몰랐다. 그런데 예상과 달리, 군오는 휘장 뒤편으로 가는 대신 침상 옆으로 다가와 사련이 덮고 있던 이불을 젖혔다. 서늘한 공기가 몸에 닿아 왔다. 사련은 벌떡 몸을 일으켜 앉아 그를 노려보았다. 군오는 그를 잠시 훑어보다 담담하게 입을 열었다.

"네게는 어울리지 않는 옷이군."

"……."

사련은 그제야 깨달았다. 아직 금의선을 입고 있었지!

물론 금의선은 흰 도포로 모습을 바꾸었지만 군오가 금의선을 몰라볼 리 없었다. 그를 잠시 바라보던 군오는 한숨을 지으며 덧붙였다.

"내 말을 듣지 않겠다고 작정했구나. 또 사고를 치고 온 것이냐."

사련은 미심쩍은 눈으로 그를 쳐다보다 문득 시선을 탁자 쪽으로 옮겼다. 뚜껑이 열린 채 탁자 위에 늘어선 선물함 안에는 배추와 감자, 무 몇 개가 들어 있었다.

"……."

우사가 방금 군오를 불러 세우면서 말한 깜빡했던 물건이라는 게 우사촌 특산품이었구나…….

한편 군오의 뒤편, 화성은 태연하게 휘장 모퉁이를 들추고 얼굴을 드러내더니 군오 너머로 사련과 눈을 마주쳤다.

화성의 손이 허리춤에 찬 은빛 곡도의 칼자루로 향했다. 당장 공격할 틈을 노리고 있는 것 같았다. 지금은 때가 아니라 생각한 사련은 군오와 대화하고 싶지 않은 척하며 화성을 향해 고개를 가로저었다.

군오가 물었다.

"영문을 어디에 숨겼지?"

당연히 영문을 넘길 수는 없다. 무슨 변고를 당했는지 물을 필요도 없이, 오뚝이로 변한 그 모습만 보고서도 군오는 화성이 선경에 숨어들었다는 사실을 깨닫게 될 테니까.

하지만 사련은 한편으로 내심 의심스러웠다. —군오는 정말로 화성이 선경에 숨어들었을 가능성을 염두에 두지 않았을까?

이때 군오가 말을 이었다.

"선락, 뭔가 이상하다는 듯한 표정이구나. 뭐가 문제지? 설마 금의선 말고 다른 사람도 숨겨 놓았나?"

분명 방금 사련은 아무런 내색도 하지 않았다. 그런데도 역시 군오는…… 그를 훤히 내리꿰고 있었다.

사련은 군오의 뒤편에 있는 화성과 조용히 눈빛을 교환했다. 그러곤 정신을 가다듬고 싸늘하게 대꾸했다.

"좋을 대로 생각하시죠. 어차피 당장은 아무도 못 나가는데 제가 무슨 짓을 꾸미겠습니까. 어르신이나 혼자 즐거운 시간 보내세요."

그리 말하곤 다시 누워 이불을 머리꼭지까지 푹 끌어 올렸다. 뒤돌아선 군오는 선락궁 안을 천천히 거닐며 수색하기 시작했다.

느긋하게 한참을 둘러보았으나 별다른 소득은 없었다. 아니나 다를까, 잠시 고민하던 군오는 창가 휘장 쪽으로 돌아서서 손을 뻗었다.

휘장 뒤편은 텅 비어 있었다.

군오는 잠시 가만히 서 있다가 휘장을 내려놓고 탁자 앞으로 돌아왔다. 침상에 누워 있던 사련은 놀란 마음을 추스르지 못했다.

이불 속, 화성이 그와 얼굴을 바짝 붙인 채 옆에 누워 있었다. 사련의 심장이 무섭게 뛰었다. 긴장한 몸은 송두리째 굳어 버렸다. 화성이 싱긋 웃더니 소리 없이 입을 달싹였다. 전하, 겁내지 마세요.

방금, 군오가 돌아선 순간 화성은 침착하게 휘장을 늘어뜨렸다. 그러다 군오가 멀리 지나쳐 가자 여유롭게 걸어 나오더니 기척을 죽이고 사련의 침상 옆에 다다랐다. 사련은 그를 침상으로 끌어당겨 이불 안에 욱여넣었다. 그렇게 화성이 침상에 굴러떨어진 찰나에 군오가 다시 빙글 돌아선 것이다.

감쪽같이 때가 들어맞은 동시에, 위치도 절묘했다. 엉망으로 둘둘 말린 이불 말고는 군오는 아무것도 보지 못했다.

드디어 군오가 입을 열었다.

"선락, 그만 일어나라. 그런다고 잠들 수 있는 것도 아니거늘. 일어나거라, 같이 갈 곳이 있다."

사련은 마음 같아선 침상에 틀어박혀 일어나고 싶지 않았다. 하지만 군오가 다시 이불을 들추면 어쩌나 싶어져 마지못해 꾸물대며 침상에서 내려왔다. 소매 안에 넣어 놓았던 파란 오뚝이는 베개 옆에 숨겨 두었다.

군오는 먼저 침전을 빠져나간 뒤였다. 사련은 뒤를 흘긋 돌아보았다. 침상에서 내려온 화성은 표정을 굳힌 채 뒤따라올 기세였다. 사련은 황급히 손을 내저었다. 괜찮으니 절대 정체를 들키지 말라는 뜻이었다. 밖으로 나선 군오가 거듭 말했다.

"왜 그리 가만히 있느냐. 누가 침상에서 가지 말라고 붙잡기라도 하는 것이냐?"

사련은 재빨리 방으로 돌아가 탁자에 놓인 특산품 선물함을 가져왔다. 등 뒤로 손을 뻗어 문을 닫은 그는 선물함을 끌어안은 채 무 하나를 한입 베어 먹고는 담담하게 대꾸했다.

"별거 아닙니다. 그냥 배고파서 그랬습니다."

군오는 그가 들고 있는 무를 흘긋 쳐다보더니 온화한 목소리로 말했다.

"그리 입맛에 맞으면 내 쪽에 몇 개 더 있으니 다음에 보내주마."

"……."

거리 몇 개를 지났을 무렵, 멀찍이서 왁자지껄한 목소리가 들려왔다.

"하하하하하하하! 풍신! 이 개자식! 본 귀왕이 지금 바로 네 궁전을 짓밟아 주마! 어떠냐! 어때! 와서 한 대 치시지! 하하하 하하하하!"

또 척용이다!

근처로 다가서자 척용의 악랄한 손길에 봉변을 당한 궁전들이 눈에 띄었다. 사방 곳곳에 '여기 다녀감'이라는 추잡한 글자가 대문짝만하게 쓰여 있었다. 척용은 궁전 안에 갇힌 신관들에게 요란하게 깐족거리느라 바빴고, 곡자는 그의 곁에 붙어 우물쭈물하고 있었다.

지금 척용은 풍신의 남양전에서 펄펄 날뛰는 중이었다. 근심에 잠긴 풍신은 그를 거들떠보지도 않았다. 한참을 깐족거려도 반응이 없자 흥미를 잃은 척용은 모정의 궁전으로 가 고대로 난동을 부렸다. 모정은 멀리서 그를 향해 눈을 까뒤집고 비웃었다. 척용은 되레 열이 뻗쳐선 길길이 날뛰다가 권일진의 궁전으로 옮겨 갔다. 그런데 누가 알았으랴, 입을 열기도 전에 곱슬머리 신상이 지붕을 뚫고 날아오고 말았다. 그대로 신상에 얻어맞은 척용은 지붕 아래로 고꾸라졌다. 분노한 권일진이 자기 신상을 무기로 삼아 척용을 노리고 내던진 것이었다. 기겁한 곡자는 처마 가장자리에 넙죽 엎드려 외쳤다.

"아빠! 괜찮아?"

척용은 길길이 날뛰었다.

"권일진, 이 염치없는 백치 같으니! 감히 이런 비겁한 수단으로 날 습격해?"

머뭇거리던 곡자가 어리둥절한 기색으로 물었다.

"아빠, 뭐가 비겁한 수단이야?"

분명 권일진은 당당하고 떳떳하게 자기 신상을 던지지 않았나?

척용이 홱 쏘아붙였다.

"멍청한 아들놈! 날 쓰러뜨릴 수 있다면 그게 뭐가 됐든 비겁한 수단이지! 그게 아니고서야 어떻게 이 몸을 이길 수 있겠어?"

곡자는 가만히 웅얼거렸다.

"아……."

"……."

척용은 누가 뭐래도 제 사촌 동생이 아니던가. 사련은 어처구니없고 민망한 마음에 얼굴을 감쌌다. 자리에 멈춰 선 군오가 말문을 뗐다.

"청귀."

척용은 이 목소리를 듣고 안색을 굳혔다. 그는 몸을 일으키고 신경을 곤두세운 채 한쪽을 바라보았다. 보아하니 군오를 제법 겁내는 모양새였다. 시선을 옮긴 두 '부자'는 자연스레 사련을 발견했다. 곡자가 반가운 얼굴로 외쳤다.

"고물 도사 형!"

척용이 비딱하게 웃었다.

"이야! 이게 누구야? 우리 태자 표형이시잖아!"

사련은 그에게 관심을 줄 기분이 아니었다. 그러거나 말거나, 척용은 또 허파에 바람 든 것처럼 달려와 사련 주위를 빙글 빙글 맴돌며 깐죽댔다.

"지난번엔 퍽 의기양양하지 않았나? 두 뒷배만 믿고 나를 무시하더니 지금은 어째 상갓집 개처럼 꼬리를 내렸대?"

두 뒷배라니? 의아해진 사련은 금세 깨달았다. 화성과 군오를 말하는 것이리라. 앞에 서 있는 군오를 보고 있자니 저도 모르게 만감이 교차했다. 문득, 아주 예전에 화성에게 군오를 어떻게 생각하냐고 물었던 일이 떠올랐다. 그때 화성의 대답은 이랬다. 군오는 선락 태자를 싫어하는 게 틀림없다고.

척용의 목소리가 이어졌다.

"헤헤헤. 지난번 개같은 화성이 도와준 덕분에 날 습격했었지? 그런데 내가 결판을 내기도 전에 다른 사람이 먼저 처리해 줬네. 이게 다 인과응보 아니겠어!"

군오가 냉담하게 입을 열었다.

"청귀, 선락에게 허튼소리 늘어놓지 마라. 네 부하는 이만 풀어 줘도 좋다."

안 보이는 곳에서는 군오를 미친 듯이 헐뜯는 척용도, 막상 군오 앞에 서니 의기소침하게 꼬리를 내렸다. 분한 표정을 지으면서도 그는 두말없이 지붕 위의 곡자를 안아 들고 냅다 자리를 떴다. 군오는 사련을 돌아보며 말했다.

"가자꾸나."

사련은 군오가 안내하는 대로 길을 거닐며 속으로 생각했다.

'이 방향은…… 척용의 부하에게 가는 길인가? 설마…….'

그리 한참을 걸어 모퉁이를 돌았다. 아니나 다를까, 화려한 무신전 하나가 두 사람의 눈앞에 나타났다.

명광전!

마침 명광전 안에서는 혼란스러운 고함과 노성이 흘러나오고 있었다. 가슴이 철렁 내려앉은 사련은 군오를 뒤따를 정신도 없이 먼저 앞으로 달려들었다. 대전 안은 말 그대로 난장판이었다. 새파랗게 질린 배명과 죽은 뱀처럼 그의 몸에 단단히 달라붙은 선희가 보였다. 그녀는 몸으로 매듭을 지을 것처럼 배명을 옭아매고 있었다. 긴 머리칼을 풀어 헤친 채, 살벌한 얼굴과 이를 드러낸 모습은 당장이라도 배명의 목을 물어뜯을 기세였다. 하지만 반월이 그녀의 목을 움켜쥐고 바깥으로 당기고 있었다. 반대편에서는 부러진 검이 배명의 목을 노렸다. 배숙이 양손으로 검을 꽉 붙잡은 덕분에 배명의 목에 검날이 파고들지는 않았다. 그리고 반월과 배숙의 뒤에서는 각마가 주먹을 마구 휘두르고 있었다. 배명이 각마를 붙잡은 채 버티고 있으니 망정이지, 그러지 않았으면 쇠망치보다 거대한 두 주먹이 벌써 배숙과 반월을 짓뭉갰을 터였다. 선희와 용광은 배명을 목 조르고 찔러 죽이려 안달을 내며 서로에게 욕을 쏟아부었다. 선희가 날카롭게 소리쳤다.

"꺼지지 못해! 배명의 목숨은 내가 거둘 것이다! 내 거야, 전부 내 거라고!"

명광검에 들러붙은 용광도 지지 않고 받아쳤다.

"네가 꺼져야지! 주제 파악도 못 하는구만! 배명이 싫다고 내친 여인이 천 명은 못 돼도 팔백은 되는데 어디서 고개를 내밀어! 배명의 목숨을 거둘 사람은 나라고!"

배명의 이마에 굵은 핏대가 튀어나왔다.

"……두…… 사람…… 제정신이야? 둘 다 당장 꺼져!"

"……."

사련은 내심 동정심이 일었다. 어떻게 보면 인기가 너무 많아도 불행한 법이다.

"배 장군, 조금만 버티세요!"

한마디 외친 사련은 상황을 수습하기 위해 걸음을 옮겼다. 그런데 가까이 다가서기도 전에 누군가의 손이 그의 어깨를 가볍게 붙잡았다.

군오가 뒤에서 입을 열었다.

"선락, 내가 선행이나 베풀라고 널 데려왔다고 생각하지는 않겠지."

한참 애를 먹고 있던 배명 일행도 그제야 기척을 느꼈다. 반월은 반색하며 목소리를 높였다.

"화 장군!"

어깨가 붙잡힌 순간, 사련의 몸이 꼼짝없이 얼어붙었다. 그는 굳어진 채로 물었다.

"그럼 뭐 하러 불렀습니까?"

군오는 사련의 어깨를 짚은 채로 그를 대전 안으로 밀고 들어갔다. 안에 들어서자, 한데 뒤엉킨 사람들이 힘을 빼앗긴 것처럼 맥없이 바닥에 쓰러졌다. 개중 몇몇은 끝까지 지지 않고 몸을 들썩였다.

군오가 입을 열었다.

"명광."

선희가 목을 놓아주자 배명의 안색이 겨우 정상으로 돌아왔다. 그는 한숨을 돌리며 말했다.

"제군, 이거 참…… 감사하게 됐습니다."

비꼬는 말투는 아니었으나 말 자체에서 제법 가시가 느껴졌다. 군오는 개의치 않고 싱긋 웃어 보였다.

"감사하기는 아직 이르다만. 명광, 네게 부탁할 일이 하나 있다."

"뭡니까?"

"지금 하계 황성에서 누군가가 진법을 치고 있다."

역시!

군오는 담담하게 말을 이었다.

"그 진법을 깨트리면, 북방 무신 자리를 돌려주마."

배명은 사련을 흘긋 쳐다보고는 헛웃음을 지었다.

"지금 그 진법은 혈우탐화가 지키고 있지 않습니까. 저로선 억지로 돌파할 길이 없을 듯하군요."

"물론 그렇겠지. 나도 억지로 돌파하라고 한 말은 아니다."

배명이라면 그 진법을 깨뜨리는 것쯤이야 일도 아니었다. 도우려는 행세만 해도 사청현은 그를 들여보내 줄 테니까. 진법

안에 들어간 다음 불시에 빠져나가면 진법은 금세 무너지고 말 것이다.

하물며 화성은 지금 황성을 지키고 있지도 않으니 수습할 방법이 없었다.

121장 은나비와 장명등의 호위 아래

사련도 입을 열었다.

"배 장군…… 그 진법은 동로에서 빠져나온 원령들을 묶어 두고 있습니다. 깨지는 순간 세 번째 인면역이 창궐할 테고, 그랬다간……."

천하가 송두리째 뒤집혀 백성들이 도탄에 빠지게 될 것이다.

배명은 코를 문지르며 말했다.

"한 가지 짚고 넘어가겠습니다, 제군. 제게…… 다른 선택지는 없는 겁니까."

군오의 대답이 돌아왔다.

"물론 있다. 만약 하계로 내려가면 널 놓아줄 것이다. 그리고 내려가지 않으면 저자들을 놓아줄 것이다."

저자들이라니?

선희와 용광, 각마를 말하는 것이리라.

세 마리 귀신은 배고픔에 굶주린 것처럼 녹색 안광을 뿜고 있었다. 그들을 풀어놓았다간 어떤 사달이 날지 눈에 선했다. 목 졸려 죽거나, 손톱에 긁혀 죽거나, 칼에 찔려 죽거나, 주먹에 으스러져 죽거나. 그중 하나가 될지, 전부가 될지는 모르는 일이었다.

군오의 말이 이어졌다.

"소배도 여기 있지 않더냐. 너는 저 자손을 제법 아끼는 것 같았다만. 소배가 반월관에서 인간들을 유인해 죽였던 사건까지 묻으려고 애쓰다 못해 남에게 뒤집어씌우려 했었지."

그 말을 들은 용광은 분통이 터졌는지 또 들썩거리기 시작했다. 그러면서 의리도 없이 까마득한 후손만 챙기고 형제는 내버렸다며 배명에게 욕을 퍼부었다. 선희도 원한에 차서는 뜻 모를 말을 지껄여 댔다. 배명은 뇌리를 관통하는 마귀 같은 목소리들을 견디며 한참을 고민한 끝에 한숨과 함께 대답했다.

"조금 더 생각할 시간을 주시겠습니까."

"내 인내심에도 한계가 있어서 말이다. 시간을 많이 주고 싶진 않구나."

말이 끝나기 무섭게 세 귀신의 얼굴에 화색이 돌았다. 굳어진 몸이 자유로워지자 세 귀신은 다시 배명을 향해 몸을 던졌다.

명광전 대문이 닫혔다. 안에서 누구의 것인지 모를 처참한 비명과 무언가가 찢기는 소리가 들려왔다. 사련의 낯빛이 변했다.

"배 장군! 반월!"

안으로 들어가려 하자 군오의 손이 거듭 그의 어깨를 눌렀다. 그는 사련을 우악스레 밀며 선경대로 쪽으로 걸어갔다. 사련은 몇 번이고 뒤를 돌아보면서도 무력하게 끌려갔다. 사련은 발끈한 목소리로 물었다.

"뭘 어쩔 셈이지?"

"다음 차례."

다음 차례? 다음이라니? 한동안 걷다가 다시 멈추었을 무렵, 사련의 숨이 턱 얼어붙었다.

낭천추의 태화전!

옆구리에 곽자를 낀 척용도 거리 맞은편에서 걸어왔다. 호탕한 표정을 보아 하니 아까 신관들의 대전을 짓밟아 한껏 만족스러운 모양이었다. 척용이 입을 열었다.

"나는 무슨 일로 불렀지?"

웬일인지 군오는 척용까지 태화전으로 불러들였다. 갈수록 짙어지는 불길한 예감에 사련이 버럭 일갈했다.

"너한텐 볼일 없으니 가던 길이나 가!"

척용의 표정이 일그러졌다. 그가 사련에게 호되게 침을 뱉어주려는 순간, 군오가 말했다.

"들어가라."

척용은 금세 히죽거리며 사련에게 빈정댔다.

"헤헤, 여기서 네 말은 안 통해!"

그러고는 의기양양하게 안으로 들어섰다.

태화전 안. 어두운 표정으로 뒷짐을 진 채 대전을 서성이고 있던 낭천추는 사련과 군오가 들어서자 미심쩍은 투로 물었다.

"여긴 무슨 일이지?"

그러다 두 사람 뒤에 있는 척용을 발견하고는 그가 안색을 뒤집으며 발끈했다.

"너!"

곡자가 고함에 놀라 움츠러든 반면, 척용은 낭천추를 조금도 겁내지 않았다. 그는 대전 바깥에 있는 의자에 엉덩이를 붙이고 앉아 다리를 떨며 거들먹거렸다.

"우리 아들, 겁낼 것 없다! 그래, 나다. 낭천추, 날 죽이겠다고 한참을 쫓아다녔잖아? 그런데 이제 내 손바닥 안에 든 신세네?"

발끈한 낭천추의 이마며 손등에 푸른 핏대가 돋았다. 하지만 애석하게도 대전에 갇혀 나갈 수 없는 처지라 사련에게로 화살을 돌렸다.

"무슨 꿍꿍이지? 내 앞에서 놈을 데리고 과시할 생각이냐?"

사련이 받아쳤다.

"아니야! 일단 진정해!"

"진정이라면 할 만큼 했어. 난 지금 이게 무슨 상황인지도 제대로 모른다고!"

군오가 입을 열었다.

"태화, 하계로 내려가 황성의 진법을 깨뜨린다면 네 원수인 청귀척용을 네게 넘겨주겠다."

척용은 한창 폭소하느라 바빴다.

"하하하하하하하하! 낭천추, 이 멍청한 영안국 얼뜨기가…… 엥? 뭐라고? 나를 넘긴다고? 그게 무슨 소리야?"

한참을 웃던 그는 겨우 군오의 말을 알아듣고는 의자에서 펄쩍 뛰어내렸다. 농담이지? 낭천추한테 나를 넘기겠다고? 척용은 낭천추의 일가족을 죽인 몸이니 능지처참을 당할 게 뻔했다!

군오는 척용을 거들떠보지도 않고 느긋하게 말을 이었다.

"하지만 거절한다면 너를 청귀척용에게 넘길 것이다. 청귀의 손에 죽어 간 영안국 황실 핏줄이 하나 더 늘게 되겠군."

낭천추의 안색이 한층 살벌해졌다. 척용이 외쳤다.

"잠깐, 뭐라고?"

사련의 인내심도 한계에 부딪혔다.

"당신 미쳤어? 왜 저 둘에게 그런 선택을 강요하는데? 나한테 대체 뭘 보여 주고 싶은 거야?"

낭천추는 지금껏 척용을 죽이겠다고 뒤쫓았으니, 척용의 성격에 낭천추를 처리할 기회가 주어진다면 당연히 인정사정 봐주지 않을 게 뻔했다. 하지만 낭천추가 정말 하계로 내려가 진법을 부수는 것만은 지켜보고 싶지 않았다.

이내 군오의 목소리가 들려왔다.

"저들이 선택하는 모습을 보고 싶지 않다면 네가 대신 하거라."

"뭐라고?"

"선락, 이게 다 네 고집이 불러온 결과다. 처음부터 내 말만 따랐어도 두 사람은 이런 선택의 기로에 서지 않았을 터."

사련은 화가 치밀다 못해 목소리가 떨려 왔다.

"이게 다 내 잘못이다? 왜 자꾸 날 몰아세우려고 안달이지?"

"내가 원망스럽나? 원망한다 한들 소용없다! 능력이 있다면 나를 무너뜨려야지. 그럴 능력은 있나?"

사련은 주먹을 부르쥐었다. 뼈마디에서 바드득, 소리가 울렸다. 군오가 말을 이었다.

"지금의 너로선 당연히 없겠지. 하지만 진법을 부순다면 생길지도 모른다. 그리하면 내가 네 주가를 풀어 줄 테니까."

"……."

그를 팔백 년간 봉인해 왔던 두 개의 주가. 그 주가가 풀리면 과연 어떻게 될까?

척용은 신경을 곤두세우고 태화전 곳곳을 힐끔거렸다. 낭천추가 하계로 내려가는 것을 택하는 바람에 군오가 자신을 낭천추에게 던져 줄까 봐 불안한 눈치였다. 낭천추의 시선도 사련과 척용 사이를 오갔다.

문득, 그의 어깨를 짚고 있던 군오의 손에서 힘이 풀렸다.

움찔한 사련은 재빨리 고개를 돌렸다. 군오는 냉담한 표정으로 고개를 살짝 숙이고 목 옆에 닿아 온 은빛 칼날을 응시했다.

그건 액명의 칼날이었다.

군오의 뒤편, 화성이 선득한 눈빛으로 차갑게 입을 열었다.

"손 치워."

"삼랑!"

결국 화성이 나서고 말았다.

군오는 가볍게 한숨을 내쉬고는 싱긋 웃으며 사련에게 말했다.

"선락, 내 눈앞에서 귀왕과 밀통을 했다니. 참으로 대담하구나."

화성이 코웃음을 쳤다.

"거울을 좀 보지 그래. 네놈이 그런 말 할 자격은 있나?"

척용은 의자에 제대로 앉기도 전에 또 펄쩍 뛰어오르며 경악했다.

"개, 개, 개, 개…… 화성? 어떻게 올라왔지?"

사련은 허리춤에 찬 방심을 뽑아 단숨에 휘둘렀다. 동시에 낭천추를 봉인한 결계가 부서졌다.

"천추, 도망쳐!"

울분에 휩싸인 낭천추는 단걸음에 달려들어 척용을 잡아챘다. 그를 산산이 조각낼 심산인지, 다른 손으로는 등에 멘 중검을 뽑아 들었다. 그러자 곡자가 아래로 뛰어내려 양팔을 벌리고 척용 앞을 막아섰다.

"우…… 우리 아빠 죽이지 마요!"

낭천추가 버럭 일갈했다.

"비켜라! 네 아버지는 귀신에 씌었다. 저건 네 아버지가 아니야!"

이때 기습적으로 튀어 오른 척용이 곡자를 붙들고 으름장을 놓았다.

"가까이 오지 마! 경고했어! 가까이 오면 이 꼬맹이를 물어 죽이겠다! 배를 가르고 눈앞에서 잡아먹어 주마!"

낭천추는 자리에 우뚝 멈춰 섰다.

"그 아이는 네 아들이 아니더냐? 널 감싸 준 아들을 방패로 삼다니, 비겁하고 간사한 귀신 같으니!"

척용의 손에 붙잡힌 곡자는 눈을 끔뻑거렸다. 척용이 대꾸했다.

"아들 따위 하나 더 낳으면 돼!"

군오가 가만히 입을 열었다.

"이렇게 나오겠다면야……."

이 말투를 들은 사련은 본능적으로 위험을 감지했다. 아니나 다를까, 머지않아 바깥에서 난데없는 고함이 쏟아졌다.

"불! 불이야!"

"불이다!"

사련은 태화전을 빠져나갔다. 어둠이 내려앉은 선경 위쪽이 온통 붉었다. 아래쪽 신전은 모조리 불바다에 휘감긴 채였다.

사련은 다시 뒤를 돌아보았다.

"왜 선경에 불을 질렀어? 신관들이 아직 안에 갇혀 있다고!"

게다가 법력이 제한된 상태이니, 이대로라면 다들 자기 궁전 안에서 불타 죽는 신세가 되지 않겠는가?

화성이 말했다.

"놈은 신관들이 죽든 살든 관심 없겠지."

낭천추도 화들짝 놀랐다. 척용은 기회를 놓치지 않고 곡자를 옆구리에 낀 채 한달음에 달아났다.
"거기 서!"
낭천추가 외쳤으나, 척용은 가만히 멈춰 설 위인이 아니었다. 사련은 낭천추에게 말했다.
"천추, 우선 다른 신관들을 밖으로 내보내 줘!"
낭천추가 반사적으로 대답했다.
"네, 스승님!"
이 대답이 나오자 두 사람은 나란히 얼이 빠졌다. 낭천추는 사련을 흘긋 쳐다보고는 신속히 밖으로 내달렸다. 한편, 화성이 액명을 거두자 수천 수백에 달하는 은나비가 폭풍처럼 소용돌이치며 군오를 에워쌌다. 이내 화성이 사련을 끌어당겼다.
"가자!"
이 은나비로는 군오를 오래 붙잡아 두지 못할 터였다. 두 사람은 빠르게 거리로 내달렸다. 낭천추는 발 빠르게 호위병들을 쓰러뜨리고 수많은 신관을 궁전 밖으로 풀어 준 참이었다. 선경대로로 쏟아져 나온 신관들은 당황한 기색이 역력했다.
"갑자기 웬 불입니까? 누가 불을 질렀지요?"
"심지어 평범한 불도 아닙니다. 불길이 잡히질 않아요!"
멀리서 척용이 내달리며 고함치는 소리가 들려왔다.
"제기랄, 제기랄! 염병할 군오 자식, 미친 거냐? 나도 여기 있는데 자기 지반에 불을 질러? 염병할, 진짜 제정신이 아니구만!"
남양전에서 빠져나온 풍신도 대로에 서서 누군가를 찾고 있었다. 한쪽에서 모정이 말했다.

"어떻게 도망칩니까?"

도망칠 길이 없었다.

"날 수 있을까요?"

"다들 지금 다친 몸에 법력도 속박되었으니 못 날아갈 겁니다……."

그 말인즉, 대전에서 빠져나왔다 한들 결국 불바다가 된 선경에 갇힌 셈이었다.

바로 이때 난데없이 바닥이 뒤흔들렸다. 기겁한 신관들이 웅성거렸다.

"뭐지? 지진인가?"

낭천추가 말했다.

"그럴 리가요! 여기는 선경입니다. 하늘에 떠 있는 곳인데 웬 지진이 일어나겠습니까?"

"그건 그렇소만……."

대화가 오가던 찰나, 다들 말문이 턱 막혔다. 신관들은 한참 뒤에야 너도나도 손을 쳐들고 앞을 가리켰다.

누군가 멍하니 중얼거렸다.

"저건 대체……."

하늘로 치솟는 불길 속, 선경대로 끄트머리에서 불쑥 등장한 거대한 머리가 거리에 새까맣게 모여든 신관들을 바라보고 있었다.

어찌나 거대한지, 머리만 해도 궁전 한 채보다 몇 곱절은 컸다. 거기에다 그 얼굴은 미소를 짓고 있었다. 평화롭고 선한 미소가 끝없는 어둠과 핏빛 불길 사이에서 나타나니 다소 기괴해 보였다.

"……."

한 신관이 머리를 부여잡았다.

"……내가 환각을 보고 있는 건가?"

"거대한 태자 전하잖아!"

다름 아닌 그 거대한 석상이었다.

석상이 선경으로 날아온 것이다!

경악하기는 사련도 마찬가지였다. 그 신상은 동로산에 쓰러져 있지 않았던가? 게다가 사련이 직접 조종하지 않고서야 날 수 없을 터였다. 애초에 명령하지도 않았고 법력도 부족한 처지인데, 어떻게 여기까지 올라왔을까?

다시 보니, 어둠 속 거대한 신상은 점점이 찬란한 빛을 두르고 있었다. 가만히 들여다보고서야 깨달을 수 있었다. 그건 신상의 몸에서 발하는 빛이 아니라, 수많은 은나비 떼와 신상의 주변을 감싼 장명등의 불빛이었다.

저 은나비와 장명등이 신상을 감싼 채 하늘로 이끈 것이다.

122장 뒤집힌 선경, 불바다 위 공중전

충격에 빠진 무수한 눈동자가 바라보는 가운데, 거대한 신상은 미소를 지으며 갈수록 높이 떠올랐다. 신상은 상처 없이 멀쩡한 모습이었다. 지난번 백무상이 부러뜨렸던 다리도 감쪽같이 붙어 있었다. 이를 확인한 사련은 기쁜 목소리로 말했다.

"삼랑, 신상을 고쳤어?"

화성이 싱긋 웃으며 대답했다.

"형 데리러 올라오는데 당연히 빈손으로 올 수는 없지. 가자!"

사련이 고개를 끄덕였다.

"여러분, 빨리 타세요!"

하지만 신관들은 그제야 사련의 곁에 있는 사람이 화성이라는 것을 알아보고는 제자리에 털썩 꿇어앉을 뻔했다.

"태자 전하, 옆에 있는 그 사람은?"

풍신은 한층 초조한 표정을 짓더니 결국 소리 높여 외쳤다.

"검란! 검란!"

돌아오는 대답은 없었다. 낭천추는 거리 모퉁이에 슬그머니 숨어든 척용을 발견하고 득달같이 달려들었다. 그런데 그가 태화전을 지나치던 순간, 무언가가 안에서 폭발한 것처럼 궁전이 송두리째 무너져 내렸다. 흠칫한 신관들이 태화전을 돌아보았다. 불길과 잔해 속, 한 사람이 고개를 숙인 채 말없이 서 있었다.

군오가 빠져나온 것이다.

역시 은나비는 그를 끝까지 막지 못했다.

잽싸게 군오의 옆으로 도망친 척용이 신관들을 향해 거들먹거리며 큰소리를 쳐 댔다.

"잡놈들! 하나같이 잡놈투성이라니까! 자신 있으면 어디 한번 덤벼 봐!"

이런 상황에서 군오에게 겁도 없이 접근할 수 있는 사람은 역시 척용뿐이었다. 다른 신관들은 말문을 뗄 엄두조차 나지 않았다.

흰 갑옷을 두른 무신의 몸에서 검은 기운과 눈부신 흰빛이 동시에 솟구쳤다. 뒤섞인 두 색채가 어지러이 일렁였다. 이 '군오'가 낯설게만 느껴진 신관들은 숨소리도 제대로 내지 못하고 가만히 그를 지켜보았다. 군오는 사련을 빤히 응시하며 신관들이 모인 거리로 천천히 걸어왔다. 내딛는 걸음마다 전란의 불길이 일었다. 가만히 춤추던 불씨가 사방으로 무섭게 번지더니, 거세게 몰아치는 화염으로 자라났다.

흡사 일념교에서 만났던 그 장군 귀신처럼.

불길에 그슬린 척용은 꽥 귀곡성을 내지르고는 곡자를 끌어안고 허겁지겁 달아났다. 한편 권일진은 인옥의 시신을 등에 업고 그을음을 뒤집어쓴 얼굴로 길거리에 서 있다가 군오를 발견했다. 그는 두 눈에서 불꽃을 튀기더니 시신도 내려놓지 않고 군오에게 곧장 다가갔다. 사련은 재빨리 그를 잡아챘다. 지금 군오에게 다가가는 것은 엄연한 자살 행위였다.

또다시 은나비 떼가 밀려들었다. 이 틈에 사련이 외쳤다.

"어서요! 다들 가만히 계시지 말고요!"

신관들은 잠시 머뭇거린 끝에 속속 사련의 말을 따랐다. 마치 새카만 개미 떼가 기어오르듯, 수백에 달하는 신관들이 신상의 어깨와 가슴께로 빼곡하게 올라탔다. 설 자리가 없는 신관들은 아쉬운 대로 옷자락에 매달렸다. 신상을 날게 하려면 장명등과 은나비에만 의지할 수는 없었다. 하지만 법력을 빌리자니 사람이 너무 많아 화성에게 손을 댈 방법이 없었다. 사련은 급한 와중에 기지를 발휘했다. 그는 손에 잡히는 대로 한 신관을 잡아당겨 앞을 가리고는, 그 등 뒤에서 화성의 얼굴을 감싸 쥐고 깊이 입을 맞추었다.

아니나 다를까, 금세 사련의 온몸에 영력이 차올랐다. 병풍 신세가 된 신관은 온몸을 굳힌 채 충격에 휩싸였다.

"지금 제 뒤에서 뭐 하시는 겁니까?"

쌍쌍이 수많은 눈동자도 놀란 기색으로 이쪽을 힐끔거렸다. 깨닫고 보니 사련이 병풍으로 쓴 신관은 무려 낭천추였다. 이렇게 송구스러울 때가. 꼬마에게 보여 줄 만한 장면이 아닌데. 사련은 속으로 중얼거리며 말했다.

"별거 안 했어. 너는 보면 안 돼!"

그러곤 다시 홱 돌아서서 신상을 향해 외쳤다.

"출발!"

그의 외침에 부활이라도 한 것인지, 신상이 가느다란 실눈을 동그랗게 떴다. 얼굴에 머금은 웃음기가 한층 짙어졌다.

은나비와 장명등이 삽시간에 멀리 흩어졌다. 신상은 그대로 공중을 부유했다. 긴 머리칼과 옷자락이 바람에 펄럭이는 것만 같았다.

신상이 날기 시작했다!

사련과 화성은 훌쩍 도약해 신상의 머리 위 옥관에 자리를 잡았다. 사련이 말했다.

"다들 중심 잘 잡으시고, 손 놓지 마세요!"

말이 끝나기 무섭게 신상의 몸이 잠시 내려앉나 싶더니, 광풍을 휘감고 앞으로 날아갔다.

신상 가장 높은 곳에 선 사련과 화성은 수많은 신관들을 태우고 선경을 떠났다. 백 년의 역사를 선경에 두고 온 신관들은 미어지는 괴로움에 자꾸만 고개를 돌려 쳐다보았다. 사련은 마음을 추스르고 나서야 한 가지 생각이 떠올랐다. 생각해 보니 아까 서두르던 나머지 신관들의 머릿수를 세지 못했다. 배명 일행이 구사일생으로 살아남았을지 확실치 않은 상황이었다. 불안해진 사련은 아래쪽 인파 사이에서 익숙한 얼굴을 찾아 헤맸다.

"사부! 배 장군! 다들 타셨나요?"

멀찍이서 국사의 목소리가 들려왔다.

"여기 탔습니다!"

사련은 그제야 가슴을 쓸어내렸다. 이때 누군가가 목청 높여 소리쳤다.

"따라, 따라옵니다!"

고개를 돌려 보니, 정말이었다. 죽음의 불길 같은 새빨간 무언가가 신상을 뒤쫓고 있었다.

바로 선경이었다.

본디 선경은 상서로운 기운이 감도는 곳이었다. 하지만 전란의 불길이 깃든 지금은 화염에 휩싸인 마귀의 도시로 변하고 말았다. 누군가 질겁한 목소리로 중얼거렸다.

"제군…… 제군께서 선경을 움직이시는 겁니다. 우리를 몰살할 작정으로……."

"이러다 따라잡히겠습니다!"

사련이 짧게 일축했다.

"그리 쉽게는 안 되죠."

빠르게 수인(手印)을 바꾸자, 신상이 두 눈을 번득 빛냈다.

신관들의 귓가를 스치는 바람 소리가 한층 날카로워졌다. 동시에 뒤를 쫓아오던 붉은빛이 다시 성큼 뒤로 멀어졌다.

신상이 한층 속도를 높인 것이다.

하지만 이쪽이 박차를 가하자 그 붉은빛도 지지 않고 속도에 불을 붙였다. 쿠르릉, 굉음이 들리나 싶더니 오히려 아까보다 거리가 훨씬 가깝게 좁혀 들었다. 놀란 신관들이 탄성을 질렀다. 하다못해 선경에 서 있는 그 인영까지 똑똑히 보일 정도였다.

한편 인간계는 아무 일도 없다는 듯 평화로웠다. 시시덕대며 놀고 있던 꼬마들은 하늘을 빠르게 질주하는 흰빛과 붉은빛을 보고 입을 떡 벌렸다. 다들 손바닥을 짝 마주치고는 하늘을 가리키며 외쳤다.

"빛이야! 진짜 멋지다!"

사련은 이대로는 안 되겠다, 싶어졌다. 어떻게든 속도를 더 높여야 했으나 머리가 조금 어지러웠다. 어쨌거나 신상을 오래 허공에 띄우려면 정신력을 쥐어짜야 했으니까. 화성이 옆에서 그를 부축해 주었다. 두 사람이 입을 열려던 찰나, 아래쪽에서 국사의 호통이 울려 퍼졌다.

"어찌 다들 멍하니 손 놓고 있어? 신관들이 말이야, 귀왕의 법력 덕분에 탈출하다니 낯부끄럽지도 않나!"

한 신관이 아니꼬운 투로 받아쳤다.

"당신은 누구요? 당신이 무슨 자격으로 훈수야?"

"내가 누군지 뭐 그리 중요하다고. 내 상천정에 있을 적에 자네들이 어디서 흙장난이나 하고 있었을지는 모르겠다만, 좌우간 나는 자네들에게 잔소리할 자격은 충분히 되는 사람이야. 지금 중요한 건, 당장 자네들의 그 귀하신 손을 신상에 붙이고 조금이라도 법력을 보태야 한다는 사실이지! 그래야 이 신상이 더 빠르게 날 것 아냐. 아니면 이대로 놈에게 붙잡히려고? 무슨 일만 터지면 나 몰라라 하는 습관이 들어서 이젠 자기 목숨 위험한 줄도 모르는 겐가? 이런 일까지 내가 일러 줘야 해?"

그의 말에 겨우 정신을 차린 신관들은 내심 무안한 마음이 들었다. 이런 방법을 잊고 있었다니. 신관들은 다 같이 힘을 쥐어짜 손바닥을 신상에 붙이고 위를 향해 외쳤다.

"태자 전하, 전하께, 음, 미력하게나마 힘을 보태겠소!"

"아, 그럼 저도……."

"법력이 많지는 않지만…… 아쉬운 대로 보태겠습니다!"

이렇게 너도나도 손을 보태자 신상 안에 법력이 가득 차올랐다. 사련은 일렁이는 원기를 느꼈다. 속도를 붙인 신상은 우르릉, 하는 굉음과 함께 붉은 선경을 10리 뒤편으로 멀리 따돌렸다.

신관들은 안도의 한숨을 푹 내쉬며 분분히 식은땀을 훔쳤다. 사련도 마찬가지였다. 이때 화성이 입을 열었다.

"형, 아래로 가자."

다른 사람도 아닌 화성의 말이다. 사련은 달리 이유를 묻지 않고 신상을 조종해 칠흑같이 까만 구름을 헤치고 아래로 내리 달았다. 밑은 온통 새카만 어둠뿐이었다. 하다못해 인가의 불빛 하나 보이지 않았다. 신관들은 의문에 빠졌다.

"여기는 어디요? 어찌 이리 어두워? 오싹하게."

"태자 전하, 왜 아래로 내려오셨습니까?"

"어째 불안한 곳 같은데요……."

하지만 화성의 생각은 달랐다.

"여기에 가만히 있자. 기다려야 해."

이내 신상이 허공에 멈추어 섰다. 사련이 말했다.

"응. 언제까지 기다리는데?"

화성이 목소리를 낮추어 대답했다.

"놈이 쫓아올 때까지. 일단 싸우자."

말끝이 떨어진 찰나, 위쪽 먹구름 속에서 붉은빛이 터져 나오며 화염에 휩싸인 선경이 아래로 내려앉았다. 신관들은 가까이 밀려오는 붉은빛에 등골이 오싹해졌다.

"전하, 어서 가시지 않고요!"

"설마 제군과 정면으로 맞서려는 겁니까? 승산이 없어요!"

"또 삽질 시작이군! 저 사람 원래 삽질 전문이잖습니까! 몇백 년을 걸쳐서 매번…… 누가 날 발로 찼어!"

국사가 말했다.

"나일세. 한 글자라도 더 나불거리면 아예 밑으로 떨어뜨릴 줄 알게."

"당신 대체 정체가 뭐야!"

신상도 크기가 거대했지만 선경은 그보다도 한없이 웅장했다. 지금 이 신상의 체격으로 맞선다면 깔려 뭉개질 게 자명했다. 하지만 사련은 화성의 판단을 믿고 말없이 정신을 곤두세웠다.

한 신상과 도시가 밤하늘 허공에서 싸늘하게 마주했다. 붉은 선경이 반 리 남짓 가까워졌을 무렵, 사련은 문득 아래쪽에서 미묘한 움직임을 느꼈다.

그는 아래를 내려다보았다. 깨닫고 보니 아래쪽 먼발치에서 어둠이 꿈틀거리고 있었다. 출렁, 출렁, 거칠게 넘실대는 모습이 마치…….

파도 같았다.

사련은 이곳이 어디인지 깨달았다.

다른 신관도 이곳의 정체를 알아채고 경황없이 외쳤다.

"맙소사, 여기는…… 흑수 귀역 같은데요! 우리 지금 귀왕의 소굴로 끌려왔어요!"

말끝이 막 떨어진 순간이었다. 아래쪽에서 희고 날카로운 물체들이 암흑을 꿰뚫고 불쑥 솟구쳐 올랐다.

여덟 개의 도깨비불 등롱처럼 푸른 안광을 가물대는 거대한 눈동자들이 불길에 휩싸인 선경을 노려보며 사납게 으르렁댔다. 예의라고는 눈곱만큼도 없는 침입자에게 골이 난 것일까. 뼈만 드러난 거대한 꼬리가 해면을 내리치자 아득한 파도가 일었다.

바로 흑수 귀역의 네 마리 골룡이었다.

골룡들은 선경을 향해 고개를 쳐들고는 입에서 격렬하게 물줄기를 뿜었다. 굳건한 철옹성이라도 이 막강한 물줄기에 부서질 것만 같았다. 사련은 어쩐지 감회가 남달랐다.

"저번에 봤을 때는 약간…… 그랬는데, 하하, 실은 꽤 사나운 아이들이었구나."

칠흑처럼 새카만 바다 아래, 새로운 골룡 떼가 수면을 뚫고 투석기로 바위를 던지듯이 줄줄이 튀어나왔다. 신관들은 완전히 얼이 빠졌다. 군오에게 쫓기고 화성과 흑수의 도움을 받는 판국이라니. 실로 기묘한 광경이 아닐 수 없었다.

네 마리 골룡은 마귀의 도시로 변한 선경을 에워싸고 줄기차게 물을 뿜었다. 그러나 전란의 불길은 물길을 뒤집어쓸수록 강하게 타오르더니, 심지어는 바다까지 집어삼켰다. 이내 흑수귀역의 해면 위로 불씨가 솟았다. 불꽃이 어른대는 물결을 따라 어지러이 춤췄다. 수면 아래에서 처참한 울음소리가 들려왔다. 사련은 덜컥, 식은땀이 흘렀다.

"엉망진창이 된 선경을 흑수의 지반까지 끌고 와서 난동을 부려도 괜찮은 걸까……."

그러자 화성이 말했다.

"신경 쓸 것 없어. 놈은 내게 진 빚이 있으니까. 편하게 싸워도 돼."

"으응?"

이때 누군가가 앞쪽을 가리키며 말했다.

"저…… 저게 지금 뭐 하는 거지요?"

그 말에 사련도 얼른 고개를 들었다. 시선이 가닿은 순간, 가슴이 덩달아 서늘해졌다.

한때 선경이었던 화염의 도시가 허공에서 굉음을 내며 진동하고 있었다. 불덩이 같은 바위가 바다로 와르르 쏟아져 내렸다. 뒤이어 도시가 느릿하게 뒤집혔다.

평평한 땅이 모조리 솟구쳐 오르며 갈라지기 시작했다. 선경 지면에 자리한 수많은 신전도 사방으로 위치를 옮겨 가나 싶더니, 온전했던 성체가 산산이 조각나기 시작했다.

한 신관이 중얼거렸다.

"설마 모조리 부숴 없애려는 건가? 선경이 이대로 무너진다고?"

사련도 입을 열었다.

"선경이 이리 손쉽게 무너질 리가 없잖아요? 이건 아무래도……."

사련이 말을 이어 가려던 순간이었다. 방금까지 '조각났던' 궁전들이 다시 빠르게 맞춰지기 시작했다. 거대한 바위가 마찰하는 소리가 부단히 뒤를 이었다. 그 모습을 지켜보는 신관들의 눈이 갈수록 휘둥그레졌다. 누군가는 한술 더 떠서 입을 떡하니 벌렸다.

화염에 휩싸인 마귀의 도시는 산산이 무너진 것이 아니라, 새로운 모습으로 재건되고 있었다.

다시 태어난 선경은…… 화염을 두른 거인의 형상으로 변해 있었다.

깊은 잠에서 깨어난 거인이 공중에 우뚝 섰다. 흡사 철갑을 두른 양, 찬란한 궁전으로 온몸을 견고하게 뒤덮은 채였다. 거인은 선경을 대신해 사련의 신상과 허공에서 대치했다.

양쪽을 나란히 놓고 비교하자니 놀랍게도 사련 쪽이 훨씬 아담했다. 어른 앞에 버티고 서 있는 아이 같아 다소 안쓰러운 모습이었다. 물론 사련의 신상도 한없이 거대했지만, 화염을 두른 거인은 그보다도 대여섯 배는 되었다. 말 그대로 '하늘을 떠받치고 설' 만큼 거대한 크기라, 보는 것만으로도 충격에 솜털이 곤두섰다. 발만 내디뎌도 도시 하나가 송두리째 짓밟혀 몰락할 것 같았다.

완벽하게 제 모습을 찾은 거인은 고개를 살짝 돌리더니 입에서 불줄기를 뿜어 골룡 네 마리를 휩쓸었다. 불길이 줄기차게 날아들던 물줄기를 끊어 냈다. 상황이 불리해지자 골룡들은 나란히 바다로 뛰어들어 두 발로 해면을 디뎠다. 그러곤 평지를 거닐듯 안정적인 걸음으로 사련의 신상 곁까지 다가왔다.

거인의 머리 위로는 무신전이 보였다. 군오가 그 무신전 안에 앉아 스산한 위압감을 흘리고 있었다. 신관들은 정말이지 숨이 턱 막혀 왔다.

"태자 전하, 가만히 서 계시면 어떡합니까! 속 터져 죽겠네, 어서 도망치세요!"

"못 이깁니다, 절대 못 이겨요! 정신 차리십쇼, 태자 전하! 저 놈은 이쪽 신상의 몇 배는 된다고요!"

하지만 사련의 생각은 달랐다.

"내내 도망칠 수는 없지 않습니까. 게다가 아무리 이길 수 없어도 다른 곳으로는 못 가요."

순간 얼떨떨해진 신관들은 뒤늦게야 상황을 파악했다. 사련의 말대로 내내 도망치기만 할 수는 없는 노릇이었다. 만일 화성이 도중에 법력을 거둔다면, 지금 신관들의 법력만으로는 신상을 끝까지 지탱할 방법이 없었다. 때가 되면 어딘가에서는 싸워야 했다.

그렇기에, 저 거인을 사람이 많은 곳으로 유도하느니 이곳에서 해결하는 편이 나았다. 적어도 인적 하나 없는 흑수 귀역의 해수면이라면 평범한 인간들이 화를 입지는 않을 터였다.

신관이라면 응당 이렇게 생각해야 옳았다. 하지만 눈앞에 마주한 저 기세등등한 거인과 이곳 흑수 귀역에서 배수진을 치고 싸워야 한다고 생각하니 마음 한구석이 께름칙했다. 그러나 당장 사람이 많은 곳으로 도망치자고 솔선수범하여 외치자니 영 체면이 서지 않았다. 사련이 말을 이었다.

"여러분, 떨어지지 않게 꽉 잡으세요! 흑수 귀역은 빠지는 즉시 가라앉게 됩니다!"

화염을 두른 거인이 저보다 몇 배는 작은 신상을 붙잡으려고 손바닥을 뻗었다. 사련은 민첩하게 손길을 피해 훌쩍 뛰어올랐다. 신상을 붙잡은 신관들은 엎어졌다 급선회하고, 위로 떠올랐다 떨어지기를 반복했다. 위험천만하고 아슬아슬한 움직임에 사방에서 아우성이 터져 나왔다. 여기 모인 대부분이 온종일 신전에 앉아만 있는 무신이라는 점도 문제였지만, 설령 번듯한 무신이라도 이런 식의 전투 경험은 많지 않을 터였다. 그런데 이때, 사련의 귓가로 권일진의 외침이 들려왔다.

"당신, 무기가 없잖아! 무기가 필요해!"

다른 신관들도 참다못해 거들었다.

"맞습니다, 태자 전하! 무기 없이는 맞서기 힘들어요!"

"저도 무기로 쓸 만한 걸 찾는 중이에요!"

이 말을 들은 약야가 설렌다는 듯 몸을 비비 꼬며 사련의 눈앞으로 불쑥 고개를 내밀었다. 사련은 약야를 옆으로 치우며 말했다.

"마음은 고맙지만 너는 안 돼. 너무 작아!"

이때 화성이 입을 열었다.

"무기가 없는 건 아냐. 우선 저거라도 쓰자."

화성이 말을 마친 순간, 다시금 날카로운 포효가 들려왔다. 거인이 내뿜은 불길에 내쫓겨 바다로 가라앉았던 골룡 네 마리가 다시 해면을 뚫고 나와 신상을 둥글게 에워쌌다. 신관들은 심장이 덜컥 내려앉았다.

"뭘 하려는 거지?"

물론 골룡들은 사련을 공격하려고 몰려든 게 아니었다. 사련은 골룡들을 지켜보았다. 네 마리 골룡들은 저마다 동료의 꼬리를 입에 물더니, 마지막에는 기이하리만치 긴 골룡으로 탈바

꿈했다.

꼬리에 꼬리를 문 골룡 떼가 이쪽으로 훌쩍 날아들었다. 사련은 본능적으로 손을 치켜들어 거대한 신상의 손으로 골룡을 붙잡았다. 그가 나직하게 중얼거렸다.

"이건……."

골룡으로 만든 채찍이었다.

약야를 다루듯이 이 채찍을 휘두르면 될 것 같았다.

손을 힘껏 쳐든 사련은 화염을 두른 거인의 머리를 노리고 골룡을 휘둘렀다. 거인도 손을 쳐들고 채찍 끝을 움켜쥐었다. 그러자 하나로 이어진 골룡이 두 쪽으로 갈라졌다. 앞으로 성큼 걸어간 사련의 신상은 손에 쥔 나머지 골룡 채찍으로 거인의 머리를 휘갈겼다. 거인은 고통스러운 듯 손을 펼쳤다. 거인의 손아귀에 붙잡혔던 골룡들은 다시 헤엄쳐 와 사련이 들고 있는 채찍에 달라붙었다.

골룡들이 만들어 낸 채찍은 붙었다 떨어지며 자유롭게 움직였다. 둘로 갈라졌다 한데 합쳐지기 일쑤인 데다가 신상의 민첩한 몸놀림까지 더해지니 눈 깜짝할 새에 난공불락이 되었다. 신관들은 쏟아지는 광풍에 산발이 된 머리를 하고 옷자락을 뒤집어쓴 채 목청을 높였다.

"참 의외네요! 태자 전하가 이런 실력자셨다니요!"

"고물 줍는 것만 봤는데, 의외로 무신 출신이 맞았군요."

국사가 끼어들었다.

"앞에 그 의외라는 말은 좀 빼지 그래. 고물 줍는다는 말도 구태여 강조하지 말고!"

사련은 멋쩍게 웃을 뿐이었다.

"아, 하하하……."

꼬리에 꼬리를 문 기다란 골룡은 창백한 쇠사슬처럼 상대를 바드득, 옭아맸다. 화염을 두른 거인의 몸이 기우뚱 기울었다. 곧이어 신관들은 퍼뜩 정신을 차렸다.

"어서, 서둘러요! 당장 바다로 끌어 내립시다!"

이 전장의 아래편은— 빠지는 즉시 가라앉는 흑수의 귀역이니까!

사련의 신상이 골룡을 잡아당겼다. 사련은 이를 악물고 법력을 쏟았다.

"내려가!"

화염을 두른 거인이 다시 기우뚱 내려앉았다. 신관들도 다시 허겁지겁 손을 보태 신상에 법력을 불어넣으며 목청을 높였다.

"빠져라! 가라앉으라고! 당장!"

신관들이 군오를 향해 '가라앉으라'고 이구동성으로 외치자 사련은 어쩐지 속이 오싹해졌다. 그는 거인의 머리 꼭대기에 자리한 무신전을 올려다보았다. 안에 있는 사람의 표정은 전혀 보이지도 않건만 어쩐지 군오가 냉소하고 있다는 기분이 들었다.

지독한 대치 끝에 화염을 두른 거인은 서서히 바다 아래로 끌려들어 갔다. 몸을 감싼 화염은 바닷물에 잠기고도 꺼지지 않고 외려 칠흑처럼 새카만 바닷속에서 불길을 뿜으며 바닷물마저 붉게 물들였다. 골룡들이 거인을 깊이 끌고 내려가고서야 붉은빛도 서서히 자취를 감추었다. 신관들은 한목소리로 안도의 한숨을 내쉬었다. 반면에 사련은 섣불리 경계심을 내려놓지 못했다.

긴 시간이 흘러도 아무런 기척이 없었다. 그러자 사련은 문득 배명의 대답을 듣지 못했다는 것이 떠올랐다. 반월과 배숙의 목소리도 들리지 않았었다. 무신전에 갇힌 채 덩달아 바닷속으로 끌려갔다면, 이번에는 정말로 화를 면치 못할 터였다.

바로 이때, 아래쪽 해수면이 부글부글 물거품을 뿜기 시작했다.

들썩거리며 끊임없이 퍼져 나가는 물거품 위로 새하얀 김까지 솟구쳤다.

바닷물이 끓고 있다!

아차, 싶어진 사련이 위로 날아오르려는 순간, 한 손이 해면을 뚫고 나와 단숨에 신상의 발목을 낚아챘다.

몸이 아래로 훅 내려앉는 느낌이 들었다. 아래를 내려다보니, 그 거인이 꾸역꾸역 위로 기어오르고 있었다.

해면 위로 드러난 상체가 바닷물로 흥건했다. 몸을 휘두른 불꽃은 절반 남짓 사그라들었다 다시 타오르기 시작했다. 꼬리에 꼬리를 문 골룡들이 여전히 거인을 옭아매고 있었다. 하지만 분명하게도, 거인을 막기에는 역부족이었다.

군오의 웃음소리가 온 해면에 널리 메아리쳤다. 폭소도 냉소도 아닌, 무어라 형용할 수 없이 오한을 불러일으키는 웃음소리였다. 화염을 두른 거인이 매달리자 신상의 다리가 끓는 바닷물에 잠겼다. 아래편에 버티고 서 있던 신관들은 필사적으로 위를 향해 기어올랐다. 신상의 맨 꼭대기, 옥관 안에 서 있는 사련마저 숨 막히는 열기를 느낄 수 있었다. 뜨거운 열기에 이마에서부터 등까지 땀이 배어 나왔다.

이대로 바닷속에 끌려들어 갔다간 머리부터 발끝까지 푹 익어 버릴 것이다.

다른 무기로는 최고의 능력을 발휘할 수가 없었다. 사련에게는 역시 검이 필요했다.

이때 국사의 목소리가 울려 퍼졌다.

"저기…… 이보게, 곱슬머리 꼬맹이? 지금 무슨 짓이지? 나한테 시체를 들이밀지 말아 주겠나? 잠깐! 무슨 짓이야!"

사련도 덩달아 흠칫했다. 그는 손가락을 엮어 주술을 유지한 채 아래를 향해 소리쳤다.

"기영?"

누군가 신상의 다리를 따라 빠르게 내려가고 있었다. 그 사람은 곧이어 거인의 팔에 올라타 머리 꼭대기를 향해 질주했다. 사련이 외쳤다.

"기영, 돌아와요!"

그러나 권일진은 남의 말 따위 귀에 들어오지 않는 상태였다. 그는 거인의 팔뚝 위를 내달리던 도중에 다른 손이 날아든다는 것을 알아챘다. 거인의 손바닥은 팔에 앉은 모기를 잡으려는 것처럼 무서우리만치 빠르고 정확하게 팍, 소리를 내며 내리꽂혔다.

신관들은 놀란 마음에 외마디 비명을 질렀다. 그런데 가만 보니 권일진은 계속해서 달려가고 있었다. 방금 손바닥이 날아든 순간, 재빨리 손가락 틈새로 피해 고깃덩어리 신세를 면하고 손가락을 뛰어넘어 달린 것이었다. 한두 번은 아슬아슬하게 피했다지만 세 번째까지 요행을 바라기는 어려울지도 몰랐다. 다시 손바닥이 날아든다면 십중팔구 고깃덩어리가 되어 버릴 게 뻔했다.

다만 권일진은 세 번째로 손바닥이 날아들기 전에 목적지에 다다랐다. 그는 거인을 옭아맨 골룡의 두개골 안으로 뛰어들었다.

그가 안으로 뛰어들자 골룡의 눈을 밝히는 도깨비불이 급작스레 강한 빛을 뿜었다. 법력이 솟구치며 골룡의 온몸에서 옅은 흰빛이 뿜어져 나왔다. 고개를 쳐들고 길게 포효한 골룡은 거인의 몸을 한층 단단히 옭아맸다. 바위가 짓눌리는 먹먹한 소리가 사련의 귓가로 또렷하게 들려왔다. 화염을 두른 거인은 숨통을 조여 오는 공격에 힘이 빠져, 끝내 신상의 발목을 놓치고 말았다.

자유로워진 사련은 재빨리 공중으로 날아올라 손을 뻗었다.

"기영, 어서 올라와요! 거인은 그만 내버려 두고요!"

그러거나 말거나 권일진은 골룡을 이끌고 크게 기합을 넣더니, 법력을 쥐어짜 거인을 단단히 옭아맸다. 거인이 격렬하게 몸부림치자 부서진 벽돌과 바위가 바다로 쏟아져 눈 깜짝할 새에 가라앉았다. 화염을 두른 거인은 이성을 잃고 바닷속에서 완전히 빠져나왔다. 무신전 안에서 거듭 타오른 전란의 불길이 거인의 온몸을 휘감았다.

거인을 단단히 옥죄고 있던 골룡과 권일진도 그대로 불바다 속에 파묻혔다.

"기영!"

사련은 몸을 숙이고 거인 쪽으로 돌진했다. 신상의 주먹이 쇠사슬처럼 이어진 골룡들을 단숨에 쳐부쉈다.

새하얗게 타 버린 뼈마디가 바닷속으로 떨어졌다. 사련이 권일진이 들어갔던 골룡의 두개골을 받으려고 나선 순간, 거인이 손바닥을 날려 그 두개골을 저 멀리 날려 버렸다.

이 거리와 속도라면 사련의 신상이 허공에서 저지할 방도가 없었다. 서둘러 달려가 봤자 권일진은 골룡의 두개골과 함께 바다에 빠지고 난 뒤일지도 몰랐다. 게다가 지금의 바다는 펄펄 끓는 가마솥이라 빠지는 즉시 익고 말 터였다.

위기일발의 찰나, 새하얀 뼈만 남은 가시 물고기가 해수면을 뚫고 나와 골룡의 두개골을 낚아챘다. 그 가시 물고기는 그물을 빠져나가는 생선처럼 부랴부랴 꼬리를 흔들며 멀리 헤엄쳐 갔다.

아슬아슬하게 위험을 피한 사련은 겨우 한숨을 돌렸다. 서둘러 그쪽으로 다가가 보니, 거인의 손아귀를 벗어난 뒤라 골룡을 휘감았던 불꽃은 사그라들어 있었다. 골룡의 두개골은 이를 딱딱 부딪치며 거친 숨을 몰아쉬듯 주둥이를 달싹였다. 그 안에 쓰러져 있는 권일진은 온몸이 까무잡잡했다. 불에 그슬려서인지 머리카락이 한결 곱슬거리는 것 같았다. 그래도 두개골이 막아 준 덕에 그리 심한 화상은 입지 않았으니 잠시 쉬면 나을 터였다. 어쨌거나 권일진의 생명력은 상당히 질긴 편이었으니까. 그보다는 골룡 네 마리의 상황이 훨씬 심각했다. 불에 타고 주먹에 얻어맞아 뼛조각이 바다에 뿔뿔이 흩어진 데다가, 심지어는 아직도 불타고 있는 골룡도 있었다. 아래를 흘끔거린 사련은 내심 미안한 기분이 들었다.

"있잖아, 우리 흑수네 집 문지기까지 산산이 망가뜨려 버렸는데 정말 괜찮은 걸까……."

화성이 싱긋 웃으며 말했다.

"걱정 마. 괜찮아."

"……대체 너한테 얼마를 빚졌길래……."

신관들은 권일진의 처참한 모습을 보고 말문을 뗐다.

"기, 기영 전하가 이리 용감할 줄은 몰랐습니다. 위기의 순간에 앞장서서 모두를 구하다니……."

평소 상천정에서 미움받던 권일진의 모습이 떠오르자 사련은 고개를 설레설레 내저었다. 애당초 기영은 앞장서서 모두를 구하려던 게 아닌데, 하는 생각이 들었다. 이때 뒤편 멀찍이서 또 다시 덜컹거리는 소리가 들려왔다.

고개를 돌리자 다시 온몸에 화염을 휘감은 거인이 보였다. 다만 거인은 사련 일행을 쫓아오는 대신, 하늘로 날아올라 구름을 뚫고 감쪽같이 사라졌다.

신관들은 놀란 와중에 살아남았다는 기쁨에 젖었다.

"추격을 포기한 모양인데요?"

하지만 사련은 조금도 기쁘지 않았다.

"삼랑, 군오가 왜 사라졌을까?"

"축지천리를 열었어."

"어디로 연결되는데?"

화성은 굳어진 눈빛으로 그를 바라보며 대답했다.

"황성."

사청현이 그곳에서 원령을 가둔 진법을 지키고 있지 않던가.

123장 업화를 두른 귀신, 황성에 강림하다

서둘러 황성으로 좇아가야 했다.

화성의 목소리가 이어졌다.

"여기라면 신경 쓰지 않아도 돼. 놈들이 알아서 수습할 테니까."

국사는 인옥의 시신을 가시 물고기의 등에 걸쳐 두었다. 가시 물고기는 골룡의 머리와 권일진, 인옥의 시신을 싣고 멀리 헤엄쳐 갔다. 나머지 가시 물고기는 바다에 흩어진 골룡 뼈를 입에 물고 한데 모아 천천히 이어 붙였다. 지켜보고 있자니 정말로 알아서 수습하고 있는 모습이었다.

한시가 급한 상황인 만큼 사련은 두말없이 신상을 조종해 하늘로 날아올랐다. 신관들이 너도나도 물어 왔다.

"태자 전하, 어디로 가시는 겁니까?"

"설마 좇아갈 생각은 아니시지요? 겨우겨우 벗어났는데……."

사련이 받아쳤다.

“쫓아가야 합니다! 군오가 인파가 많은 곳으로 갔어요! 시간이 없어요, 다들 꽉 잡으세요!”

화성이 손가락 틈새로 주사위 하나를 꺼내며 나직하게 물었다.

“형, 준비됐어?”

사련이 고개를 끄덕였다. 화성이 주사위를 허공으로 던지며 외쳤다.

“축지천리, 개방!”

법력이 깃든 거대한 바위 신상이 온 힘을 다해 하늘로 솟구쳤다.

구름을 뚫고 올라오자 새카만 앞쪽 하늘가에 붉은 거인의 인영이 어른거렸다. 사련 일행도 황성 상공에 도착한 것이다.

땅에 있던 사람들은 상공에 불쑥 등장한 거대한 화염 괴물을 목격했다. 서서히 지상으로 내려오며 접근해 오는 거인에 놀라 얼어붙은 사람이 있는가 하면, 비명을 내지르거나 지레 겁먹고 도망치기 직전인 이도 있었다. 사청현도 숨을 헉, 들이마셨지만 단박에 정신을 차리고 인파 속에서 목청껏 소리쳤다.

“괜찮아요! 다들 당황하지 말고! 누군가 막을 거라 어차피 못 내려와요! 신선끼리 싸우느라 저러는 겁니다!”

“진짜 괜찮은 거 맞아, 노풍? 저 괴물이 손바닥이라도 내려치면 그땐 장난 아닐 텐데!”

사청현은 실성한 웃음을 곁들이며 대답했다.

"그럼요! 봐요, 나도 여기 있잖아요? 죽으면 내가 먼저 죽지! 하하하하하하하하하……."

또 긴장한 나머지 이성을 잃은 것이다. 사련은 신상을 조종해 거인이 뿜어낸 불줄기를 피했다. 그러는 한편 거인이 지면에 내려가지 못하도록 죽기 살기로 끌어 올리며 신관들에게 외쳤다.

"여러분, 어서 내려가세요!"

신상을 타고 오면서 사련의 거친 조종에 학을 뗀 신관들은 끓는 물에 떨어지는 물만두처럼 허겁지겁 아래로 뛰어내렸다. 땅을 딛고 나서는 사청현을 보고 얼이 빠졌다.

"풍사 대인? 어…… 어찌 여기 계십니까?"

"어쩌다 모습이 이렇게……."

사청현은 한껏 반색하며 말했다.

"질문은 그쯤 하시고, 자자자, 어서들 거들어 주세요. 진법에 들어와서 같이 버티는 겁니다. 이따 여러분께 닭 다리를 대접할 테니까, 안쪽의 원령이 탈출하지 못하게 막으세요!"

신관들이 머뭇거리는 사이, 낭천추가 가장 먼저 뛰쳐나왔다.

"제가 돕겠습니다!"

누군가 앞장서고 나서야 다른 신관들도 뒤따라 거들었다. 진법은 다시 한번 거대해진 동시에 한결 견고해졌다. 사련은 안도의 한숨을 내쉬고 계속해서 거인을 위로 끌어 올렸다. 그런데 어디선가 삐걱거리는 굉음이 들려왔다.

거인이 다시 갈라지고 있었다.

거인의 한쪽 다리가 몸뚱이에서 분리되나 싶더니 아래로 빠르게 떨어졌다. 한쪽 다리라고는 해도 큼직한 땅덩이를 깔아뭉개기에는 충분했다. 이대로라면 사람들이 손을 맞잡은 진법은 물론이고 온 거리가 풍비박산이 날 터였다.

그런데 예상치 못한 일이 일어났다. 아래로 떨어져 내리던 거인의 다리가 별안간 굉음과 함께 공중에서 산산이 폭발한 것이다.

총총하게 터진 불티가 밤하늘을 물들이며 온 천지를 뒤덮을 기세로 떨어져 내렸다. 다만 성대한 불꽃놀이가 끝나고 쏟아지는 연기에 가까워 아무런 살상력이 없었다. 사련은 한순간 멍해졌다.

"왜 혼자서 폭발했지? 누가 공격했나?"

이때 한 사람이 불꽃이 터진 중심에서 하늘로 거슬러 날아올랐다. 위아래로 오르락내리락하던 인영은 이내 거인의 몸에 내려앉았다. 그 광경을 가만히 들여다보던 사련은, 이내 밝게 안색을 밝히며 말했다.

"배 장군, 무사하셨군요! 정말 다행이에요!"

안 그래도 나중에 배 장군에게 공짜로 제사를 지내 주어야겠다고 결심한 참이었는데!

한 손에 검을 든 배명은 다른 손으로 머리카락을 단정하게 뒤로 넘기더니, 여전한 풍모로 점잔을 빼며 말했다.

"약간 문제가 있었습니다만, 큰일은 아니었습니다."

불에 그슬리고 끓는 물에 빠져도 익지 않았다니. 역시 무신들의 생명력이란 하나같이 질긴 법이다. 사련이 물었다.

"반월과 소배 장군은요?"

화성이 대신 대답했다.

"무사해. 형, 저기 봐. 저쪽에 있잖아."

사련은 고개를 돌렸다. 아니나 다를까, 저 멀리 배숙을 데리고 건물 지붕 위에 착지한 반월이 보였다. 명광전이 철통같이 봉인된 덕분에 펄펄 끓는 흑수 귀역에 빠지고도 물이 새지 않아 다들 멀쩡한 모양이었다. 사련이 거듭 물었다.

"선희와 태아령은?"

이번에는 의기양양한 목소리가 대답했다.

"당연히 내가 무찔렀지!"

배명의 손에서 들려온 목소리였다. 사련은 그제야 깨달았다. 배명이 들고 있는 검은 다름 아닌 명광검이었다.

사련은 조금 놀랐다.

"배 장군, 어떻게 명광검을 다 들고 계세요?"

배명이 너털웃음을 흘렸다.

"사정이 좀 복잡합니다."

그러자 용광이 끼어들었다.

"흐흐흐, 복잡하기는. 내 앞에서 무릎 꿇고 네가 다 잘못했으니 용서해 달라며 싹싹 빌었잖아! 하하하하하하하! 후련하다!

속이 다 시원하네!"

"……."

"……."

사련도 대강 알 것 같았다. 아마 세 귀신은 배명을 죽이기 전에 '공평한 분배'를 위해 저들끼리 먼저 맞붙었을 것이다. 그런데 용광이 선희와 각마를 걷어차고 완승을 거둔 순간, 바깥이 우르릉대며 천지가 뒤집히기 시작했다. 출구가 막힌 위태로운 상황이라 서로 손을 잡아야만 위기를 모면할 수 있었다. 용광은 배명이 잘못을 인정해야 돕겠다며 끈질기게 버텼고, 배명은 용광이 바라는 대로 그에게 사과했다. 용광은 그제야 한을 풀 수 있었다.

화염을 두른 거인은 한쪽 다리를 잃고도 조급해하는 법 없이 유유자적 다리를 만들어 냈다. 다른 부위의 바위와 궁전이 다리가 떨어져 나간 곳으로 옮겨 갔다. 머지않아 거인은 다시 제 모습을 되찾았다. 대신 크기가 조금 줄어든 모습이었다. 배명은 명광검을 쥔 채 무신전으로 돌진했다. 사련이 외쳤다.

"배 장군, 조심하세요!"

그러나 명광검을 손에 넣은 배명의 공격력은 심상치가 않았다. 물론 용광은 성격이 형편없고 심보가 고약하지만, 수년간 배명을 지킨 옛 부하답게 그와 호흡을 맞추는 법을 누구보다 잘 알았다. 무신전에 가까이 가지도 못하고 손바닥에 얻어맞는 등 앞길이 험난했던 권일진과 달리, 배명은 훨씬 멀리까지 진격해 무신전으로 쳐들어갔다.

명광검에 깃든 용광은 전쟁 통에 불꽃을 튀기며 큰소리를 쳤다.

"봤지? 내가 우리 둘이 손잡으면 천하무적이라고, 못 쓰러뜨릴 적이 없다고 했잖아! 일찌감치 내 말을 들었으면 몇백 년이 지나도록 겨우 명광 장군 노릇만 하고 있겠냐?"

배명의 이마에 핏대가 툭 불거졌다.

"입 좀 다물지?"

신무전에 숨어 싸움을 지켜보던 척용이 시끄럽게 떵떵거렸다.

"빌어먹을 종마 자식! 충고하겠는데 괜히 올라왔다간 뒈진다! 썩 꺼지지 못해!"

용광은 단칼에 척용을 후려쳤다.

"이 초록색 덩어리는 뭐야? 방해되잖아!"

명광검에 얻어맞은 척용은 제자리에서 몇 바퀴를 돌 뻔했다. 곡자가 그의 허벅지를 끌어안은 덕분에 겨우 넘어지지 않고 중심을 잡을 수 있었다. 곡자가 걱정스러운 목소리로 물었다.

"아빠…… 괜찮아?"

곡자의 앞에서 체면을 구긴 척용은 화가 치밀었다. 그러면서도 살기등등한 배명과 명광검을 보고 있자니 정면으로 맞붙을 자신은 없어 입만 나불거렸다.

"또 비겁한 수단을……."

이때였다. 곡자가 난데없이 쿵, 하고 바닥에 쓰러졌다. 당황한 척용은 아래를 내려다보았다. 곡자는 신음도 못 내고 꼼짝없이 누워만 있었다. 척용은 눈을 부라리며 곡자를 잡아채고는 거꾸로 들고 마구 흔들며 윽박질렀다.

"멍청한 아들놈, 지금 뭐 하는 짓거리야?"

곡자는 잠든 것처럼 눈을 감고 있었다. 이마에서는 열이 펄펄 끓었다. 필사적으로 거인을 붙들고 있던 사련도 아래쪽 상황을 알아챘다.

"척용! 당장 선경을 벗어나! 아까부터 내내 불타고 있던 곳이잖아! 너무 어린 애라 하늘에 올랐다가 물에 빠지면 죽을지도 모른다고!"

척용은 곡자를 옆구리에 끼고 고개를 쳐들며 대꾸했다.

"어디서 잔소리야! 누굴 협박하려고! 험하게 굴리면서 키운 놈이 어디 쉽게 죽겠어? 날 속이려는 거 내가 모를 줄 알고? 밖으로 나가는 순간 날 죽일 게 뻔한데!"

설령 사련이 가만히 있는다고 해도, 여태껏 척용을 노려 온 낭천추가 있지 않던가!

한편 배명과 군오 쪽에서는 전투의 막이 올랐다. 전란의 불길에 그슬린 척용은 꽥 소리를 질러 가며 불길을 피해 이리저리 도망쳤다. 사련은 화가 치밀었다.

"너 같은 귀신도 못 버티는 불을 어린아이가 버틸 수 있겠어?"

척용의 옆구리에 끼인 곡자는 고열에 얼굴마저 새빨개졌다. 그러거나 말거나, 척용은 끝까지 고집을 세웠다.

"헤헤, 그래도 안 가! 안 간다고! 으악, 제기랄……!"

화염이 눈부신 파도처럼 눈앞까지 덮쳐 왔다. 허겁지겁 한 바퀴를 도망친 척용은 엉덩이가 탈 뻔하자 펄펄 뛰어올랐다.

"군오 영…… 어르신! 불 좀 적당히 피웁시다! 이러다 이…… 나까지 태우겠네!"

사련은 원래 척용이 말하려던 말이 '군오 영감탱이, 이러다 이 몸까지 태우겠네!'가 아니었을까 하는 생각이 들었다. 목숨이 아까워 입 밖에 내지 못했을 뿐이지. 물론 군오는 척용을 본체만체하며 묘한 미소를 띤 채 배명을 상대하고 있었다. 주변 불길이 거세지자 척용은 이제 발 디딜 곳도 없을 지경이 되었다. 귀신이라 불타 죽지는 않아도 열기 때문에 괴로워 발을 동동 굴러야 했다. 머지않아 곡자가 소리를 질렀다. 아무래도 불에 덴 모양이었다. 척용은 곡자를 옆구리에서 꺼내 살펴보았다. 역시나 곡자의 이마가 피로 흥건했다. 불에 그슬려 뚫린 옷 밖으로 화상을 입은 어깨가 드러났다.

화끈거리는 아픔에 정신을 차린 곡자는 서럽게 울음을 터트리며 척용을 끌어안았다.

"아빠, 너무 아파! 나 무서워!"

이런 상황은 처음 겪는지, 척용은 이마에 식은땀을 흘리며 입가를 굳힌 채 아무 말도 하지 못했다. 곡자는 아픈 상처를 움켜쥐고 눈물 콧물을 줄줄 흘리며 물었다.

"아빠, 우리 여기서 불타 죽는 거야?"

척용은 말을 어물거렸다.

"그…… 그게, 그러니까……."

곡자가 훌쩍거리며 말했다.

"아빠의 구역, 예쁘긴 한데 별로 좋진 않은 것 같아…… 여기 사람들도 우리한테 잘해 주지 않고. 우리 그냥 다른 곳에서 살자……."

이제 척용의 인내심도 한계에 다다랐다.

그는 대전 안으로 뛰어들었다. 처음에는 군오를 붙잡을 생각이었지만 섣불리 다가서지 못하고 멀찍이서 외쳤다.

"우리 얘기 좀 합시다, 군…… 어르신! 불 지르는 건 아무래도 좋아. 어차피 여긴 당신 지반이니까 좋을 대로 지르라고. 그런데 말이지, 흐흐, 그, 혹시……."

이 멍청한 행동에 사련은 정말이지 열불이 터져 옥관 아래로 곤두박질칠 뻔했다.

"목숨 버리지 말고 그냥 내려와! 장담하는데 내가 널 건드릴 일은 없어!"

척용은 사련의 말을 한 귀로 흘렸다. 군오는 자신 따위 안중에도 없고 곡자는 엉엉 울고 있으니, 가짜 아들 앞에서 또 체면을 구겼다고 생각했는지 척용의 얼굴이 붉으락푸르락했다. 그는 불쑥 앞으로 달려들어 욕을 쏟아부었다.

"어디서 배워 먹은 성깔이야? 불태우지 말라는 말 못 알아들어?"

사련의 외침이 이어졌다.

"척용!"

가까이 다가서기도 전에 군오가 손을 쳐들었다. 둥근 불길이 삽시간에 척용을 에워쌌다.

척용의 새된 비명이 울려 퍼졌다. 사련이 거듭 외쳤다.

"곡자!"

이렇게 큰 불길이라니. 척용이 목숨을 부지한대도 원기가 심하게 상할 정도인데, 곡자는 아예 잿더미가 되어 버리지 않겠는가?

배명도 척용이 내내 옆구리에 끼고 있던 아이를 본 참이었다. 아이를 구하고픈 마음은 굴뚝같았으나 군오가 우위를 선점한 지금은 섣불리 움직이기 곤란했다. 거기에다 시간을 따져 보아도 한발 늦을 것 같았다. 그는 군오를 향해 말했다.

"제군, 몇 살배기 꼬마를 이리 무참히 죽일 필요는 없지 않습니까!"

하지만 군오의 눈에 어린아이고 어른이고 없다는 것을 사련과 배명도 잘 알았다. 그의 눈에 들어오는 것이라곤 적, 그리고 자신의 앞길을 막는 방해꾼이 고작이었다. 군오가 손바닥을 휘두르자 화염 덩어리가 튀어나와 배명을 휩쓸고 멀리 날아갔다.

아래편에서 신관들이 경악했다.

"배 장군이 불길에 갇혔어요!"

바로 이때, 별안간 억수 같은 장대비가 쏟아졌다. 거인의 몸을 휘감은 전란의 불길은 여전히 타올랐으나 배명을 휘감은 불길은 비에 맞아 꺼졌다. 인파 속에서 검은 인영이 허공으로 도약해 아래로 추락하는 배명을 받아 들었다.

사련이 외쳤다.

"우사 대인!"

검은 소에 탄 우사가 그를 올려다보며 가만히 목례를 건넸다. 배명은 그녀의 손길에 이끌려 소 뒤쪽에 올라탔다. 화마에 휩쓸리고 소나기에 흠뻑 젖어 봉두난발이 된 꼴이 퍽 처참했다. 어렴풋이 눈을 뜬 그는 자신을 받아 준 사람이 우사였다는 사실을 깨달았다. 우사는 열심히 소를 모느라 뒤를 돌아보지 않았지만, 꼴불견이 된 모습을 남 앞에 여실히 드러낸 배명은 무안스러운 마음에 벌떡 몸을 일으켰다.

"우사……."

그런데 누가 알았으랴. 입을 열자마자 새카만 연기가 덩어리째 뿜어져 나왔다. 용광은 기가 막힐 노릇이었다.

"여인에게 도움을 받다니! 그것도 우사황에게! 배명, 창피한 줄 알아라!"

발끈한 배명은 새카만 연기를 줄줄이 토해 내며 대꾸했다.

"입 좀 다물지?"

한편 배숙과 반월은 허공에서 유유히 내려오는 우사를 기다린 끝에 배명을 부축했다. 같은 시각, 화염을 두른 거인의 몸에서 돌덩이가 와르르 떨어져 내렸다. 맹렬하게 불타는 낙석이 별똥별처럼 쏜살같이 지면으로 떨어졌다.

비가 한층 더 거세게 쏟아졌으나 불길은 꺼질 기미가 없었다. 아무래도 군오가 법력을 강화한 모양이었다. 거기에다 우사가 불길을 잡는대도 아무런 소용이 없었다. 돌덩이가 이대로 지면을 내리찍는다면 황성에 수천 수백 개의 구멍이 뚫려 사상자가 속출할 터였다. 하지만 사련은 신상으로 거인을 붙잡고 있느라 바빴다. 지금 이 자리에 무신이 몇 명이나 있는지도 모르니 완벽하게 돌덩이를 막을 수 있으리란 보장도 없었다. 조급해진 사련이 빙글 돌아섰다.

"삼랑, 어쩌면 좋지……?"

뒤에 서 있던 화성이 사련의 손등을 살포시 감싸 쥐었다.

"형, 걱정하지 마. 형은 이쪽만 신경 쓰면 돼. 아래쪽은 내버려 둬."

화성의 목소리가 따뜻한 숨결과 함께 귓가에 바짝 붙어 들려왔다. 말을 마친 화성은 사련에게 직접 보라는 듯 가볍게 턱짓했다. 사련은 그가 가리킨 방향으로 시선을 돌렸다. 사람들이 손에 손을 맞잡고 둘러선 진법 바깥쪽, 붉은 옷을 입은 인영이 뒷짐을 진 채 서서히 다가오고 있었다. 사련은 눈을 가늘게 뜨고 살펴보다 속으로 기겁했다.

저건…… 화성?

또 다른 화성이라고?

어떻게 된 거지? 사련은 황급히 돌아섰다. 화성이라면 지금 제 등 뒤에 서 있지 않은가?

화성이 푸스스 웃으며 말했다.

"형, 그렇게 놀랄 것 없어. 이쪽이 진짜 삼랑이니까. 가짜면 얼마든지 바꿔 줄게."

그렇다면 아래편에 있는 저 '화성'은 화성이 떠나면서 남긴 분신인가? 어쩐지, 군오가 화성이 선경에 잠입했는데도 의심하지 않은 이유가 있었다. 군오가 아래에 감시를 붙이지 않았다니 참 별일이구나, 싶었었다. 생각해 보면 감시를 붙였지만 '화성'은 그 와중에도 꿋꿋하게 황성을 지켰으니 의심하지 않았을 만도 했다.

하늘을 구경할 여유 따위 없었던 사청현은 역시나 위쪽의 사련과 화성도 발견하지 못했다. 그는 '화성'이 옆으로 다가오자 허겁지겁 말을 쏟아 냈다.

"혈우탐화! 드디어 왔네! 이렇게 오래 자리를 비우면 어쩌자는 거야? 태자 전하와 연락할 방법은 찾았고? 아니지, 아니지. 일단 손부터 빌리자. 하늘에 저 불덩어리 봤지? 빨리 어떻게 좀 해 봐! 입김이라도 불어 보든지, 네 나머지 나비들을 날려 보내서 쫓아내든지! 이러다 죽게 생겼……."

'화성'은 사청현이 속사포처럼 내뱉는 말을 냉담하게 듣고만 있다가, 끝에 가서는 짜증이 치밀었는지 말허리를 끊었다.

"알아서 해결해."

사청현이 되물었다.

"알아서 해결하라고? 이런 때에 무슨 농담이야? 난 태자 전하가 아니라 네 농담을 이해 못 한다고. 나 혼자 어떻게 저 바위를 해결……."

말을 이어 가려던 순간, '화성'이 대뜸 사청현의 목깃을 낚아채더니 그를 진법 밖으로 끌어냈다.

민첩한 사청현은 끌려 나오자마자 진법이 무너지지 않도록 양옆 사람들을 이어 붙였다. 그런데 이게 무슨 봉변인지, 그를 끌어낸 '화성'이 한술 더 떠서 손바닥을 휘둘러 사청현을 허공으로 날려 보냈다.

거지들이 기겁하며 외쳤다.

"노풍?"

어떤 이는 '화성'에게 윽박질렀다.

"왜 사람을 막 때려?"

공중으로 날아간 사청현은 몇 번 나뒹굴다 바닥에 엎어지나 싶더니 재빨리 몸을 일으켰다.

"괜찮아요, 괜찮아. 안 죽었어요! 진심으로 때린 게 아니라 법력을 빌려준 거예요!"

"그런 거였어……?"

사청현은 자신의 양손을 내려다보고 다시 몸을 살펴보았다. 머리부터 발끝까지 영광이 흘러나오고 있었다.

"화 성주, 태자 전하랑 떨어져 있다고 이럴 건 없잖아. 법력 빌려줄 거면 얌전하게 빌려주지. 그 희한한 사탕이라면 몇 개도 너끈히 먹을 수 있는데 왜 사람을 때리고 그래? 일단 하늘부터 살펴보라고. 돌덩이가 저렇게나 쏟아지는데……."

이때 '화성'이 오른손을 휘둘러 무언가를 던져 주었다. 본능적으로 손을 쳐든 사청현은 손안에 잡힌 물건을 확인하고 얼굴이 새하얗게 질렸다.

그건 놀랍게도 풍사선이었다.

이쯤 되자 신상 위에서 지켜보고 있던 사련도 참다못해 입을 열었다.

"삼랑, 풍사선은 저번에…… 아래에 있는 저 사람, 설마……?"

"신경 쓰지 마. 임시로 데려온 일손이야."

사청현은 너무도 익숙한 부채를 손에 쥔 채, 뻣뻣해진 목을 돌려 '화성'을 바라보았다.

'화성'의 싸늘한 목소리가 이어졌다.

"알아서 해결해."

불을 휘감은 별똥별이 머지않아 지상으로 떨어지기 직전이었다. 진법을 이루고 있는 사람들은 얼굴로 끼쳐 오는 뜨거운 열기를 느꼈다. 식은땀과 더운 땀이 나란히 흘렀다.

"노풍, 아까 한 말 진담이지? 정말 괜찮은 거 맞지?"

신관들도 웅성거렸다.

"태자 전하, 죄송한데 빨리 어떻게든 방법을 마련해 주십쇼!"

부채를 꽉 움켜쥔 사청현의 손등에 핏줄이 돋았다. 두 눈에는 어렴풋하게 핏발이 곤두섰다.

이윽고 그가 빙글 돌아서서 손을 위로 휘둘렀다.

난데없는 광풍이 하늘로 몰아쳤다. 불꽃을 휘감은 유성우가 방향을 틀더니 하늘 위편으로 날아갔다.

지레 겁을 먹고 도망칠 만반의 준비를 마친 거지들은 광풍에 머리카락을 휘날리며 충격에 입을 떡 벌리고 넋을 잃었다. 한참 뒤, 누군가 중얼거렸다.

"……시, 신선?"

어떤 이도 요란하게 외쳤다.

"세상에나, 노풍! 설마 진짜 신선이었어?"

부채를 힘껏 휘두른 사청현은 내내 손을 떨며 숨을 몰아쉬었다. 그는 한참이 지나고서야 정신을 차리고 가까스로 대답했다.

"……다, 당연하죠! 내가 진작에 말했잖아요. 어때요, 허풍 아니라니까요!"

"아니네, 아니야. 진짜 허풍 아니었어! 이제 믿어지네! 와, 노풍이 신선이라니! 우리가 신선이랑 친구란 소리잖아! 이제 출세할 일만 남았네, 하하하하하하……."

"노풍, 언제 시간 되면 우리도 같이 선경에 데려가!"

이 모습을 본 '화성'은 가볍게 코웃음을 치고 돌아서서 자리를 떴다. 풍사선을 손에 쥔 채 남들의 농담을 얼렁뚱땅 받아 주는 사청현은 얼굴이 붉어졌다 희게 질리기를 거듭했다. 식은땀도 이마를 타고 굴러떨어졌다. 그는 이내 고개를 들고 입을 달싹였다. 하지만 '화성'은 이미 모습을 감춘 뒤였다.

이때, 진법 먼발치의 어둠 속에서 새로운 괴성이 들려왔다.

찍찍찍, 찍찍찍. 눈썰미 좋은 누군가가 중얼거렸다.

“저건 뭐야? 시커먼 게…… 쥐인가?”

“뒤에 저건 또 뭐고? 사람? 어째 사람이 회색이야…….”

“산 사람 같지는 않은데…….”

위편에 있던 사련도 입을 열었다.

“설마?”

식시쥐와 빈 껍데기 석상. 동로산의 그 괴물들마저 이곳으로 옮겨진 모양이었다.

빈 껍데기 석상들이 뻣뻣한 몸뚱이를 비틀거리며 진을 짜고 있는 사람들에게로 걸어왔다. 인육을 먹는 식시쥐 떼는 새카만 밀물처럼 밀려들었다. 군오는 어떤 대가가 뒤따르든 진법을 망가뜨려 인간계를 혼란에 빠트려야 직성이 풀릴 모양이었다.

한편, 우사가 반월과 배숙에게 말했다.

“두 사람은 배 장군을 살펴 주게. 나는 진법을 지키러 가 보겠네.”

바닥에 누워 한참 검은 연기를 뿜던 배명이 이 말을 듣고 입을 열었다.

“난 괜찮소. 내가 진법을 지키겠소.”

그는 바르작대며 몸을 일으키려다 결국 다시 털썩 드러누웠다. 배숙마저 보다 못해 말을 보탰다.

“됐습니다, 장군. 진법은…… 우사 대인께 맡기시고 상처부터 돌보십시오.”

배명은 여인의 앞에서 체면을 구긴 적도, 여인 덕분에 목숨을 건진 적도 없었다. 화가 난 것인지 자존심에 금이 간 것인지, 그의 얼굴이 새빨갛게 달아올랐다.

"무리하실 것 없습니다, 장군."

배명의 의견을 묵살한 우사는 빙긋 웃으며 한마디 남기고는 소와 함께 떠나갔다. 뒤에서 배명이 외쳤다.

"우사 대인!"

이때였다. 한 손이 위로 기어올라 그의 목을 감쌌다. 희미한 목소리가 뒤를 이었다.

"배 낭군……."

한창 일어나려고 바르작대던 배명은 이 목소리를 듣자마자 심사가 언짢아졌다.

"네가 왜 여기 있지?"

사실 선희는 처음부터 이곳에 있었다. 반월이 용광의 공격에 다친 선희와 각마도 겸사겸사 데려왔기 때문이었다. 배명이 퉁명스럽게 묻자 그녀는 대뜸 사납게 몰아붙였다.

"왜 여기 있냐고? 아까부터 있었어! 우사는 왜 그렇게 쳐다보지? 마음이 변한 거야? 뒤쫓아 가고 싶어? 저 여자가 뭐가 좋다고! 난 허락 못 해!"

"……."

인내심이 바닥난 배명은 그녀를 거칠게 내치며 언성을 높였다.

"선희! 지금 이 상황에도 그런 생각밖에 못 하나? 마음 변하고 말고 할 것도 없어! 난 우사와 말도 몇 번 섞지 않은 사이라고!"

배명이 선희에게 손찌검은 한 것은 이번이 처음이었다. 바닥으로 넘어진 선희는 순간 얼이 빠졌다.

한참이 지나고서야 그녀는 허탈한 투로 입을 열었다.

“배명, 난 사랑하는 마음 하나로 당신을 그리고 바라는 건데, 내가 뭐를 잘못했지? 그동안은 내게 모질게 대하지 않았으면서, 이제 정말로 내가 싫어졌어?”

배명은 검으로 몸을 지탱하고 일어서며 말했다.

“말이 안 통하는군.”

선희는 끝까지 단념하지 못했다.

“말해! 정녕 날 버릴 생각이야? 당신을 위해서 온갖 짓을 하고 이 꼴이 됐는데 뭉클하지도 않아? 아무런 죄책감도 안 들어?”

그러자 배명이 일갈했다.

“내가 수백 년 전에 이미 말했잖아?”

선희는 문득 망연해졌다.

그녀는 어쩔 줄 몰라 하며 쩔쩔매면서도, 양손으로 배명의 옷자락을 붙들고 부러진 다리로 바닥을 내디디며 말했다.

“배 낭군…… 배 낭군…… 잠깐만, 우리 다시 천천히 얘기를…….”

그녀를 지켜보던 반월은 그런 생각이 들었다. 이 여귀는 배명에게 버려졌다는 이유로 살인을 일삼고 자신들까지 죽이려 했지만, 그래도 이 모습은 어쩐지 조금 안타까웠다.

배명은 선희를 돌아보았다. 그는 침묵 끝에 입을 열었다.

“선희, 이제 알 때도 됐잖아.”

"알다니?"

"네가 지금 이 모습이 된 건, 나 때문도 있겠지만 대부분은 네 선택 때문이었다. 네가 했던 일도 결국은 너 혼자만 뭉클할 뿐이야. 나는 너와 달리 무정한 사람이고. 날 사랑하느니 네 자신을 사랑하는 게 어떨까 싶군."

그는 선희가 쥔 옷자락을 빼고는 뒤 한번 돌아보지 않고 떠나갔다.

한편 진법을 앞에 둔 사청현은 부채를 한번 휘두르고 나니 법력이 금세 바닥을 보였다. 이제는 우사와 무신들이 나서서 막을 차례였다. 그런데 이때, 사면팔방에서 웅성거리는 소리가 메아리치기 시작했다.

"꽉꽉꽉, 여기가 황성이로구나, 꽉! 집이 으리으리하네, 꽉!"

"놀랄 일도 많다! 우리 성주 댁보다 작구만!"

"그러게나 말이야! 우리 성주 댁보다 멋지지도 않고!"

거리며 골목이며 지붕 처마 끝마다 생김새가 기괴한 머리통들이 떠들썩하게 튀어나왔다. 눈 깜짝할 사이 귀시장 요괴와 귀신들이 모조리 황성으로 쏟아져 나왔다.

진법을 지키고 있던 천안개와 법사들은 요괴들을 보고 발끈하며 목청을 높였다.

"웬 귀신들이냐! 훠이! 돌아가! 여기는 천자의 땅이다! 어디 하늘 높은 줄 모르고 황성에서 행패를 부려!"

"돼지 요괴가 감히 내 앞에서 현신을 하다니!"

"내 눈이 잘못된 건 아니겠지…… 저건 오리잖아……. 오리가 쥐를 잡아?"

삽시간에 왁자지껄한 욕설이 날아들었다.

"닥쳐라, 망할 도사 놈! 도와주겠다는데 난리야!"

"우리 성주의 명이 없었으면 누가 예까지 와 주겠냐!"

"당장 우리 앞에 무릎 꿇고 감사해라!"

식시쥐들은 붉은 안광을 번뜩이며 파도처럼 달려들기 무섭게 저들보다 큼직한 요괴들을 불쑥 맞닥뜨리고 말았다. 요괴들은 배라도 곯은 것처럼 갈퀴며 몽둥이며 발톱을 마구잡이로 휘두르더니 훨씬 흉흉한 안광을 번뜩였다.

"쥐가 참 많구먼!"

"어디 보자. 흐흐흐, 오래 기다렸다고! 이천 년 묵은 술안주는 또 처음 먹어 보네! 몸보신이 톡톡히 되겠어!"

"이렇게 많아서 다 먹겠냐?"

"성주께서 다 못 먹겠거든 잡아다 팔아도 된다고 하셨어!"

상황이 심상치 않자 식시쥐 떼는 소스라치며 뒤로 물러섰다. 빈 껍데기 석상들은 갈팡질팡하는 식시쥐 떼에 걸려 넘어졌다. 무사히 위기를 넘긴 사련은 다시 안도의 한숨을 내쉬고 고개를 돌렸다.

"삼랑 덕분에 살았네."

화성은 싱긋 웃으며 말했다.

"내 덕은 아니야. 놈들이 오겠다고 자청했거든. 그보다, 조심하는 게 좋아."

마지막에 덧붙인 조심하라는 한마디는 무겁게 가라앉아 있었다. 사련은 시선을 옮겼다. 다시 움직이기 시작한 거인이 시야에 들어왔다. 손을 허리께로 가져가는 모습이 마치 무언가를 뽑으려는 것 같았다.

사련의 심장이 덜컥 조여들었다.

그건 검이었다.

지금 저 형태만 해도 당해 내기 버거운데, 검까지 만들어 낸다면 호랑이 등에 날개 돋는 격이 아니겠는가?

불안한 예감이 든 사련은 아래를 향해 외쳤다.

"다들 조심해요!"

한창 열정적으로 쥐를 때려잡고 있던 귀시장 귀신들은 너도나도 고개를 쳐들고 기함했다.

"엄청나게 거대한 큰아버…… 아 참, 아니지, 사 도장님이다!"

"성주께서 저 위쪽에서 신나게 놀고 계신 것 같은데!"

사련이 입을 달싹였다.

"아뇨, 저흰 지금 놀고 있는 게 아니라……."

말을 끝마치기도 전이었다. 맹렬하게 타오르는 검이 무서운 살기를 휘감고 날아들었다. 사련은 손을 놓고 아슬아슬하게 검을 피했다. 이 일격에서 전해진 기운과 열기에 내심 가슴이 오싹해졌다.

애당초 사련의 신상은 거인과 가까스로 맞버티고 있던 참이었다. 그런데 이제는 반격할 여지조차 사라졌다!

다급해진 사련은 다시 무신들을 불러 모아 검을 소환해야겠다는 생각이 들었다. 그러나 권일진은 지금 골룡의 뼛조각들과 함께 흑수 귀역을 유영하며 상처를 치료하는 중이고, 낭천추는 한층 미쳐 날뛰는 원령들을 일당백으로 막느라 바빴다. 풍신과 모정은 어찌 된 일인지 황성에 내려온 뒤로 코빼기도 보이지 않았다. 유일하게 남은 일손은 배명이었지만, 그는 지금 우사에게 질세라 새카맣게 그슬린 몸으로 한쪽에서 쥐를 때려잡으며 검은 연기를 뿜고 있어 부탁하기가 곤란했다. 이렇게 되니 정말로 마땅한 선택지가 없었다.

이때, 지면에서 누군가가 외쳤다.

"잠깐, 전하! 전하의 검이 곧 도착한답니다!"

목소리의 주인공은 국사였다. 사련은 옥관 난간으로 황급히 달려갔다.

"뭐라고요? 제 검이 어디 있는데요?"

국사는 양손을 입가에 모으고 외쳤다.

"혈우탐화, 축지천리를 개방하게! 동로산으로 연결해! 검이 도착했어!"

화성은 한 치의 망설임도 없이 주사위를 위로 던졌다.

"개방!"

상공의 먹구름 위편에서 쿠르릉, 하는 굉음이 울렸다. 곧이어 사련은 게슴츠레 실눈을 뜨고 위를 바라보았다.

정말 검이 나타났다!

위로 도약한 신상이 장검을 붙잡았다. 사련이 양손을 맞잡고 주문을 외우자, 신상은 칼자루를 단단히 움켜쥐고 '선경'을 향해 일격을 휘둘렀다.

상대방도 곧장 검을 세우고 공격을 맞받아쳤다. 그런데 두 검이 맞부딪친 순간, 아무도 예상치 못한 일이 일어났다. —사련의 검이 거인이 쥐고 있던 검을 그대로 베어 낸 것이다.

금석이 쪼개지는 날카로운 굉음을 뒤로한 채, 화염을 두른 거인은 기세가 꺾여 와르르 무너져 내렸다.

삽시간에 거인의 몸뚱이에 금이 갔다. 갈라진 거인의 몸뚱이는 이내 지면으로 쏜살같이 추락했다.

사련 역시 이 검이 이렇게 강할 줄은 꿈에도 예상치 못한 참이었다. 어떻게 일격에 끝장을 볼 수가 있지? 그는 신상의 손에 들린 검을 바라보며 완전히 말문이 막혔다.

빛 무리가 감도는 날카로운 검. 이건 무슨 검이지?

화성에게 축지천리를 동로산으로 연결하라고 했던 국사의 말이 떠오르자 문득 알 것도 같았다. 어쩌면 그 세 마리 산괴의 몸속에서 제련해 낸 검일지도 모른다.

다만 지금은 다른 생각에 잠길 때가 아니었다. 이 바위 거인이 인간계로 곤두박질친다면 결코 농담으로 끝나지 않을 터였다. 사련은 곧바로 신상을 조종해 무너져 내리기 직전인 거인을 끌어안고 방향을 틀었다. 외떨어진 구석까지 한동안 날아간 뒤에는 거인을 조심스레 내려놓았다. 신상은 그제야 검을 허리춤에 거두고 제자리에 우뚝 섰다. 한 손으로 칼자루를 쥐고, 반대쪽 손바닥에는 꽃을 꺾어 올려 둔 것처럼 사련과 화성 두 사람을 받쳐 든 자세였다. 그렇게 꼼짝없이 멈춰 선 신상은 희미한 미소를 머금은 화관무신으로 되돌아왔다.

단 한 개의 낙석도 지상에 떨어지지 않았다. 황성에 있는 모두가 털끝 하나 다치지 않고 목숨을 건졌다.

긴 침묵이 흘렀다. 지상에 있던 인간이며 신이며 귀신들은 서로를 멀거니 쳐다본 끝에 말문을 뗐다.

"끄…… 끝났나?"

사련과 화성도 신상의 손바닥에서 뛰어내려 사람들과 합류했다. 아까 사청현이 흘리던 식은땀은 더운 땀으로 바뀐 지 오래였다. 그는 또다시 망가져 버린 풍사선을 허리춤에 꽂고 다리를 저는 와중에도 펄쩍거리며 두 사람이 있는 쪽으로 뛰어왔다.

"태자 전하! 괜찮으세요? 다 끝났나요?"

다른 신관들도 이쪽으로 몰려들었다.

"제…… 군오는요? 태자 전하, 군오를 무찌르셨습니까? 죽었나요?"

한쪽에 서 있던 국사가 입을 열었다.

"그럴 리가 있나? 태자 전하…… 군오는 그리 쉽게 무너질 인물이 아닙니다."

화성이 사련에게 손을 내밀며 말했다.

"형, 올라가서 찾아보자."

사련이 고개를 끄덕이곤 화성에게 손을 건넸다. 화성은 사련의 손을 살며시 잡아끌고 폐허가 된 선경으로 향했다. 일찌감치 식시쥐 떼를 때려잡고 흥미를 잃은 귀신들은 '선경을 습격하자'라는 구호를 열렬하게 외치며 다 같이 선경으로 뛰어올랐다. 하지만 이내 화성의 목소리가 이어졌다.

"멀리 떨어져 있어라. 일반인이나 귀신들은 전부 접근하지 마."

만에 하나 정말로 군오를 맞닥뜨렸다간 영락없이 황천길을 밟게 될 게 뻔했다. 귀신들은 하는 수 없이 도로 뛰어내려 아래쪽을 지키기로 했다.

하지만 폐허로 전락한 선경에 군오의 흔적은 온데간데없었다. 사련과 화성은 크게 한 바퀴를 둘러보고 무너진 신무전 지붕까지 들춰 보았지만 역시나 안에는 아무도 없었다.

이때 낭천추가 배명에게 불쑥 말했다.

"배 장군! 긴히 도움이 필요합니다. 죄송하지만 잠깐 여기 좀 맡아 주시겠습니까."

식시쥐 잡기에서 우사에게 밀려 울적함에 잠겨 있던 배명은 뜬금없이 끌려가 진법을 떠맡고도 별다른 말 없이 코만 만지작댔다. 아래를 지키고 있던 낭천추는 폐허가 된 선경으로 뛰어올라 한참을 뒤진 끝에 주저앉은 지붕 하나를 들어 올렸다. 이내 그의 외침이 들려왔다.

"찾았다!"

사련도 그쪽으로 다가섰다.

"천추, 조심해!"

그는 낭천추가 군오를 발견한 줄 알았다. 그런데 예상과 달리 그가 찾아낸 것은 몸을 둥글게 움츠린, 거대한 벌레 껍데기처럼 새카맣게 눌어붙은 덩어리였다. 그 안에서 희미한 기침소리가 들려왔다.

사련은 심장이 덜컥 내려앉았다. 서둘러 낭천추와 함께 새카만 껍데기를 벗겨 내니 몸을 웅송그리고 머리를 끌어안은 꼬마 하나가 굴러 나왔다. 불에 데어 온몸이 불그스름했지만 목숨에는 지장이 없는지 계속해서 콜록대고 있었다.

꼬마 뒤편으로 푸르스름한 도깨비불 하나가 슬그머니 날아 나왔다. 사련은 가만히 중얼거렸다.

"이건……."

도깨비불을 낚아챈 낭천추의 두 눈에서 불길이 솟구쳤다.

"하늘도 양심껏 네놈을 죽이지 않고 내 손에 보낸 모양이군!"

지금 척용은 진정한 '청등야유'가 되었다고 해도 과언이 아니었다. 아무래도 군오가 불길을 터트렸을 때 척용이 곡자를 감싼 덕분에 곡자가 불타 죽지 않고 목숨을 건진 모양이었다. 사련은 어쩐지 뜻밖이라는 생각이 들었다. 곡자를 내던져 불길을 막는 것이야말로 척용이 할 법한 짓이었으니까.

화성은 사련의 머릿속을 들여다본 듯 입을 열었다.

"저 꼬마를 방패로 삼는대도 얼마 막지도 못하고 금방 재가 되어 버렸을 거야. 방패막이로 쓰든 감싸든 별다른 차이가 없었겠지."

맞는 말이었지만 그래도 감쌌다는 사실에는 변함이 없었다. 불길에 휩쓸려 푸르스름한 도깨비불 형태만 남았는데도 꾸역꾸역 살아남은 척용은, 낭천추에게 덜미를 잡히자 기겁하며 아우성을 치기 시작했다. 목숨을 건진 곡자가 벌떡 깨어나 낭천추의 다리를 끌어안았다.

"형아, 우리 아빠 죽이지 마!"

낭천추가 불같이 소리쳤다.

"놔라! 경고하겠는데 빌어 봤자 소용없다. 절대 관대히 봐주지 않겠어!"

그리 말하며 낭천추가 손에 힘을 주었다. 척용은 낭천추의 가문을 멸한 원수이니 사련이 끼어들 여지가 없었다. 하지만 분노에 눈이 먼 낭천추가 곡자까지 해칠지도 몰랐다. 그리 생각한 사련이 곡자를 자기 쪽으로 데려오려던 순간, 곡자가 먼저 사련에게 달려들며 그를 와락 끌어안았다.

"고물 형아, 우리 아빠 좀 구해 줘!"

사련이 넌지시 말했다.

"곡자야…… 저 사람은 네 아빠가 아니야. 저 사람이 네게 어떻게 대했는지 알잖아?"

하지만 곡자의 생각은 달랐다.

"저 사람은 우리 아빠야! 처음에는 나빴어도 나중에는 정말 잘해 줬어. 고기도 자주 먹여 주고, 으리으리한 집에서 살게 해 주겠다고 했는걸……. 나한테 얼마나 잘해 줬는데. 고물 형아, 우리 아빠 구해 주면 안 돼?”

척용이 버럭 윽박질렀다.

“멍청한 아들 같으니, 그놈한테 빌지 마라! 저 속 시커먼 설련화가 날 구할 리 없잖아! 네 아비가 죽기만을 고대하는 놈인데 죽든 말든 신경이나 쓰겠냐!”

화성의 곁눈질이 날아들었다.

“낭천추가 네놈을 못 죽이면 내가 나서게 만들 셈인가?”

역시나 화성을 겁내는 척용은 그 말을 듣자마자 도깨비불을 움츠러뜨렸다. 하지만 이러나저러나 죽는 것은 마찬가지 아니던가. 결국 그는 이판사판으로 대꾸했다.

“개화성, 너 따위 겁나지도 않아! 사련, 내가 모를 줄 아나 본데, 나는 널 신으로 받들어 줬잖아. 그런데 너는! 너는 날 어떻게 대했지? 사람 취급도 안 했잖아! 날 깔보고 멍청한 정신병자 취급하고 무시했지. 넌 항상 그렇게 날 깔봤어! 네가 무슨 자격으로 날 무시해? 영안국 하나 무너뜨리지 못한 폐물 주제에!”

“너…….”

사련이 짧게 말문을 뗀 순간이었다. 화성이 달리 움직인 것은 아니었지만, 사련은 무언가를 직감하고 황급히 그를 붙잡았다.

“아냐, 그만두자.”

화성은 겉웃음조차 짓지 않고 차갑게 코웃음을 쳤다.

"네놈을 무시하는 게 뭐가 문제지? 머리부터 발끝까지 무시 안 할 구석이 없다만?"

척용은 분이 풀리지 않았는지 목에 핏대를 세우며 발악했다.

"참 나, 참 나, 참 나! 네, 네놈들이 날 무시하면 어쩔 건데? 이 몸은…… 이 몸은…… 아들이 있다고!"

"……."

"……."

척용은 실성한 듯 웃기 시작했다.

"헤헤! 공짜로 주운 아들놈이라지만, 아랫도리 안 서서 핏줄 끊긴 네놈 신세보단 낫지! 넌 앞으로 팔백 년이 더 지나도 아들 하나 없을 거다! 크하하하하……."

사련과 화성은 말없이 서로를 쳐다보았다. 척용과 괜한 입씨름을 하고 싶지 않았던 화성은 사련을 향해 눈썹을 까딱 치켜세우며 말없이 입만 달싹였다.

'그건 모르지.'

사련은 화성의 말이 농담이라는 것을 알고 마지못해 웃어 보였다. 그런데 무슨 일이었을까. 한참을 이어지던 척용의 웃음소리가 서서히 작아졌다. 위아래로 들썩이던 푸르스름한 도깨비불도 마침내 빛을 잃고 말았다.

낭천추는 척용의 도깨비불이 스스로 꺼진 것인지 자신의 손아귀에 짓눌려 사라진 것인지 알 수가 없어 기분이 얼떨떨했다. 곡자도 멍하니 앞으로 다가가 낭천추의 손가락을 하나하나 떼어 보았다. 아무것도 보이지 않자, 이번에는 바닥에 무너진 새카만 잔해를 파헤쳤다. 손이 새카매지도록 뒤졌는데도 푸른 빛은 보이지 않았다. 결국 곡자는 낭천추의 옷자락을 잡아당기며 중얼거렸다.

"우리 아빠는……?"

마땅한 대답을 찾지 못한 낭천추는 사련을 바라보았다. 사련도 달리 할 말이 없어 한숨만 내쉬고 돌아서서 걸음을 옮겼다. 뒤에서 곡자의 질문이 쏟아졌다.

"형아, 우리 아빠는? 아직 살아 있지? 아빠가 그랬는데, 뭐였더라…… 이제 삼계에서 제일 강한 대왕이 돼서 죽지 않는다고 했단 말이야. 아직 살아 있는 거 맞지?"

진절머리 나도록 성가셨던 척용이 드디어 사라졌다.

그런데 사련은 할 말이 떠오르기는커녕 지금 이게 무슨 기분인지조차 아리송했다.

사실 잘 생각해 보면 척용의 말에는 반박할 여지가 없었다. 그는 어려서부터 지금까지 이 사촌 동생에게 번듯한 눈길 한번 준 적 없었을지도 모른다.

처음에는 안타까운 마음에 동정하다, 나중에는 두 손 두 발 다 든 심정으로 최대한 무시하고 피해 다녔다. 구태여 '깔봤다'고 말한다면…… 알게 모르게 깔봤던 것도 같다.

어디 깔봤을 뿐이겠는가. 한때는 척용의 뼛조각을 가루로 만들어 온 강산에 뿌려 버리고 싶을 정도로 증오했었다. 하지만

긴 시간이 흐르며 숱한 일을 겪고 되돌아보니, 이제는 성가시고 귀찮은 마음만 남았다. 하다못해 짜증을 낼 힘도 없어 무시하기도 했다.

기쁨도 슬픔도 없는 마무리였다.

군오를 찾아 한참을 뒤졌으나 뾰족한 수확은 얻지 못했다. 폐허가 된 선경에서 내려오자, 아래에서 한참을 기다렸던 사청현이 물었다.

"태자 전하, 어떻게 됐어요?"

사련이 고개를 내저으며 대답했다.

"못 찾았습니다."

"못 찾다니요?"

여기저기서 신관들이 말을 보탰다.

"정말로 죽은 건 아닐까요? 재가 되어 흔적도 없이 사라졌다든지요."

"행여나 어딘가에 숨어든 거라면 얼마나 무섭습니까!"

"마땅히 숨을 곳이 없잖습니까? 이 많은 눈이 지켜보고 있는데요?"

사청현은 한 바퀴를 둘러보고 말을 이었다.

"태자 전하. 아까부터 계속 여쭤보고 싶었는데요, 남양과 현진은요?"

그러고 보니 다들 한참이나 풍신과 모정을 보지 못한 참이었다. 신관들이 다시 떠들썩하게 끓어올랐다.

"두 장군도 배 장군처럼 선경에 있던 신전에 갇혀 있다가 미처 탈출하지 못한 걸까요?"

"설마…… 아까 남양 장군이 나온 걸 내 눈으로 봤소! 게다가 누굴 찾고 있는 것 같았소만……."

天官賜福

천관사복 9

1판 1쇄 발행 2022년 7월 15일
1판 3쇄 발행 2024년 4월 12일
지은이 묵향동후 **옮긴이** 고고
펴낸이 최원영
본부장 장혜경 **편집장** 김승신 **책임편집** 원서은
본문조판 양우연 **국제업무** 박진해 전은지 남궁명일 **마케팅** 김민원 조은걸
펴낸곳 (주)디앤씨미디어 **출판등록** 2002년 4월 25일 제20-260호
주소 서울시 구로구 디지털로 32길 30, 코오롱디지털타워빌란트 1301-1308호
전화번호 02.333.2513
B-Lab 공식 트위터 twitter.com/B_lab_BL

ISBN 979-11-278-6462-0 04820
ISBN 979-11-278-6453-8 (세트)

정가 15,000원